Katja Henkel

# Magische Zeiten

Plötzlich verzaubert

*Katja Henkel,*
geboren in Karlsruhe, hat zunächst als Journalistin und Radiomoderatorin gearbeitet, bevor sie sich dem Schreiben von Kinder- und Erwachsenenbüchern und dem Übersetzen englischer Literatur widmete. Nach längeren Aufenthalten in London, San Francisco und Goa lebt sie in Hamburg und seit Kurzem auch in Lissabon.
Ihre Kinderbücher wurden in mehrere Sprachen übersetzt.
*Magische Zeiten. Plötzlich verzaubert* ist der Auftakt einer magischen Trilogie.

*Katja Henkel*

# Magische Zeiten

## Plötzlich verzaubert

Arena

*Für Tante Hanne*



1. Auflage 2013

Covergestaltung: Frauke Schneider
Gesamtherstellung: Westermann Druck Zwickau GmbH
ISBN 978-3-401-06501-4

*www.arena-verlag.de*
*Mitreden unter forum.arena-verlag.de*

# 1. Kapitel

Bisher ist in meinem Leben wirklich schon ganz schön viel passiert. Meine momentane Top Five der absoluten Highlights sieht so aus:

*Platz 5:* Beste Sprinterin der ganzen Schule (50 Meter in 7,9 Sekunden und seit 13 Monaten ungeschlagen!)

*Platz 4:* Beste Hip-Hopperin der Stadt (zumindest nach eigener und Opas Einschätzung). *Yeah.*

*Platz 3:* Bester und erster Kuss (mit Zunge! Noch ganz frisch – vor einer Woche).

*Platz 2:* Dass der Kuss von TOM war und einfach *deluxe©!* (Deluxe bedeutet, dass etwas besonders toll ist und das © steht für copyright, weil ich in unserer Familie die Einzige bin, die darüber entscheidet, wer oder was deluxe ist. Hat ein bisschen gedauert, bis ich mir dieses Recht erkämpft habe, aber jetzt hält sich jeder dran.)

*Schon immer und für alle Zeiten Platz 1:* Beste Freundschaft mit meiner Cousine Suse, seit ich denken kann, besiegelt mit Fast-Blutsschwesterschaft vor zwei Jahren (hatte mir schon mit einem Messer in den Daumen geschnitten, aber Suse ist beim Anblick meines blutenden Fingers umgekippt).

Mein Opa sagt immer, ich hätte ein nettes Apfelkuchenleben. Warm und süß und wenig zu kauen, manchmal mit Schlagsahne. Die Sahne ist, glaub ich, das Mit-

Tom-Knutschen. Codeword: MTK. Allerdings haben wir seitdem kein Wort mehr miteinander gewechselt – und der Kuss ist immerhin schon eine Woche her. Von wegen Apfelkuchenleben. Gestern dann, in der Nacht vor meinem dreizehnten Geburtstag, kam Opa mit einem wirklich merkwürdigen Geschenk in unser Zimmer gestürmt. Suse und ich wollten gerade schlafen gehen. Wir teilen uns ein Zimmer, und zwar schon seit ich denken kann. Das kommt so: Meine Eltern, meine kleine Schwester Laila, Tante Jenny (Suses Mutter und die Schwester *meiner* Mutter), Suse, ihr älterer Bruder Greg, mein Opa, meine Katze Mau und ich wohnen alle zusammen in einem Haus, das mit seinen Erkern und Balkonen wie ein Minischloss aussieht. Im Erdgeschoss gibt es einen großen, offenen Wohnraum mit Küche und Essecke und im Souterrain befindet sich Papas Praxis. Er nennt es Souterrain, aber jeder normale Mensch würde sagen: Keller.

Wir sind acht Personen. Es gibt aber nur fünf Schlafzimmer. Daraus ergibt sich folgende Aufteilung: Im größten schlafen meine Eltern mit Laila. Opa, Tante Jenny und Greg haben jeweils etwas kleinere Zimmer, das macht insgesamt vier Zimmer und da kann sich selbst eine Matheniete wie ich ausrechnen, dass für Suse und mich nur noch eins übrig bleibt.

Opa riss also die Tür auf (ohne anzuklopfen, was für ihn wirklich ungewöhnlich ist) und hielt etwas in der Hand, das aussah wie eine Minischatztruhe. Ein dunkelrotes Holzkästchen mit verschlungenen goldfarbenen Ornamenten und einem Eisenschloss dran.

»Hört mal«, sagte er, »ich werde euch jetzt ein Geheimnis verraten. – Luna, morgen wirst du dreizehn Jahre alt.«

»Das ist kein Geheimnis«, bemerkte ich. Ich warf Suse einen fragenden Blick zu, doch sie zuckte auch nur mit den Schultern.

»Suse«, fuhr er fort, »du bist schon vor vier Wochen dreizehn geworden.

»Auch kein Geheimnis«, sagte Suse. Wir rollten mit den Augen.

»Das habe ich gesehen!« Opa wedelte mit dem Kästchen in der Luft herum und fuhr dann unbeirrt fort: »Ich habe hier etwas für euch, das euch beiden seit über einem halben Jahrhundert bestimmt ist.«

Angestrengt vermied ich es, Suse noch einmal anzusehen, um nicht laut loszulachen. »Seit über einem halben Jahrhundert also«, sagte ich todernst. »Über fünfzig Jahre, ja?«

»Über fünfzig Jahre«, bestätigte Opa. »Und ihr sollt es bekommen, wenn ihr beide dreizehn seid.«

»Wieso?«, frage ich.

»Wieso was?« Er sah mich irritiert an.

»Wieso mit dreizehn?«

»Was weiß denn ich, nun unterbrich mich nicht!« Er räusperte sich. »Hütet es wie euren Augapfel, denn es ist wertvoll. Und gebraucht es mit Vorsicht.«

Noch nie hatte ich ihn so feierlich reden hören. Außerdem ging von dem Kästchen in seiner Hand ein geradezu mystischer Schimmer aus, der seine Gestalt von innen erstrahlen ließ. Als hätte jemand das Licht unter seiner Haut angeknipst oder so.

Aber vielleicht kam das aber auch nur von der Schreibtischlampe.

»Und was ist da drin?«, wollte ich wissen.

»Hier drin befinden sich zwei magische Ringe.«

»Echt? Klasse!«, sagte Suse. »Wie bei ›Der Herr der Ringe‹?«

Opa ignorierte ihren Einwurf. Dabei hatte er sich alle drei Teile mit uns auf DVD angeguckt. »Diese Ringe gehörten eurer Ururoma Elsa LeMarr. Meiner Großmutter.«

Die gute Elsa. War ja klar. Von ihr erzählt Opa gern und oft. Elsa LeMarr war vor langer, langer Zeit das Oberhaupt unserer Familie, bestimmt gab es da auch einen Ehemann dazu, aber von dem erfährt man nie was. Also ist er wohl nicht wichtig gewesen. Opa bekommt immer glänzende Augen, wenn er von *seiner* Oma erzählt, manchmal behauptet er sogar, dass sie Gedanken lesen konnte. Oder ließ sie Suppentassen durchs Zimmer fliegen? Vergessen. Jedenfalls ist sie eines Tages – er war noch ein Kind, jünger als wir, betont er immer – einfach verschwunden. In der einen Sekunde war sie da und in der nächsten weg oder so was. Sie kam nie mehr zurück. Vielleicht hat Opa aber auch einfach nur eine blühende Fantasie.

»Meine Großmutter hat die Ringe hinterlassen und bestimmt, dass ihr beide sie bekommen sollt, sobald ihr dreizehn Jahre alt seid.« Er senkte die Stimme zu einem Flüstern und zwinkerte uns zu. »Sie sind sehr wertvoll. Mit Diamanten!«

Ein Smartphone oder ein eigenes Zimmer wären mir lieber gewesen, aber immerhin.

»Und wie gesagt, das ist ein Geheimnis. Niemand soll davon erfahren. Niemand außer uns und ...« Er räusperte sich. »Na, egal. Wir alle halten einfach schön die Klappe.« Zufrieden mit seiner Ansprache setzte er das Kästchen auf meinem Bett ab und strich mit der Hand über seinen grauen Pferdeschwanz.

»Ist gut«, sagte Suse.

»Kein Ding«, sagte ich gleichzeitig. Als ob sich irgendjemand für zwei olle Ringe interessierte.

»Ururoma Elsa hat euch persönlich einen Brief dazugeschrieben«, fügte Opa hinzu, wohl auf mehr Begeisterung hoffend.

»Das ist echt nett«, sagte ich und schnaubte. Glaubte Opa im Ernst, dass seine Enkelinnen ihm alles abkauften? Ich war immerhin fast dreizehn! Was unter uns gesagt kein erfreuliches Alter ist, wenn man mal genau drüber nachdenkt. Schließlich sind die guten Filme erst ab sechzehn. Aber aus dem Alter, in dem Opa uns noch irgendwelche Märchen auftischen konnte, waren wir trotzdem längst raus. »Ja klar, Opa, Elsa LeMarr hat uns einen Brief geschrieben.«

»Elsa konnte Teller durch die Gegend fliegen lassen, hellsehen *und* Briefe in die Zukunft schreiben?« Suse zog eine Augenbraue hoch, worum ich sie jedes Mal beneide. Ich kann es nur mit beiden gleichzeitig oder gar nicht. »Woher sollte sie denn bitte schön damals gewusst haben, dass es uns jemals geben wird? Ich meine, sie hat sich schon vor einer Ewigkeit in Luft aufgelöst, da warst du doch gerade mal so alt wie wir, richtig?«

»Nein, ich war sogar ...«, setzte Opa an.

»Du warst jünger als wir, schon klar«, kam ich ihm zuvor. »Okay, nur mal *angenommen,* sie konnte Suse und mich sozusagen voraussehen. Wieso sollte sie uns dann einen Brief schreiben?«

»Wieso nicht?«, sagte Opa. »Ist schließlich eure Ururoma.«

»Darum nicht!«, rief ich.

»Schaut doch selbst nach.« Er zuckte mit den Schultern. »Auf dem Kuvert steht: für Suse und Luna.«

»Das hast du nicht zufällig selbst draufgeschrieben?«, fragte ich belustigt. »Unsere *Namen* konnte Ururoma Elsa schon gar nicht wissen! Damals waren ja noch nicht mal unsere Eltern geboren und …«

»Ich habe euch doch schon so oft gesagt, dass es viel mehr zwischen Himmel und Erde gibt, als wir uns vorstellen können«, unterbrach mich Opa. »In dem Brief steht sicher mehr drin. Ich jedenfalls habe getan, worum mich meine Großmutter gebeten hat.« Er starrte aus dem Fenster in den Garten.

Ich räusperte mich. »Ähm, Opa?«

Er wandte den Blick vom Fenster ab und sah mich einen Moment lang schweigend an: »Glaubt mir oder glaubt mir nicht«, sagte er schließlich. »Ich kann nur sagen, dass ich die Ringe fünfzig Jahre lang für euch aufbewahrt habe. Und jetzt müsst ihr selbst herausfinden, was es damit auf sich hat. Hier, steckt sie aber erst an Lunas Geburtstag an. Ab jetzt gehören sie euch und ich habe meine Ruhe.« Er drehte sich um und knallte die Tür hinter sich zu. Mann, was für ein seltsamer Auftritt. Aber irgendwie auch typisch Opa.

Natürlich beschlossen wir daraufhin, *auf gar keinen Fall* ins Bett zu gehen, sondern bis Mitternacht aufzubleiben. Nicht, weil wir Opa diesen Mist von wegen »magisch« abkauften. Andererseits: Vor einem halben Jahrhundert sah die Welt völlig anders aus als heute, da gab es keine Handys und keine Laptops und keine Wii, eventuell nicht mal Toiletten, so genau weiß ich das jetzt gerade nicht. 1960 war im Grunde tiefstes Mittelalter. Gut denkbar, dass sich die Menschen in diesen dunklen Zeiten mit Magie und ähnlichem Kram die Zeit vertrieben haben.

Ein paar Minuten vor Mitternacht hockten wir uns auf den Fußboden, Suse zog das rot-goldene Schatzkästchen näher zu uns heran und ich nahm den Schlüssel in die Hand, der daran hing. Das Schloss öffnete sich mit einem leisen Klicken und Suse hob den Deckel. In einem Samtbett lagen zwei Goldringe. Einer hatte einen blauen Stein, der andere einen grünen. Diamanten, wie unser Opa erklärt hatte. Ich dachte immer, Diamanten wären weiß.

»Ganz hübsch, oder?«, fragte ich vorsichtig.

»Geht so. Ich steh mehr auf Silber.«

»Einem geschenkten Barsch schaut man nicht in den …«

»Stimmt auch wieder«, sagte Suse und schnappte sich einen Ring.

Ich nahm den anderen. Darunter lag ein leicht vergilbter Umschlag. Der Brief von Ururoma Elsa? »Das ist jetzt aber schon unheimlich«, sagte ich. »Da stehen wirklich unsere Namen drauf.«

»Ist doch egal.« Sie starrte auf ihre Uhr. »Gleich ist Mitternacht.«

*Zehn, neun, acht...* Wir sahen uns an, Suse und ich, und drehten die Ringe zwischen den Fingern. *Fünf, vier... drei, zwei...* Tiefes Einatmen. *Eins!*

»Herzlichen Glückwunsch zum Geburtstag, Lieblingscousine!« Suse beugte sich zu mir rüber und drückte mich über das Kästchen hinweg fest an sich. »Du bist hiermit um einen dicken Diamantenklunker reicher!«

Dann nickten wir uns zu, streckten jeweils den rechten Ringfinger aus und hielten die Ringe davor. Wir streiften sie über. Vor dem Fenster wurde es totenstill. Selbst die Grillen im Garten hatten aufgehört zu zirpen. Zumindest kam es mir so vor.

»Hmm«, sagte Suse.

»Ja, hmm«, antwortete ich.

»Spürst du was?«

»Nichts. Und du?«

»Nö.« Suse schüttelte ihr langes Haar, das glänzte wie Opas polierte E-Gitarre. Zwar hatte ich nichts Bestimmtes erwartet, aber zumindest IRGENDWAS. Und nicht NICHTS. Das war schon enttäuschend. Aber auch aus Enttäuschungen kann man einen kleinen Rapvers basteln. »Eh, hör mal«, fing ich an, *»keine Magie?*

*Irgendwas oder irgendwie?*

*Nicht mal ein Kribbeln oder Jucken?*

*Und nich ma meine Wimpern zucken?«*

»Andererseits können wir froh sein, dass uns kein zweiter Kopf gewachsen ist oder so was«, sagte Suse, wie immer praktisch veranlagt. Wir sahen uns an, schnippten mit den Fingern, bildeten mit Zeigefinger und Daumen eine Pistole und richteten sie auf die jeweils andere. Das bedeutet, dass wir uns vollkommen einig sind.

Dann gähnte sie, wir legten uns ins Bett und wenige Minuten später war sie weg.

Ich konnte nicht einschlafen. Aber das lag nicht an dem komischen Ring oder Opas Auftritt vorhin. Suse hat einfach die unangenehme Eigenschaft zu schnarchen. Egal ob sie auf dem Rücken liegt oder auf dem Bauch. (Deswegen sag ich ja immer: eigenes Zimmer = *delu-xe*©. Zimmer teilen = Mädcheninternat.) Suse behauptet, das mit dem Schnarchen läge an ihren Polypen und dass sie nichts dafür könne. Aber ich frage mich, warum man die nicht rausoperiert wie bei Tom, der hat keine Polypen mehr, was er mir kürzlich erst verriet. Und zwar kurz bevor wir uns KÜSSTEN. Nicht gerade romantisch, aber okay, wahrscheinlich war er genauso nervös wie ich. Das habe ich bisher niemandem erzählt außer Suse. Also, natürlich nicht das mit seinen Polypen.

Tom sah an diesem Abend zum Umfallen gut aus mit seinen schwarzen Haaren, die ihm in die Augen hingen, was schade war, denn seine Augen sind der Hammer. Fast schwarz mit goldenen Punkten drin. Suse behauptet, die goldenen Punkte würde ich mir nur einbilden, weil ich so in ihn verknallt wäre. Aber die Punkte sind da, ich schwör's! Und seine Lippen, die waren weich wie Pudding und schmeckten nach Pfirsich. Das lag daran, dass er einen Kaugummi im Mund hatte. Das wiederum weiß ich, weil den nach dem Kuss ICH im Mund hatte. MTK, Mit-Tom-Knutschen, könnte mein neues Hobby werden.

Suse lag immer noch auf dem Rücken und schnarchte, und zwar beim Ein- und beim Ausatmen. Ich wusste gar nicht, dass es so was gibt. Wenn ich morgens vor ihr aufwache, lege ich ihr manchmal ein dünnes Papiertuch aufs Gesicht. Das tanzt dann bei jedem schnarchenden Ausatmen in der Luft wie eine Feder. Ich könnte mir das stundenlang anschauen. Besser als fernsehen. Wenn man nicht einschlafen kann, ist das Geschnarche allerdings unerträglich. Ich wälzte mich von einer Seite auf die andere, bis Mau auf mich sprang, in aller Gemütsruhe einmal über meinen ganzen Körper trippelte, dann ein paar Kreise auf meinem Bauch drehte und es sich dort gemütlich machte.

Mau heißt in Wahrheit Lynn Grae nach meiner Lieblingsrapperin. Als mein Vater sie als Katzenbaby nach Hause brachte, sagte er, ich dürfe ihr einen Namen geben. Das tat ich auch, doch dann kam meine nervige Winzschwester Laila auf ihren krummen Beinen angewackelt, patschte ihr auf den Kopf und sagte »Mau«. (Laila ist eineinhalb, hat kein einziges Haar, als wär sie Meister Propers Tochter und rülpst ziemlich laut. Am allerbesten kann sie allerdings schreien. Doch immer wenn es mir gerade zu viel wird, lächelt sie und schaut mich so lange mit ihren Eulenaugen an, bis mir ganz warm ums Herz wird.) Egal, Mau hieß von dieser Sekunde an Mau, was ich auch anstellte, um es zu verhindern. Alle rufen sie so, ich inzwischen auch, geht irgendwie leichter über die Lippen als Lynn Grae. Mau schnurrte jetzt auf meinem Bauch wie ein Außenbordmotor, und wie ich da so im Bett lag, wurde mir klar, dass ich zwar dreizehn war, aber immer noch dieselben Probleme hatte wie zuvor.

1. Ich war nach wie vor zu klein für mein Alter und hatte jetzt nur *noch weniger Zeit* zu wachsen. (Ich bin die Drittkleinste in unserer Klasse. Das weiß ich, weil wir uns alle vor Kurzem vor so ein riesiges Lineal an der Wand stellen mussten. De-mü-ti-gend, sag ich nur.)

2. Ich hatte nach wie vor keinen nennenswerten Busen, auch da rannte mir eindeutig die Zeit davon! Zum Glück gibt's dafür kein Lineal in der Schule...

3. Ich musste mein Zimmer mit meiner Freundin-Cousine Suse teilen, die sich nachts in einen schnarchenden Bauarbeiter verwandelte.

4. Seit seinem Auftritt machte ich mir auch Sorgen um meinen Opa. Wurde der unter Umständen langsam senil?

Und vor allem:

5. Erwähnte ich bereits, dass Tom sich seit dem Kuss nicht mehr hat blicken lassen? Dass er auch nicht angerufen und nicht mal eine SMS geschickt hat? Vielleicht könnte ja mal jemand eine gute Anleitung ins Internet stellen, wie man sich *vor, während* und vor allem *nach* dem ersten Kuss am besten verhält?

Ich setzte mich so heftig auf, dass Mau mit einem beleidigten Miauen auf dem Boden landete. Unerwartet hatte ich einen von diesen Einfällen, die einem nachts immer logisch vorkommen, sich aber bei Tageslicht betrachtet dann als völliger Irrsinn herausstellen. Ich musste dem Ring doch noch eine Chance geben. *Er konnte nämlich noch gar nicht funktionieren!* Ich wurde erst in ein paar

Stunden dreizehn. Um 4 Uhr 29, um genau zu sein. Das wusste ich, weil mir Kristen (meine Tischnachbarin in der Schule) ein Computerhoroskop erstellt hat, und dafür brauchte sie meine genaue Geburtszeit. Demnach war ich Sternzeichen Löwe und Aszendent Löwe.

Kristen hatte mit der Zunge geschnalzt, als sie mir das ausgedruckte Horoskop mit den Worten »Jetzt wundert mich gar nichts mehr« vor die Nase hielt.

»Was soll das heißen?«

»Löwen müssen einfach *immer* im Vordergrund stehen. Sie wollen ständig bewundert und verehrt werden, und wenn nicht, sind sie sauer.«

Ja danke und ich kann dich auch nicht leiden, hatte ich gedacht und sie den Rest der Stunde wortlos mit meinem Geodreieck geblendet.

Notiz an mich selbst: Vorteile einer Polypenoperation googeln, Liste machen und Tante Jenny geben.

# 2. Kapitel

Um 4 Uhr 25 riss ich die Vorhänge auf. Es war noch dunkel draußen. Die Metallringe an der Stange klapperten laut wie ein Maschinengewehr, doch Suse rührte sich trotzdem nicht.

Ich sauste zu ihrem Bett, rüttelte sie an den Schultern und blies ihr ein paarmal ins Gesicht. Etwas Unverständliches grummelnd stieß sie meine Hände weg und drehte sich auf die Seite.

»Du musst aufstehen!«, rief ich. »Jetzt sofort, auf der Stelle, aber pronto.«

Sie schlug blindlings mit den Armen um sich, als wollte sie einen ganzen Mückenschwarm vertreiben. »Ich muss gar nichts«, murmelte sie. »Ich lebe in einem freien Land.«

Ich riss Suses Bettdecke auf den Boden.

Na endlich, sie klappte ein Auge auf. »Sag mal, spinnst du? Wie spät ist es überhaupt?«

Ich tat so, als ob ich auf meine Uhr sehen würde. »Fünf vor halb fünf.«

»WIE BITTE? BIST DU VON ALLEN GUTEN GEISTERN VERLASSEN?«

Jetzt war sie hellwach vor Empörung, sehr gut. Sie sah umwerfend aus. So, wie ich gerne aussehen würde. Sie ist groß, hat Beine lang wie Giraffenhälse, schimmernd rotbraunes Haar, grüne Augen und rosa Lippen. Sie bräuchte nicht mal einen Lipgloss zu benutzen, was sie aber meistens tut, und sie sieht viel, viel älter aus als sie ist. Wie mindestens vierzehn.

Sie funkelte mich böse an. »Du tickst ja nicht richtig.«

»Daran müsstest du doch langsam gewöhnt sein.«

»Musst du immer das letzte Wort haben?«, schimpfte sie.

»Wer denn sonst?«

In rasendem Tempo erklärte ich ihr dann, dass wir die Ringe in wenigen Minuten noch einmal ausprobieren müssten, wovon sie überhaupt nicht begeistert war. Aber ich hatte bereits das Kästchen aufgerissen und hielt ihr einen Ring hin. »Hier!« Ich schob mir den andern über den Finger. Sah auf mein Handy. Vier Uhr neunundzwanzig. »Schnell!«

»Ich hab dich wirklich lieb, Luna, du bist die tollste Freundin und Cousine der Welt. Wir werden bis in alle Ewigkeiten beste Freundinnen sein«, sie zupfte theatralisch an ihrem Freundschaftsband, »aber du bist auch eine entsetzliche Nervensäge. Warum hast du's so eilig? Ab jetzt wirst du schließlich ein Jahr lang dreizehn sein.« Sie seufzte und sah dann schweigend auf ihren Finger hinunter.

Wir saßen da. Und saßen. Nichts geschah. Irgendwann sagte ich: »Vielleicht ist es wichtig, wer welchen Ring anzieht.«

Sie runzelte die Stirn. »Stimmt. Der mit dem blauen Stein könnte für dich sein.«

»Wieso?«

»Weil du blaue Augen hast. Und der grüne ist für mich.«

»Woher soll Ururoma Elsa vor fünfzig Jahren gewusst haben, welche Augenfarbe wir haben?«

»Woher soll sie gewusst haben, wie wir heißen?« Suse gähnte genüsslich.

Also tauschten wir die Ringe. Und warteten. »Tja«, sagte Suse schließlich. »Das war's dann wohl. Mal wieder so ein idiotischer Scherz von Opa.« Sie zog den Ring ab und ließ sich wieder auf ihr Bett fallen.

»Hauen wir uns noch ein paar Stunden aufs Ohr«, schlug ich vor und seufzte tief. »Wah. Wir haben in den ersten beiden Stunden Landkarten-Terror!« Suse und ich nennen unsere Mathelehrerin die Landkarte, weil sich unter ihrem Rock jede Menge Krampfadern wie Flüsse ihre Waden hochziehen. Eigentlich heißt sie Frau Landauer. »Möchte mal wissen, was die Landkarte sich wieder Fieses einfallen lässt.«

Zack – und schlagartig hatte ich das Gefühl, Achterbahn zu fahren. Der Boden unter mir ruckelte, während ich wie von einer unsichtbaren Hand in die Höhe gerissen wurde. Mann, war mir schwindlig. Mein Magen drehte sich ein paarmal um die eigene Achse. Auch mit meinen Ohren war was nicht in Ordnung, sie fühlten sich an, als wären sie voll Wasser. Dann, als die Welt um mich herum sich wieder halbwegs beruhigt hatte, ging's erst *richtig* los:

Als ob jemand mit der Fernbedienung einen anderen Fernsehkanal eingeschaltet hätte, sah ich nicht länger Suse neben mir sitzen, sondern wie die Landkarte durch die Tür gestürmt kam und rief: »Hinsetzen, und zwar dalli«, und dann, fast schon genüsslich: »Hefte raus, wir schreiben einen Test!«

Wie bitte, was?

Wieso konnte ich auf einmal unser Klassenzimmer vor mir sehen? Und Suse, die wie alle anderen ihr Matheheft aus dem Rucksack kramte, als ob das das Normalste der Welt wäre? Zuerst dachte ich ja noch, dass ich die ersten Stunden des Tages irgendwie verschlafen hatte, auch wenn ich es mir beim besten Willen nicht erklären konnte, aber dann hörte ich meine eigene Stimme sagen: »Das geht doch nicht, ich habe heute Geburtstag!«

Und sah mich selbst. Wie ich neben Kristen auf meinem Platz hockte. Ich hatte mein neues grünes T-Shirt an, das mit den silbernen Palmen drauf, und musste entsetzt feststellen, dass Kristen genau dasselbe anhatte. Ein Albtraum! Mir wurde schlecht. Ich dachte, das gibt's doch nicht. Vor einer Sekunde war ich noch mit Suse in unserem Zimmer gewesen, mitten in der Nacht, stockdunkel draußen, und jetzt war helllichter Tag und wir saßen in der Schule?

Es war, als wäre ich gleichzeitig hier und dort. Gleichzeitig jetzt und morgen. Ich *nahm alles wahr.* Landkartes Krampfadern, den Aufgabenbogen, die einzelnen Aufgaben. Ich *hörte* das kollektive Aufstöhnen. Ich *roch* die Ausdünstungen von Kristens Achselhöhlen und Suses Lipgloss. Ananas.

Ich muss Suse in der großen Pause unbedingt fragen, wo sie den herhat!, dachte ich noch.

Dann war es wieder, als würde jemand durch die Kanäle zappen und mich gleichzeitig in einen Mixer stecken. Mein ganzer Körper wurde durchgeschüttelt und mit einem Mal stand ich mit Suse und Alenya in der großen Pause in der Cafeteria herum. Alenya und ich hatten jeweils einen Erdbeer-Shake in der Hand und Suse nuckelte an ihrem Eistee. Kristen zog gerade ihr grünes T-Shirt hoch, um ihrer besten Freundin Emily-Antonia ihre Bauchmuskeln zu zeigen. (Von wegen Löwen müssen immer im Vordergrund stehen, da kann sie sich mal an die eigene Nase fassen!) Und dann steuerte Henri auf mich zu, schnurstracks, legte eine Hand auf meine Schulter und sah mir tief in die Augen. »Luna«, sagte er. »Meine Band sucht 'ne neue Sängerin.« Er beugte sich noch ein bisschen näher zu mir, sein Lächeln süß wie ein Marzipancroissant. Ich lief rot an, schließlich wurden wir von was weiß ich wie vielen neugierigen Augenpaaren beobachtet, dazu lautes Getuschel und Gekicher. »Könntest du dir vorstellen, mal probeweise bei uns mitzumachen?«

Henri ist sechzehn und der Star unserer Schule, der Schulgott, um genau zu sein, ein echter Barbie-Magnet mit sagenumwobenem Mädchenverschleiß. Die meisten Mädchen, die ich kenne, würden dafür töten, nur um ein einziges Mal mit ihm zu sprechen. Sein Vater ist Musikproduzent, seine Mutter Schauspielerin. Bisher dachte ich, wir existieren in zwei Parallelwelten und in seiner Welt gibt es keinen Beweis für meine Existenz. Aber irgendwie muss ihm zu Ohren gekommen sein, dass mir manchmal wirklich gute Texte gelingen und ich eine passable Stimme habe. Eine viel dunklere, als man mir auf den ersten Blick zutrauen würde.

In der Cafeteria war es mucksmäuschenstill, während alle auf meine Antwort warteten – so still, wie es in meinem Kopf leer ist, wenn die Landkarte mich an die Tafel holt. Und ich? Ich kippte einfach um. Auf dem Weg zum Boden warf ich unsere zwei Milchshakes um. Einer schwappte Kristen auf den neuen Knitterrock, was mich nicht so sehr störte. Der andere knallte auf die PVC-Fliesen. Ich sah mich daliegen, direkt neben dem Billardtisch, mein Rock hochgerutscht und darunter blitzte meine alte orangefarbene Unterhose hervor. Die mit Löchern an völlig unpassenden Stellen.

Dann wieder Achterbahnfahrt mit Schleudertrauma und mir wurde kotzübel, als mir klar wurde, dass ich nach wie vor im Schneidersitz auf meinem Bett saß. Direkt vor mir schwebten Suses grasgrüne Augen. Sie wedelte mit einer Hand vor meinem Gesicht herum und rüttelte mich an der Schulter, dass mein Kopf vor- und zurückflog. »Luna? Luna? Hallo?«

»Wie, was, wo?«

»Hey, Luna, alles klar? Kannst du mir sagen, wie du heißt? Welches Datum wir heute haben? Wo der größte Teilchenbeschleuniger der Welt steht?«

»Teilchen – bitte was?« So was kann um halb fünf Uhr morgens auch nur Suse einfallen. Ich atmete mehrmals ganz tief durch und nickte. »Kann ich, den Rest zumindest.«

»Puh, du hast mir echt einen Schrecken eingejagt.« Suse sah mich anklagend an. »Du warst auf einmal ganz blass und hast die Augen so komisch verdreht und laut gestöhnt. Und jetzt bist du irgendwie grünlich im Gesicht.« Um ihre Beschreibung zu verdeutlichen, verzerrte sie ihr Gesicht zu einer wirklich fiesen Grimasse, ließ ihre Augen herumkullern wie Murmeln, streckte die Zunge raus und begann, am ganzen Körper zu zucken.

»So hab ich nicht ausgesehen!«

»Glaub mir, das ist noch untertrieben! Was war denn mit dir los?«, fragte Suse aufgeregt.

»Nix«, murmelte ich schwach. Was sollte ich ihr sagen? Ich wusste ja selbst nicht, was gerade passiert war. »Das sind wahrscheinlich die Hormone. Schließlich stecke ich mitten in der Pubertät«, sagte ich deshalb und versuchte zu grinsen.

Suse schaute mich noch mal ungläubig an. Dann aber stand sie gähnend auf, setzte sich auf ihr Bett und sagte: »Du sahst so aus, als würdest du mit offenen Augen schlafen. Gruselig. Aber Schlafen ist echt ne gute ...«, murmelte sie noch, dann fiel sie einfach nach hinten um und nickte sofort weg. Schnarchend natürlich.

Verwirrt packte ich noch schnell die Ringe zurück in das Kästchen, das ich unter mein Bett schob. Womöglich hatte Suse recht. Ich hatte einfach im Sitzen geschlafen und geträumt. Zugegebenermaßen einen echt realistischen Traum, von den Achterbahn-ich-muss-gleich-brechen-Fahrten mal abgesehen, aber hatten die überhaupt zu dem Traum dazugehört?

Über diesen Gedanken muss ich dann eingeschlafen sein.

»Hinsetzen, und zwar dalli!«, rief die Landkarte, als sie am nächsten Morgen ins Klassenzimmer kam. »Hefte raus, wir schreiben einen Test!«

Ich dachte, mir bleibt das Herz stehen. Das waren in

meinem Achterbahntraum genau ihre Worte gewesen! Als ich mich panisch umsah, stellte ich fest, dass Kristen tatsächlich das grüne Palmen-Shirt anhatte. Nicht zu fassen! War das ein Déjà-vu? Kam mir nicht so vor.

Also kramte ich zögerlich mein Heft hervor und drehte mich zu Suse um, die in aller Ruhe eine SMS tippte, und da war er, der Ananasgeruch. Ich runzelte die Stirn … konnte es sein, konnte es wirklich sein …?

»Das geht doch nicht, ich habe heute Geburtstag!«, sagte ich, lauter als ich eigentlich wollte.

»Schön, Luna, ich gratuliere dir später«, erwiderte die Landkarte lächelnd. So können wirklich nur Mathelehrer lächeln.

»Scheiße«, stöhnte ich.

»Luna! Diese Wortwahl verbitte ich mir«, rief sie. »Wird schon nicht so schlimm sein.«

»Wenn Sie wüssten.«

Die Landkarte ging mit ihrem typischen Lehrerinnen-Stampfschritt durch die Reihen und teilte die Aufgabenblätter aus. »Und jetzt Ruhe bitte. Ihr habt genau eine Dreiviertelstunde Zeit.«

Kristen zupfte an ihrem kurzen Haar, beugte sich vor und legte wie immer den Arm so, dass ich nicht von ihr abschreiben konnte. Weil mir ja nichts anderes übrig blieb, betrachtete ich die erste Aufgabe:

$12(2x + 1) - 15(x + 3) = 5(1 - x) + 32$

Leider habe ich mit Mathematik genauso wenig am Hut wie die Landkarte mit Mode, sonst hätte sie niemals solche wild gemusterten knallbunten Röcke getragen.

»Psst, Luna«, flüsterte Suse von hinten. »Klammern

auflösen, die Variablen auf die linke Seite, die konstanten Zahlen auf die rechte, zusammenfassen, nach X auflösen.«

*»Wie bitte, was?«* Ich verstand kein Wort.

»Suse, Luna, noch einen Ton und ihr fliegt raus«, knurrte die Landkarte vom Pult aus.

Früher saß ich neben Suse, aber die Landkarte, die nicht nur unsere Mathe-, sondern leider auch unsere Klassenlehrerin ist, hat Suse Anfang des Schuljahrs einen Tisch hinter mich gesetzt, weil wir ihrer Meinung nach zu viel gequatscht haben. Einmal fragte sie, ob sie uns vielleicht auch ein Stück Kuchen servieren dürfe. Wir nickten zustimmend, komplett in unser Gespräch vertieft, und seitdem sitze ich neben Kristen und Suse ganz allein hinter uns.

Ich hielt zwanzig Minuten durch – es waren die längsten zwanzig Minuten meines Lebens. Zwar kritzelte ich ein paar Lösungsansätze in mein Heft, meine Gedanken aber kreisten die ganze Zeit nur darum, dass ich plötzlich ein Freak geworden war. Ein Freak, der die Zukunft träumt wie in einem echt schlechten Fantasyfilm. Noch schlimmer aber war, dass mich Henri in der großen Pause um 10 Uhr 10... ich spähte auf meine Uhr – also in exakt fünfundzwanzig Minuten fragen würde, ob ich in seiner Band mitsinge. Und dass ich dann vor lauter Schreck umkippen würde.

Das durfte auf gar keinen Fall geschehen! Mit Entsetzen fiel mir nämlich ein, dass ich zwar unbewusst *nicht* mein grünes Palmen-T-Shirt, dafür aber doch mein Höschen des Horrors angezogen hatte. Wie konnte man nur so bescheuert sein? Somit saß ich *ziemlich* tief in der Tinte.

Inzwischen war die Luft im Klassenzimmer zum Schneiden dick und unter Kristens grünem T-Shirt-Ärmel, der mir nach wie vor die Sicht versperrte, wehte Schweißgeruch hervor direkt in meine Nase. Auf einmal wusste ich, was ich zu tun hatte. Es gab nur eine einzige Lösung: Wenn ich nicht in die Cafeteria ging, dann konnte Henri mich nicht ansprechen und ich würde nicht ohnmächtig werden. Also packte ich meine Sachen ein, stand auf und knallte der Landkarte mein Heft vor die Nase.

»Luna!«, rief sie verdutzt. »Schon fertig?«

»So was in der Art. Ich muss jetzt dringend nach Hause. Mir ist ganz schlecht.« Ich beugte mich etwas vor und röchelte wie zum Beweis, dann riss ich die Augen auf, damit sie das Weiße darin sehen konnte.

Kurz bevor ich aus dem Klassenzimmer rannte, drehte ich mich an der Tür noch einmal um und fing Suses Blick auf. Ich hob die rechte Hand mit gestrecktem Zeigefinger und legte den linken Zeigefinger quer darüber, sodass sich ein T ergab. Das heißt so viel wie »Toilette. Reden. Sofort!« Suse nickte unauffällig und beugte sich dann wieder über ihren Test.

Ich hockte auf der Fensterbank im Vorraum der Toilette und wartete. Immer wieder sprang ich runter und spritzte mir Wasser ins Gesicht. Wie meistens gab es keine Papierhandtücher. Es dauerte keine fünf Minuten, da kam Suse hereingestürmt.

»Was ist los?«, rief sie schon, bevor sie mich überhaupt sehen konnte. »Ah, da bist du«, sagte sie, als sie mich entdeckte, und hievte sich neben mich auf die Fensterbank. »Mann, du bist ja klitschnass geschwitzt. Musst du brechen?«

Mir war tatsächlich etwas übel, doch das hatte nichts mit meinem Magen zu tun. »Ist nur Wasser«, beruhigte ich sie. »Was ist mit deinem Mathetest?«

Sie winkte ab. »Schon abgegeben. War total leicht.«

»Leicht?!« Ich schüttelte den Kopf. »Egal, ich muss dir was erzählen.«

»Oh nein«, sie schlug sich an die Stirn. »Dir ist schlecht und schwindlig ... jetzt sag nicht, dass du von Tomputer schwanger bist.«

»Haha. Brüllend komisch. Und du sollst nicht immer Tomputer zu ihm sagen.«

Sie nennt ihn so, weil Tom sich alles merken kann wie ein Computer. Im letzten Schuljahr hat er den besten Zeugnisdurchschnitt aller Schüler gehabt und von Herrn Jockel, unserem Schulleiter, einen Kinogutschein überreicht bekommen. Für zwei Personen. Ich wartete noch immer darauf, dass er mich endlich einlud.

Suse wurde wieder ernst. »Okay, schieß los. Und rede bitte noch schneller als sonst, damit hier nicht am Ende noch die Landkarte reinschneit.«

Ich richtete mich ein wenig auf und sah ihr fest in die Augen. Durch das Fenster schien uns die Sonne warm in den Rücken. »Heute Nacht, als wir die Ringe probiert haben, da ist was passiert. Plötzlich habe ich uns in der Mathestunde gesehen und wie die Landkarte den Test ausgeteilt hat und Kristen das gleiche T-Shirt anhatte wie ich. Das grüne. Und alles ist so eingetroffen.«

»Aber du hast doch gar nicht das grüne T-Shirt an«, stellte sie mit hochgezogener Augenbraue fest.

Ich runzelte die Stirn. Hatte sie mir überhaupt zugehört? »Ja, eben, *natürlich* habe ich nicht das gleiche Shirt angezogen wie Kristen! Aber das ist nicht der Punkt. Der Punkt ist, dass ich in die Zukunft sehen konnte. Glaub ich.«

Suses Augen wurden groß wie DVDs, als ihr dämmerte, was ich gerade gesagt hatte. »Wie bitte? Fängst du jetzt auch an zu spinnen wie Opa?«

»Ich schwör's dir. Ich habe alles haarklein vorausgesehen. Als ich so komisch gezuckt habe in der Nacht, du weißt schon. Wir haben die Ringe ausprobiert, erst war nix und dann auf einmal habe ich alles vor mir gesehen. Sogar die einzelnen Matheaufgaben!«

Sie starrte mich wortlos an.

»Ich hab nur nichts gesagt, weil ich mir nicht vorstellen konnte, dass das wirklich *passiert*. Ich dachte, ich hab 'nen Albtraum oder so.« Wir schwiegen eine Weile, dann fuhr ich mit leiser Stimme fort. »Und dann habe ich gesehen, dass Henri mich in der großen Pause fragen wird, ob ich in seiner Band singen will.«

»*Der* Henri? Der wunderschöne, aufregende, fantastisch gebaute und zwei Jahre ältere Heartbreaker-Henri? *Das* hast du dir jetzt aber zurechthalluziniert.« Suse stemmte die Hände in die Seiten.

»Nein! Hör doch zu, ich schwör's dir! Aber bevor ich ihm antworten konnte, bin ich auf den Boden geknallt.

Dummerweise ist mein Rock so hochgerutscht, dass meine orangene Unterhose zu sehen war.«

»Die hast du noch?« Sie fiel fast vom Fensterbrett vor Lachen. »Das olle Teil?« Ihr Lachen hallte von den kotzbeige gefliesten Klowänden wider. »Aber«, stieß sie unter Tränen hervor, »wenn du das gewusst hast, hättest du ja eine andere anziehen können. Oder 'ne Hose statt dem Rock. So wie mit dem T-Shirt.«

Das stimmte natürlich. Nachdem Suse sich wieder eingekriegt hatte, dachte sie so angestrengt nach, dass ihre Augenbrauen sich über der Nasenwurzel trafen. »Du willst also aus der Schule abhauen, damit das in der großen Pause nicht passiert?«

Ich nickte.

»Oder wir könnten einfach die Unterhosen tauschen«, schlug sie vor.

»Wie bitte, was?« Ich war wie vom Donner gerührt.

»Na, ich werde schließlich nicht in Ohnmacht fallen, und selbst wenn, habe ich keinen Rock an.«

»Du hast sie ja nicht mehr alle. *Unterhosen tauschen?* Egal, in welcher Unterhose: Ich will nicht vor Henri und der gesamten Schule umkippen!«

Sie seufzte. »Schade eigentlich. Wenn du in Ohnmacht fällst, hilft Henri mir bestimmt, dich aufzuheben. Mit etwas Glück müssen wir dich sogar zusammen mit dem Notarztwagen ins Krankenhaus schaffen!« Sie strahlte übers ganze Gesicht.

In diesem Moment knallte die Tür auf und Kristen kam herein. »Hab ich mir doch gedacht, dass ihr beide hier steckt!«

»Und weiter?«, fragte ich.

»Das wird Frau Landauer bestimmt interessieren, dass du gar nicht nach Hause gegangen bist. Sondern hier rumhockst und…« Sie sah uns fragend an. »Tja, was treibt ihr hier eigentlich?«

»Was geht's dich an? Verzieh dich.« Suse machte ihre berühmte Fliegenverscheuch-Handbewegung.

»Im Gegensatz zu *euch* muss ich mal«, rief Kristen und verschwand in einer Kabine.

»Danke für die Info!«

Als wir dann ein dünnes Plätschern hörten, flüsterte Suse: »Warum hast du mir nicht gestern davon erzählt?« Ihre Augen wurden ganz dunkel.

Normalerweise habe ich nie Geheimnisse vor ihr, wir erzählen uns wirklich alles. Schließlich haben wir uns erst vor einem halben Jahr in nächtelanger Kleinarbeit Freundschaftsbänder geknüpft und uns gegenseitig ums Handgelenk gebunden. Aus roten Lederbändern mit ein paar silbernen Perlen dazwischen und einem echten Türkis, den wir im »Besenflug« gekauft hatten, einem kleinen Laden in der Innenstadt. Die Besitzerin sagte, dass der Türkis ein Schutzstein wäre und somit unsere Freundschaft beschützen würde. Dann erklärte sie uns noch, wie wir die Freundschaftsbänder in einer Vollmondnacht »aufladen« sollten. Mit einem Ewigkeitsritual verbunden und dem Schwur, immer ehrlich zueinander zu sein. Und jeder Menge Weihrauch (inklusive Hustenanfall meinerseits) und Teelichten. Meine Mutter glaubte zuerst, wir hätten gekifft. Aber Opa hat nur schallend gelacht und sie gefragt, ob sie denn nicht mal wisse, wie *Pot* riecht.

»Tut mir leid«, sagte ich zerknirscht. »Aber ich war echt einfach nur verwirrt.«

Suse sagte ziemlich lange nichts, dann nickte sie. »Okay. Also. Du willst aus der Schule abhauen, um zu verhindern, dass du in der großen Pause ohnmächtig wirst.«

»Ganz genau«, wisperte ich zurück. »Ich geh nach Hause und fertig. Opa soll mir eine Entschuldigung schreiben.«

Die Toilettenspülung rauschte, Sekunden später kam Kristen heraus, durchbohrte uns noch einmal mit einem Blick und verdrückte sich.

»Wäh, sie hat sich nicht mal die Hände gewaschen«, sagte ich.

Suse sprang vom Fensterbrett, baute sich vor dem Spiegel auf und zog eine Tube Lipgloss aus der Hosentasche. »Keine Sorge, ich erklär das der Landkarte schon irgendwie.«

»Danke.« Ich hüpfte neben sie und drückte ihr rechts und links einen Kuss auf die Wange. Ananasgeruch wehte mir in die Nase. »Du bist die Beste.«

»Ich weiß.« Sie sah mir durch den Spiegel lange in die Augen. »Jetzt werden wir nie erfahren, ob Henri echt mit uns geredet hätte. Schöner Mist!«

Notiz an mich selbst: Orangene Unterhose und grünes T-Shirt verbrennen. Umgehend.

# 3. Kapitel

Ich gehe auf die Humboldtschule oder, wie manche Witzbolde sagen: Dummboldschule. Der Heimweg ist ungefähr zwei Kilometer lang und führt durch einen Park mit lang geschwungenen Wegen, Pavillons, Skulpturen und einem Teich mit einer Wasserfontäne. Dafür brauchte ich an diesem Tag exakt neuneinhalb Minuten. Zu Hause angekommen starrte ich kurz in den Himmel, der voller dicker schwarzer Wolken hing. Auch das noch. An meinem Geburtstag! Ich stürzte ins Haus, rannte die Treppe hoch und stieß, ohne anzuklopfen, die Tür auf. Es machte *rummmmms* und ich sah gerade noch, wie mein Opa rückwärts umfiel wie ein gefällter Baum. Zum Glück landete er mehr oder weniger auf seinem Bett, aber er sah doch ziemlich finster drein, als er sich endlich aufgerappelt hatte und sich auf die Bettkante hockte.

»Luna Mai! Wie oft muss ich dir noch sagen, dass du anklopfen sollst. Vor allem, wenn ich morgens meinen Kopfstand mache!« Opa nennt mich, immer wenn er sauer ist, bei meinem Vor- und Nachnamen.

»Entschuldige«, murmelte ich. »Hast du dir wehgetan?«

Er schloss einen Moment die Augen, dabei kippte er den Kopf zur Seite, wie um jemandem zuzuhören, der in seinem Kopf saß und ihm was erzählte. Dann sah er mich mit seinen eisblauen Augen an und lächelte. »Nein, hab ich nicht. Aber warum kommst du in aller Herrgottsfrühe in mein Zimmer?«

»In aller Herrgottsfrühe, von wegen. Ich hab heute, an meinem GEBURTSTAG, schon einen Mathetest geschrieben. Na ja, sozusagen. Und jetzt brauche ich eine Entschuldigung, weil ich früher nach Hause gegangen bin. Und zwar von dir.« Ich brach ab. »Seit wann machst du morgens einen Kopfstand?«

»Seit ungefähr vierzig Jahren.«

Er band sich seine langen grauen Haare zu einem Zopf zusammen, was komisch aussieht, aber irgendwie besser, als wenn er die Haare ins Gesicht hängen lässt. Ich meine, er ist immerhin Opa. Und das schon seit vielen Jahren.

»Solltest du auch mal probieren. Gleich morgens alles auf den Kopf stellen und die Welt aus einem anderen Blickwinkel betrachten.«

Besten Dank, dachte ich, meine Welt ist schon genug auf den Kopf gestellt.

»Hör zu, Opa.« Ich senkte meine Stimme zu einem Flüstern. »Es ist etwas passiert. Heute Nacht. Ich habe ... ich konnte ... ich weiß auch nicht.«

»Sprich bitte in zusammenhängenden Sätzen, Luna, sonst komme ich nicht mit. Was ist los?«

»Es war total ... GESPENSTISCH«, flüsterte ich.

Jetzt sah er besorgt aus. »Gespenstisch? Was denn?«

»Also, Suse und ich, wir haben so rumprobiert. Wir haben einen der Ringe genommen, und als ich einen auf den Finger streifte, da ...«

»Da, was?« Opa kniff die Augen zusammen.

Ich ließ mich neben ihm aufs Bett plumpsen. »Da habe ich gewusst, dass wir heute einen Mathetest schreiben.«

Opa runzelte die Stirn.

»Gewusst ist nicht ganz der richtige Ausdruck. Ich habe es *gesehen,* und zwar *bevor* es tatsächlich geschehen ist. Irgendwie.« Verzweifelt suchte ich nach den richtigen Worten. »Ich hatte die Matheaufgaben vor Augen, wie im Kino«, fügte ich dann matt hinzu. »Mir war gestern vorm Einschlafen schon klar, was heute in der Schule passiert. Ich konnte in die Zukunft sehen. Hellsehen!«

Mein Opa begann zu grinsen. »Ha«, rief er und schlug sich mit der Faust in die flache Hand. »Hab ich's doch gewusst! Da ist wirklich was dran.«

»Schön, dass du dich so freust«, brummte ich. »Aber ich finde das Ganze ... verdammt GRUSELIG. Ich meine, ich drehe doch offensichtlich komplett durch! Ich werde verrückt, Opa! Ich. Will. Das. Nicht!«

»Hör mal, Luna.« Er war jetzt wieder ernst geworden. »Ich kann dich verstehen, das ist bestimmt ... gewöhnungsbedürftig. Aber was auch immer Elsa mit diesem Geschenk bezwecken wollte, ihr müsst das selbst herausfinden. Ich weiß nur, dass eure Ururgroßmutter wollte, dass ihr beiden die Ringe bekommt.«

»So was gibt es nur im Fernsehen und nicht *in echt!*«

»Es gibt viele Dinge, die zwar für die Augen unsichtbar sind, aber mit der Kraft unserer Fantasie Wirklichkeit werden können.«

Jaja, blabla, dachte ich. Opa steht auf Fantasie und so Zeug. Deswegen schenkt er einem auch nie ein Smartphone, sondern lieber Kram, der »die Kreativität« fördert. Am besten aus Holz. Dabei bin ich schon seit elf Jahren keine zwei Jahre mehr alt.

»Schau mal aus dem Fenster«, forderte er mich auf. »Siehst du die Sonne, Luna?«

Dass ich Luna heiße, dafür kann ich natürlich nichts. Das war eine Idee meiner Mutter. Mein Vater wollte für mich lieber einen handfesten Namen wie Isabell, oder wenn es schon mit L sein musste, dann Lisa oder Laura. Aber Luna heißt Mond und meine Mutter liebt den Mond über alles, sagt sie immer, und dass ich in einer Vollmondnacht gezeugt worden wäre. Argh. Viel zu viele Informationen.

Na ja, aber nach dreizehn Jahren habe ich mich nicht nur an den Namen Luna gewöhnt, sondern fühle mich sogar mit allem, was da so am Himmel rumschwirrt, in gewisser Weise verbunden. Wenn ich nicht schlafen konnte, hat meine Mutter früher immer in den Nachthimmel gedeutet und gesagt: »Schau, da ist die Venus, da der Mars, dahinten der Neptun und oh, sieh mal, der Pluto ... Das sind alles Geschwister von dir. Die passen auf dich auf. Und jetzt schlaf gut.«

Dabei kann man Planeten gar nicht so leicht erkennen, weil die ständig herumwandern und immer woanders sind. Es gibt eine App, da streckt man das Handy in den Himmel und weiß dann genau, wo der »Kleine Wagen« oder der »Große Bär« sind. Das muss ich unbedingt haben. Aber dafür brauche ich erst mal ein Smartphone.

Ich ließ mich nach hinten auf die Matratze fallen, um in den Himmel zu blicken. Der Himmel sah aus, als würde jeden Moment ein Gewitter losbrechen.

»Nein«, seufzte ich. »Ich sehe keine Sonne.«

»Hast du dir schon mal überlegt, dass sie vielleicht gar nicht da ist?«

»Natürlich ist sie da. Hinter den Wolken.«

»Aber woher willst du das wissen, wo du sie doch nicht sehen kannst?«

Ich setzte mich wieder neben ihn auf die Bettkante und ließ die Beine baumeln. »Das weiß eben jedes Baby.«

»Siehst du und möglicherweise gibt es auch viele andere Dinge, die man nicht sehen kann, die aber trotzdem da sind, so wie die Sonne!«

Oh-oh, dachte ich. Er ist wieder in einer dieser Stimmungen. So nenne ich das, wenn er darüber redet, dass alles Energie ist und dass ich mein wahres Selbst suchen soll und so weiter. »Suche, aber finde nicht«, sagte er kürzlich zu mir, das muss man sich mal vorstellen. Ich meine, was soll das denn bitte heißen? Deswegen denke ich manchmal, dass er einen kleinen Dachschaden hat. Hoffentlich nichts Genetisches.

Es gibt Zeiten, da hört man ihn minutenlang »Har« schreien, während er Yoga macht. Es kann aber sein, dass zwei Wochen später plötzlich was ganz anderes wichtig ist. Dann gurgelt er morgens mit Sonnenblumenöl, um die Gifte aus dem Körper zu ziehen, oder bearbeitet seine Chakren, das sind so Energiedinger im Körper, durch Handauflegen.

»Hör zu, Opa«, sagte ich. »Ich hab jetzt keine Zeit für diesen Kram. Ein anderes Mal gerne. Aber jetzt im Moment interessiert mich nur eines. WAS IST MIT MIR LOS, VERDAMMT?«

Opa legte einen Arm um meine Schultern und zog mich an sich. »Diese Welt ist voll von Dingen, die wir nie verstehen werden. So viel Unerklärliches, Unsichtbares, Wunderschönes ...«

Er zerzauste mir die Frisur, was nicht besonders schlimm war, denn mit meinen Haaren kann ich sowieso nicht viel anfangen. Sie reichen mir mal gerade bis auf die Schultern, sind mittelbraun wie ein langweiliges Hustenbonbon und meistens binde ich sie mit einem Gummi im Nacken zusammen.

Dann sprang er vom Bett und erst da fiel mir auf, dass er eine Art Nachthemd anhatte. Ich konnte nur hoffen, dass er eine Unterhose trug, denn wenn man mit einem Nachthemd einen Kopfstand macht, dann rutschte es natürlich wegen der Schwerkraft herunter, und wenn er keine Unterhose anhätte, hätte ich ihn, als ich ihn umwarf, beinahe ...

Igitt. Ich schüttelte mich.

»Und was ist mit Suse?«, fragte er.

»Was soll mit ihr sein?«

»Kann sie auch in die Zukunft sehen?«

»Keine Ahnung. Schätze, das müssen wir erst noch ausprobieren.« Und mehr konnte ich darauf nicht antworten. Denn auf einmal fiel ich um. Ich tat mir nicht weh, weil mir erst die Knie einknickten, und dann war es ja nicht mehr so weit zum Boden. Als ich die Augen wieder aufschlug, hing das Gesicht meines Opas über mir wie ein schneeweißer Ballon.

»Heilige Mutter, Luna. Du hast mir vielleicht einen Schreck eingejagt.«

»Frag mich mal«, sagte ich benommen. »Wie lange war ich weg?«

»Nur ein paar Sekunden«, sagte er. »Hast du zu niedrigen Blutdruck? Das ist bei jungen Mädchen oft der Fall.«

»Und wie spät ist es?«

»Viertel nach zehn.«

Ich erschauerte. In der großen Pause meine orangene Unterhose vor der halben Schule zu präsentieren, hatte ich gerade noch verhindern können. In Ohnmacht zu fallen aber nicht.

Notiz an mich selbst: Möglichst bald meinen Blutdruck abchecken lassen. Wozu ist mein Vater Arzt!

# 4. Kapitel

Mit Opas Entschuldigungsschreiben in der Hand (er hatte mir eine »bestialische Übelkeit« angedichtet – so was kann sich auch nur er ausdenken) rannte ich auf der Treppe fast meinen Vater über den Haufen, was um diese Uhrzeit ungewöhnlich war. Ihn auf der Treppe zu treffen, meine ich. Mein Vater ist Arzt und normalerweise den ganzen Tag in seiner Praxis im »Souterrain«. Hastig ließ ich das Entschuldigungsschreiben hinter meinem Rücken verschwinden.

»Was hast du denn da, Luna?«, wollte mein Vater auch prompt wissen. Dass er mich nicht fragte, was ich um diese Uhrzeit zu Hause zu suchen hatte, war klar. Mein Vater ist eigentlich meist mit anderen Dingen beschäftigt. Und im Fall der Fälle kann man ihn immer mit einer schlichten Antwort abspeisen. Zum Beispiel mit: »Nichts.«

»Ah, schön«, meinte er gedankenverloren, blieb unschlüssig stehen, überlegte und dann fiel es ihm wieder ein. »Alles Gute zum Geburtstag, meine Große. Heute Morgen habe ich dich ja leider verpasst. Ihr seid schon sehr früh in die Schule, du und Suse, nicht?«

»Nö, eigentlich wie immer.«

»So. Um zurück auf deinen Geburtstag zu kommen...«

Langsam wurde das Gespräch interessant. Ich rückte etwas näher an ihn heran und schlang die Arme um seinen Bauch, weil ich weiß, dass er das mag. »Du hast doch nicht vergessen, dass ich ganz dringend ein neues Handy brauche, Papsi, oder?«, fragte ich mit Unschuldsmiene.

»Ein neues Handy?« Er grinste. »Kannst froh sein, dass du *überhaupt* schon ein Handy hast.«

Mein erstes bekam ich erst vor einem Jahr und Suse und ich sind in unserer Klasse die Einzigen, die noch kein Smartphone haben. Okay, das stimmt nicht ganz, es gibt noch ein paar andere mit so peinlichen Steinzeitmodellen wie wir, aber das behalte ich meist für mich.
»Also kein neues Handy«, seufzte ich. »Endlich ein eigenes Zimmer wäre auch schon was.«

Früher fand ich es in Ordnung, dass Suse und ich ein Zimmer teilen, aber so langsam sind wir zu alt dafür. Mein Vater verspricht schon ewig, bald mit dem Ausbau des Dachgeschosses zu beginnen, dann sollen wir da oben jede ein eigenes Zimmer bekommen und meine kleine Schwester Laila kann in unseres ziehen.

Ich klimperte mit den Wimpern, und als das keine Wirkung zeigte, stellte ich mich breitbeinig vor meinen Vater auf die Treppe, die Knie leicht gebeugt, und streckte beide Arme vor. Dabei legte ich Ring- und Mittelfinger übereinander und spreizte den kleinen und den Zeigefinger weit ab. »Jo!«, legte ich los und mein Vater stöhnte auf. Ich rappe und hoppe für mein Leben gern, und zwar *deluxe*©, aber mein Vater kann damit wenig anfangen. Abhalten lassen darf man sich von so was nicht.

*Jo, jo, jo, jo …*

*Wenn ich nicht bald mein Zimmer bekomm,*

*dann zieh ich eben aus, und zwar aufn Balkon.*
*Ich hab nun keinen Bock, noch länger zu warten,*
*dann hau ich eben ab, wenn's sein muss in nen Garten.*

Okay, das war nicht gerade eine Glanzleistung, aber Rappen muss man halt üben, wann und wo immer es geht. Ich atmete ein paarmal tief durch, dann rief ich: »Hör auf zu lachen!«

»Aber wieso? Ich freue mich doch nur darüber, wie talentiert meine Tochter ist.«

»Dann freu dich anders«, sagte ich düster.

»Nur Geduld wegen des Dachbodens«, meinte er schließlich, »ich hab's nicht vergessen. Ich schwör's.«

Das mit dem Schwören ist so eine Sache. Das tut er schon geschlagene zwei Jahre lang und nichts ist passiert. »Gut, dann lass uns in die Hände spucken und sie schütteln, um den Schwur zu besiegeln«, schlug ich vor.

»Wie bitte? *Nein!«* Angewidert verzog er das Gesicht. »Ich muss jetzt in die Praxis...«

»War nur ein Scherz. Es reicht, wenn du um Mitternacht vor meinen Augen eine rohe Schweineleber verspeist.«

Er schüttelte den Kopf. »Hahaha, na dann, bis später im Garten.«

Später im Garten sollte endlich mein Geburtstag gefeiert werden. Nachdem ich mir in der Küche ein Brot mit Schinken und Käse belegt und obendrauf Marmelade geschmiert hatte, rannte ich wieder die Treppe hinauf in unser Zimmer. Es ist ziemlich groß, immerhin, und wir haben unsere beiden Hälften völlig unterschiedlich eingerichtet. Suses Wände sind rot gestrichen mit einer Glitzerschicht darauf, am Kopfende ihres Bettes hat sie einen riesengroßen chinesischen weißen Fächer mit Kirschblüten aufgehängt und dann noch mal um alles verschiedene Lichterketten geschlungen. In ihre Regale ist alles Mögliche gestopft, was keiner braucht, Parfümfläschchen, Kerzen, Postkarten, Schneekugeln, kleine Vasen und so weiter.

Meine Wände sind weiß und, von einem Schwarz-Weiß-Foto von Audrey Hepburn abgesehen, ganz leer. Vor meinem Bett liegt ein Teppich mit Zebrafellmuster und in meinen Regalen stehen Bücher und CDs, sonst nichts. Ich legte das angebissene Brot auf meinen Schreibtisch, fischte den schweren Schlüssel aus der Schublade, warf mich auf den Boden und krabbelte unters Bett, wo ich das rot-goldene Schatzkästchen verstaut hatte. Der Schlüssel glitt wie von selbst in das Schloss. Die beiden goldenen Ringe funkelten mit den Diamanten um die Wette. Ich nahm den mit dem blauen Stein heraus und hielt ihn in meinen zitternden Fingern. Um genau zu sein, schlotterte ich am ganzen Leib. Denn dieser Ring hatte aus mir einen verdammten Freak gemacht. Ich überlegte, ob es besser war, auf Suse zu warten, oder ob ich allein einen weiteren Versuch durchziehen sollte. Die Entscheidung wurde mir abgenommen, als Suse ins Zimmer stürmte.

»Was machst du denn schon hier?«

»Die letzte Stunde ist ausgefallen.«

»Und die Landkarte?«

Suse plumpste neben mir auf den Boden und grinste. »Ich habe ihr ziemlich bildhaft geschildert, wie du dich in die Kloschüssel übergeben hast. Ich glaube, ich habe auch noch was von wegen schlimmem Durchfall gesagt.«

»Vor der ganzen Klasse?!«, fragte ich entsetzt.

»Kleiner Scherz. Natürlich nicht. Und jetzt erzähl endlich. Wie hat sich das angefühlt?«

»Ich weiß auch nicht, erst wurde mir übel, meine ganze Haut hat gekribbelt. Es war, wie wenn man im Affenzahn durch einen Looping rast. Und dann habe ich alles vor mir gesehen wie im Film. Nur dass meine Augen die Kamera waren. Sozusagen.«

Ich hatte den Satz noch nicht beendet, als Suse bereits den anderen Ring aus dem Kästchen zerrte, auf den Finger schob, die Augen fest zusammenkniff und laut rief: »Ich möchte wissen, ob Heiko mich heute auf deiner Geburtstagsfeier küsst.«

Heiko? Ich musste kurz überlegen, welchen Heiko sie meinte. Suse ist ständig in irgendeinen Jungen verknallt, da komme ich manchmal nicht hinterher. *»Der* Heiko? Der aus unserer Klasse?«

Normalerweise steht Suse nicht auf Jungs aus unserer Klasse. Erstens sind sie allesamt kleiner als sie und zweitens unglaublich unterentwickelt. Die meisten benehmen sich wie Fünfjährige. Sie kichern über jede zweideutige Aussage und lachen sich wahrscheinlich noch über Sendungen im Kinderkanal kaputt. Aber es ist ja ein offenes Geheimnis, dass Mädchen in der Entwicklung erheblich weiter sind als Jungs im gleichen Alter. Meine Mutter sagt immer, das wird sich mit der Zeit geben. Tante Jenny hingegen meint, das bleibt für immer so. Heiko aber ist sitzen geblieben und somit ein Jahr älter als wir. Immerhin.

»*Den* hast du auf *meine* Geburtstagsfeier eingeladen?«, fragte ich. »Seit wann seid ihr befreundet?«

Aber Suse schwieg eisern. Sie saß im Schneidersitz, die Hände zu Fäusten geballt und das Gesicht vor Anstrengung verzerrt. Sie hatte aufgehört zu atmen, zumindest wurde sie ganz rot. Irgendwann stieß sie zischend die Luft aus und öffnete ein Auge.

»Und?«, fragte ich.

»Nichts.« Jetzt öffnete sie auch das zweite Auge. »Überhaupt nichts.«

»Vielleicht funktioniert es nur bei mir. Warte mal …« Ich dachte angestrengt nach. »Okay, Kristen hat mir erzählt, dass sie jeden Morgen Gelatine futtert, weil sie in einer Zeitschrift gelesen hat, dass dadurch die Haare schneller wachsen.«

»Gelatine, das ist ja eklig! Wusstest du, dass das aus Schweinen …«

»Ja, weiß ich. Hab ich gegoogelt.« Um ehrlich zu sein, hatte ich mir darüber hinaus selbst tütenweise Gummibärchen gekauft, weil da auch Gelatine drin ist. Kein Wunder, wenn die beste Freundin und Cousine Haare hat wie aus der Shampoowerbung.

»Igitt.« Suse tat so, als müsste sie sich übergeben.

»Sie behauptet, dadurch würden ihre Haare mindestens fünf Zentimeter im Monat wachsen.«

»Die spinnt doch.« Suse rechnete kurz nach. »Dann müssten die in zehn Monaten einen halben Meter wachsen.« Sie bekam einen Lachanfall. »Los, schau nach!«, stieß sie hervor, als sie zwischendurch nach Luft rang.

»Okay.« Ich zog den Ring an und sagte feierlich: »Ich möchte mal wissen, ob Kristens Haare wachsen werden.«

Ich hielt mich an der Bettkante fest und wappnete mich für das Achterbahngefühl. Doch nichts passierte.

»Frag mal anders. Ihre Haare wachsen ja auf jeden Fall, so oder so«, warf Suse ein.

»Okay. Ich möchte mal wissen, wie Kristens Frisur nächstes Jahr im Juni aussieht.«

Und schon sank mein Magen ein paar Stockwerke tiefer, mindestens in Papas Souterrain, ich hielt die Luft an vor Schreck und kniff die Augen zusammen. Als ich sie öffnete, sah ich unser Freibad. Suse lag auf einem riesigen Handtuch und schimmerte weiß wie Marmor, weil sie sich aus Angst vor Falten immer mit Sonnenschutzfaktor 50+ einschmiert. Ich hingegen trug einen Bikini, den ich noch nie zuvor in meinem Leben gesehen hatte. Wie denn auch, ich ziehe nie Bikinis an, sondern Surfer-Shorts und Tanktop. Offenbar würde sich das aber im nächsten Jahr ändern. Als ich zwei winzige Wölbungen unter meinem Bikinioberteil entdeckte, schlug mein Herz höher. Ich bekam also doch noch irgendwann Brüste!

Ich blickte mich weiter um. Kristen kam gerade aus dem Wasser. Mist, dachte ich, denn sie hatte eine Badekappe auf. Allerdings sah die nicht so aus, als ob man darunter ein halben Meter Haar stopfen könnte. Ich spürte, wie mir übel wurde. Schnell, dachte ich, mach schon. Und endlich zog sie die Badekappe ab. Dann wurde alles in mir durcheinandergewirbelt und plötzlich saß ich wieder Suse gegenüber. Mann, war das anstrengend.

»Und?«, flüsterte Suse. »Was war? Du hast echt gruselig ausgesehen, wie ein Psycho, der einen Anfall hat.«

»Ach ja?« Ich grinste sie triumphierend an. »Dafür bekommst du in zehn Monaten eine Zahnspange!«

»WAS?« Suse sprang vor Entsetzen auf. »Eine Zahnspange! Oh nein!« Sie war plötzlich ganz weiß im Gesicht.

»Reg dich ab, war nur ein Witz«, sagte ich schnell, denn womöglich reagierte sie auf Zahnspangen ähnlich wie auf Blutsschwesternschaftsblutstropfen. »Aber was Kristen betrifft, die sollte aufhören, diesen Schweinequatsch zu futtern. Hilft nichts.«

»Keine langen Haare?«

Ich schüttelte den Kopf. »Nein, warum auch. Hast du schon mal Schweine mit langen Haaren gesehen?«

Ich fand meinen Witz eigentlich ziemlich genial, aber Suse zog nur einen Schmollmund. »Warum funktioniert der Ring bei mir nicht?«

Ich schlug mir mit der Hand vor die Stirn. »Der Brief! Meinst du nicht, dass wir den langsam mal lesen sollten?« Ich nahm das Kuvert mit unseren Namen darauf (immer noch unheimlich!) aus dem Kästchen, zog ein zweifach gefaltetes Papier heraus und hielt es vor unsere Nasen.

*Das Leben zerrinnt durch meine Finger, sprachlos und kalt im Winde bin ich verloren im ewigen Kreis der Zeit. Euch Mädchen habe ich gewählt, um die drei Ringe ihr Werk tun zu lassen. Doch, habt Acht! Ein Blick in die Zeiten kann Stürme entfesseln. Verweilt nie lange im Gestern und Heute und Morgen, seid achtsam und haltet zusammen im Dreierbund. Ihr Mädchen, seid füreinander unschätzbar wertvoll, bündelt eure Kräfte durch alle Zeiten und Räume hindurch. Dann wird es euch gelingen, das Gespinst der drei Moiren, der Töchter des Zeus, zu verändern und Atropos' Bann zu zerschlagen, der mich bindet. Damit endlich süßen Frieden ich finde und die Schmetterlinge wieder fliegen.*

*Elsa LeMarr, Juni 1962*

»Wie jetzt?«, fragte Suse.

»Keinen Schimmer.«

»Wieso schreibt sie nicht einfach, was sie uns sagen will?« Ich las den Brief noch einmal, aber das half mir auch nicht weiter. Ich faltete den Brief wieder zusammen, dann ließen wir uns nebeneinander auf den Rücken fallen und starrten an die Decke.

»Wahrscheinlich war die Alte nicht ganz dicht«, sagte Suse. »Oder warum schreibt sie von *drei* Ringen? Und Dreierbund und so einem Quatsch? Die meint doch wohl nicht Opa, oder?«

Ich zuckte mit den Schultern. »Aber dass sie damals schon unsere Namen gewusst hat, das ist *echt* unheimlich. Bestimmt hat sie mit dem Ring in die Zukunft gesehen und so von uns erfahren.« Das war die einzige Erklärung, auf die ich kam, und die war so beunruhigend, dass ich lieber nicht länger darüber nachdachte.

Suse wohl auch nicht, denn sie rief auf einmal: »Was kommt am Donnerstag in der Geschichtsarbeit dran?«

»Weiß ich doch nicht.«

»Mensch, dann schau eben nach!«

»Hey, so leicht ist das nicht!« Ich pustete mir ein paar Haare aus der Stirn. »Es ist ganz schön anstrengend, sich da immer in die Zukunft zu beamen. Oder was immer ich da tue.« Ich fand es hier auf dem Boden gerade ziemlich gemütlich. »Ich glaub, ich bleibe hier liegen, bis meine Party losgeht.«

Schon war Suse auf den Beinen. »Oh Mann, das hätte ich ja beinahe vergessen. Ich muss noch meine Haare machen.« Sie nahm mit beiden Händen jeweils eine lange Strähne zwischen Daumen und Zeigefinger und zog sie in die Höhe. »Die sehen schrecklich aus.«

Ihre Haare sehen *nie* schrecklich aus. Selbst nach einer zehntägigen Wüstenwanderung ohne einen Tropfen Wasser wäre ihr Haar noch immer *deluxe*©. Sie hat die lockigsten Locken, die man sich vorstellen kann. Die springen nach allen Seiten und glänzen. Manchmal verbringt sie Stunden mit ihrem Glätteisen vor dem Spiegel. Das hält aber nie lange. Zum Glück.

Notiz an mich selbst: Versuchen, die Gummibärchen unauffällig unter die Partygäste zu bringen.

# 5. Kapitel

Um sechzehn Uhr ging die Geburtstagsparty los. Eingeladen waren natürlich Tom, unsere Freundinnen Alenya, Rosalie und Gloria, außerdem Lea und Fritzi aus unserer Klasse und, wie ich vorhin erfahren hatte, Heiko.

Dazu kamen noch Opa, Tante Jenny, Suses Bruder (und somit mein Cousin) Greg und meine Eltern mit Laila, die alle an einem Extratisch in der Nähe des Grills saßen. Ich fand mich viel zu alt, um mit Eltern-Opa-Tante und so weiter zu feiern, hatte sie davon aber nicht abbringen können. Zum Glück ist unser Garten groß und verwinkelt – man kann sich da gut aus dem Weg gehen. Die Regenwolken hatten sich verzogen, ein sanfter Wind ließ die Girlanden an unserem Birnbaum tanzen. Ich trug Jeans, ein neongrünes Top und hatte zur Feier des Tages etwas Wimperntusche aufgelegt und zum ersten Mal die Wimpernzange ausprobiert, die mir Suse geschenkt hatte.

»Mensch, wie siehst du denn heute aus?«, fragte mich Greg, der gerade Würstchen auf den Grill schmiss. Er musterte mich von Kopf bis Fuß und schüttelte den Kopf.

»Na, zum Glück nicht so wie du.« Ich ging an ihm vorbei. Greg geht mir meistens ziemlich auf die Nerven. Er ist zwei Jahre älter als wir, kommt sich aber zehn Jahre schlauer vor. In Wahrheit ist er eine lange, dürre Nervensäge mit strähnigem Haar und Pickeln auf der Stirn. Eines kann er allerdings wirklich gut, nämlich acht von seinen zehn Fingern bis zum Geht-nicht-mehr nach hinten biegen. Ich weiß nicht genau, wofür man so was braucht, vermutlich für die Ballerspiele, mit denen er meistens in seinem Zimmer beschäftigt ist.

Auf einem Tisch neben der Verandatür stapelten sich meine Geschenke. Möglichst unauffällig nahm ich ein in silbernes Lackpapier eingewickeltes Päckchen und schüttelte es. Es klapperte leise. Doch ein Smartphone? Ein MP3-Player? Ein Kopfhörer? Meine Gedanken wurden von einem jämmerlichen Miauen unterbrochen, das von meinen Beinen heraufklang. Mau schlängelte sich in Achterfiguren um meine Fußknöchel, während sie mich nicht aus ihren bernsteinfarbenen Augen ließ. »Miau«, wiederholte sie mit Nachdruck. *Ihr lasst mich hier alle verhungern,* sagten diese Augen. *Wegen einer blöden Geburtstagsparty.*

»Hey, was heißt hier blöd.« Ich schob sie mit dem Fuß zur Seite. »Außerdem hab ich dich vorhin höchstpersönlich mit Sardinen gefüttert!«

Mau sprang auf den Geschenkestapel und rieb ihren Kopf an meiner Hand.

»Hör auf damit. Es gibt nichts mehr zu fressen. Aus, Schluss, basta.«

Sie wartete noch einen Moment, dann zuckte sie mit dem Schwanz, als wollte sie sagen, *schön, ich hab's halt mal versucht,* und sprang vom Tisch. Ein letzter Blick auf mich, dann schoss sie wie eine weiße Fellkugel davon, jagte quer durch den Garten und verschwand hinter einer Hecke. Ich zupfte an einem kleinen Päckchen in rot-gelb-gestreiftem Geschenkpapier herum und tat beschäftigt. Doch in Wahrheit wartete ich nur auf Tom. Tom und ich haben schon gemeinsam Holzklötzchen aufeinandergestapelt, so lange kennen wir uns. Seine Eltern sind mit meinen befreundet. Tom ist eine Klasse über mir. Bis vor einer Woche waren wir einfach gute Freunde, alles ganz normal, wir fuhren zusammen Rad, er hat mir bei den Mathehausaufgaben geholfen oder sich meine Rap-Songs angehört.

Und dann kam Alenyas Slumber-Party. Ich nenne so was ja einfach nur Pyjama-Party, aber Alenya steht auf Highschool-Filme und alles, was damit zu tun hat. Und das ist der Grund dafür, dass ich bei meinem ersten Kuss ausgerechnet ein Nachthemd anhatte. Tom trug eine Schlafmütze auf dem Kopf und einen Kerzenhalter in der rechten Hand. Schon den ganzen Abend über hatte ich das Gefühl, dass er mich nicht nur öfter, sondern vor allem *anders* anguckte als sonst. Ich konnte mir da keinen Reim drauf machen. Erst dachte ich, er hätte Probleme mit den Augen oder zu viel am Computer gespielt, da bekommt man oft auch so einen starren Blick. Vielleicht lag es aber an dem Nachthemd, das ich trug und das eigentlich ein Negligé war. Ich hatte es mir von meiner Mutter geliehen, es war magentafarben (behauptete meine Mutter, ich würde die Farbe schlicht und ergreifend Pink nennen) und seidig und viel zu weit für mich. Es ging mir über die Knie, während es bei meiner Mutter gerade mal über die Oberschenkel reicht. Ich hatte einen silbernen Gürtel drum geschlungen und ein Tuch um meinen Hals gewickelt, damit der tiefe Ausschnitt nicht so zu sehen war. Ich fühlte mich zwar etwas unwohl in meiner Haut und zugleich ungeheuer... erwachsen.

Als Tom nach Hause gehen wollte, weil so eine Slumber-Party für Jungs wirklich eine öde Sache ist, kam ich gerade von der Toilette und wir prallten unter der Treppe fast ineinander. Plötzlich war da ein Kitzeln in meinem Bauch. Er lächelte mich an, er hat so eine kleine Zahnlücke zwischen den Vorderzähnen, und es war nicht das erste Mal, dass ich dachte, wie unglaublich süß es aussieht, wenn er lächelt. Seine fast schwarzen Augen jedoch, die mit den goldenen Punkten drin, die blickten ganz ernst. Ich dachte, ich werde auf der Stelle ohnmächtig. Meine Hände waren klitschnass, deswegen wollte ich sie kurz in die Hosentaschen stecken, damit sie wieder trocken wurden. Nur dass ich ja gar keine Hose anhatte.

Suse und ich hatten schon oft darüber gesprochen, wie das mit dem Küssen geht. Die stundenlangen Recherchen im Internet ergaben folgende Tipps:

1. Immer schön locker bleiben. (Haha.)

2. Das Gesicht drehen, damit die Nasen nicht aneinanderstoßen.

3. Leicht an seinen Lippen saugen.

4. Die Lippen öffnen und behutsam mit der eigenen Zungenspitze die Zungenspitze des Jungen berühren.

Außerdem fanden wir heraus, dass man beim Küssen zwölf Kalorien pro Minute verbrennt, zirka fünfzig Gesichtsmuskeln bewegt und um die zweihundertsiebzig Bakterien austauscht. Wir sahen uns auch Videos mit Anleitungen im Netz an und haben mit durchgeschnittenen Orangen geübt. Es dauerte nicht lange und wir aßen die Orangenhälften auf. Unter der Treppe wünschte ich, ich wäre damals mit etwas mehr Ernst bei der Sache gewesen. Mein Herz schlug ziemlich ungleichmäßig und es fiel mir schwer, überhaupt noch Luft zu bekommen. Ich weiß nicht, wie viele Mädchen vor ihrem ersten Kuss mit akuter Atemnot in der Notaufnahme landen, aber ich war mir sicher, dass ich eine davon werden würde. Tom strich mir mit der freien Hand übers Haar, dann über die Wange, sein Gesicht kam immer näher, es verschwamm vor meinen Augen und deswegen machte ich sie fest zu. Ich dachte nicht an die Anleitungen und an überhaupt nichts mehr. Einen Moment lang war ich nicht Luna Mai, sondern ein neues, anderes Wesen in einer Welt, in der es keine Zeit gibt und keine hässlichen Pyjamas und magentafarbenen Negligés. Es war so … weich und warm und zart … so schön! Der Kuss dauerte eine Ewigkeit und war gleichzeitig viel zu kurz.

Dann war ich wieder ich. Von einer Sekunde auf die andere. Tom hielt noch immer den Kerzenständer in der rechten Hand. Ich holte seinen Kaugummi aus meinem Mund. »Willst du den noch?«, fragte ich.

»Kannst du behalten«, sagte er lässig, aber ich hatte das Gefühl, dass er rot wurde. Unter der Treppe war es zu dunkel, um das wirklich beurteilen zu können, und die Kerzen in seiner Hand waren nicht angezündet. »Okay, dann bis bald mal«, murmelte er und ging. AAH! Ich klebte den Kaugummi unters Treppengeländer.

Seitdem hatte ich Tom nicht mehr zu sehen bekommen. Ich wusste nicht, was ich davon halten sollte. In

Wahrheit war ich nämlich mindestens drei Mal mehr in ihn verliebt, als Suse ahnte, und wünschte mir nichts so sehr, wie das Projekt MTK voranzutreiben.

Eine halbe Stunde später war Tom immer noch nicht da. Zum Trost packte ich unter lauten Oohs und Aahs meine Geschenke aus:

1 Wandkaugummiautomat

1 Lederjacke, von der ich meinen Eltern zwei Wochen lang täglich vorgeschwärmt hatte

Die sechste Staffel von »Blood Diary«

1 Musiksoftware mit Realtime Effects, Auto-Mix und Loop-Funktion

1 grüner Schal mit Glitzerstreifen

1 von meinen Freundinnen genial selbst gebastelter Foto-Roman

Die Grillen zirpten laut. Suse sah wie Nofretete aus, sie hatte ihr Haar irgendwie hochgetürmt, die Augen so dunkel geschminkt, dass es für drei Mädels gereicht hätte, und eine lange weiße Tunika angezogen. Und jetzt stand sie mit Heiko unterm Birnbaum und er redete auf sie ein. Wahrscheinlich ging es um irgendwelche idiotischen Computerspiele, darüber sprachen die Jungs aus unserer Klasse pausenlos. Suses Gesichtsausdruck jedenfalls war etwas gelangweilt. Obwohl sie ständig in irgendeinen Jungen verknallt ist, hat sie noch nie einen geküsst und dabei ist sie einen ganzen Monat älter als ich. Als ich ihr von meinem ersten Kuss erzählte, wollte sie alles wissen – wie fühlt sich so eine Zunge an, wie schmeckt sie und macht einen ein Kuss richtig glücklich?

Ich blieb noch eine Weile stehen, um mitzukriegen, ob sie selbst endlich dran war, doch als es nach zehn Minuten immer noch nicht danach aussah, beschloss ich, einen Erdnuss-Shake zu trinken. Niemand kann so leckere Erdnuss-Shakes machen wie mein Vater. Die sind so gut, als hätte er das jahrelang auf der Uni studiert und nicht Medizin. Den halben Nachmittag hatte er damit verbracht, Milch und Erdnussbutter und Schokoladeneis und Kakao zu mixen.

»Müssen wir Suse retten oder so was?«, fragte Gloria, die unbemerkt neben mir aufgetaucht war. Gloria kommt aus Angola und ist jeanssüchtig. Sie hat mindestens dreißig Paar Jeans zu Hause und trägt nie, nie, nie was anderes. Ich mag Gloria, weil sie einen immer zum Lachen bringen kann, egal, ob man glücklich oder traurig ist.

»Retten? Sie hat ihn doch selbst eingeladen.« Ich grinste und warf noch einen Blick unter den Birnbaum. Suse scharrte mit den Füßen und sah überallhin, nur nicht in Heikos Gesicht. Ich hatte nicht den Eindruck, als ob sie sich groß für das interessieren würde, was er ihr gerade wortreich erzählte. Aber warum hatte sie ihn dann überhaupt eingeladen?

»Ich ziehe meine Frage zurück.« Gloria kicherte. »Sag mal, kennst du schon den neuesten Witz?«

Ich schüttelte den Kopf. Ich habe mir noch nie im Leben einen Witz merken können, aber Gloria kommt jeden Tag mit einem neuen an. Keine Ahnung, wie sie das hinkriegt. »Treffen sich zwei Fische, sagt der eine: ›Hi!‹ Sagt der andere: ›Wo?‹«

Gloria begann, hysterisch zu lachen, knickte ein und landete rückwärts auf dem Rasen. Das ist das Beste an ihren Witzen. Sie lacht sich selbst kringelig darüber und ihr Lachen klingt wie eine Autohupe. Ich prustete los, stellte vorsichtshalber den Erdnuss-Shake ab und ließ mich neben sie fallen. Rosalie und Lea plumpsten ebenfalls neben uns. Und auch wenn sie keine Ahnung hatten, worüber wir so gackerten, machten sie mit.

Lea ist echt cool, sie ist aber erst im Sommer in unsere Klasse gekommen. Rosalie hingegen ist neben Suse meine älteste Freundin. Die habe ich schon mit acht im Ballettunterricht kennengelernt. Anfangs fand ich ja, dass sie eingebildet war. Aber dann habe ich gemerkt, dass sie einfach schüchtern ist, und inzwischen kommen wir super miteinander klar. Alenya und Fritzi saßen immer noch unter den Girlanden am Tisch. Zufrieden sah ich mich um. Alle Menschen, die mir etwas bedeuteten, waren da (okay, alle außer Tom) und ich war in diesem Moment irre dankbar für alles, was ich hatte. Diesen Erdnuss-Shake, die tollen Freundinnen, meine Eltern, die für mich da waren, und zwar zwei, nicht nur eine Mutter wie bei Suse. Meinen Opa, der bekloppt, aber nicht langweilig war und genau in diesem Moment mal wieder den Beweis dafür antrat.

Vor wenigen Minuten hatte er noch ganz normal ausgesehen (Jeans, Hemd und Turnschuhe), doch jetzt trat er mit seiner E-Gitarre und dem tragbaren Verstärker aus der Küchentür auf die Veranda. Schwarze Lederhose, schwarzes Black-Sabbath-T-Shirt, Nietengürtel, Lederhalsband und Stirnband, die Haare hatte er toupiert (!). An der rechten Hand trug er mehrere fette Silberringe. Er spielte »Happy Birthday« in seiner ganz eigenen Heavy-was-weiß-ich-was-Version, also mit kreischenden Gitarrenriffs und so laut, dass die Fensterscheiben klirrten. Mau flitzte mit eingezogenem Schwanz hinter der Hecke hervor und verschwand im Haus, Gloria sprang auf, schnappte sich eine Bierflasche als Mikrofon und sang laut mit. Wenn man den ersten Schock über Opas peinliches Aussehen verwunden hatte, machte er das echt gut. Suse kam zu uns und grölte mit, während Heiko mit seinem Handy herumspielte.

»Happy Birthday« ging in »Smoke on the Water« über und daran hängte Opa ein Gitarrensolo, das nie mehr zu enden schien. Irgendwann drehte Mama ihm den Saft ab, indem sie den Stecker aus seinem Verstärker zog. Grinsend küsste ich Opas verschwitzte Wangen und fragte ihn, ob ich mir den Nietengürtel irgendwann mal ausborgen könnte. Dann hüpfte ich wieder die Verandatreppe hinunter und schlenderte durch den Garten, wobei ich meinen Blick möglichst unauffällig durch die Gegend wandern ließ. Immer in der Hoffnung, Tom um die Ecke biegen zu sehen.

Ich war schon kurz davor, in mein Zimmer zu rennen, den Ring zu nehmen und NACHZUSEHEN, ob Tom sich heute noch zu meiner Geburtstagsfeier bequemen würde oder nicht. Aber da fiel mein Blick plötzlich auf eine Frau. Sie stand reglos hinter der Brombeerhecke und starrte in unseren Garten. Mitten im Sommer trug sie einen langen dunklen Mantel mit Kapuze, deswegen konnte ich nicht viel von ihrem Gesicht erkennen. Nur ein paar ziemlich rote Locken (rot wie die Blutwurst, die Papa als Einziger in der Familie so gern isst) spitzten darunter hervor. Als ob sie meinen Blick gespürt hätte, drehte sie auf einmal den Kopf in meine Richtung, verharrte noch kurz und zog sich dann in den Schatten zurück. Ich fragte mich, wie lange sie da wohl schon gestanden hatte.

»He!«, rief ich. »Hallo!«

Doch sie war bereits verschwunden. Und bis ich mit dem Erdnuss-Shake im Bauch durch das Gartentor auf die Straße gelaufen wäre, wäre sie sowieso schon über alle Berge. Außerdem war sie mir unheimlich und ich schätze, nur Schauspieler in Filmen verfolgen ausgerechnet die Leute, vor denen man lieber wegrennen sollte.

Kopfschüttelnd ging ich hinüber zu dem großen Tisch, an dem meine Eltern saßen, Tante Jenny, Greg und Opa.

»Habt ihr noch jemanden eingeladen?«, fragte ich.

»Nein, wieso?«, wollte mein Vater wissen.

»Da stand gerade eine Frau hinter der Brombeerhecke und hat in den Garten geschaut.«

»Bestimmt war das eine Musikmanagerin aus Brooklyn«, kicherte meine Mutter. »Mit einem Vertrag für dich in der Tasche.« Sie trank fast nie Alkohol und hatte wahrscheinlich schon einen im Tee.

Ich rollte mit den Augen. »Witzig«, sagte ich.

»Oder eine Patientin von mir?«, meinte mein Vater leicht alarmiert.

Opa zupfte sein Stirnband zurecht. »Ach was, ich schätze, es war eine meiner zahlreichen Verehrerinnen. Wie hat sie denn ausgesehen?«

»Keine Ahnung, hab nicht viel sehen können. Nur, dass sie echt ganz schön rote Haare hat.«

»Wahrscheinlich hat sie nur zufällig da rumgestanden«, meinte mein Vater.

»Rote Haare?«, rief Opa, dann rückte er abrupt seinen Stuhl zurück und rannte quer durch den Garten. Für sein Alter ist er wirklich ganz schön auf Zack, bevor wir einen Ton sagen konnten, war er bereits durch das Gartentor verschwunden. Verdattert sah ihm mein Vater hinterher. »Na, den hat's ja ganz schön erwischt, was?«

»Wen hat was erwischt?« Suse kam mit Heiko zu uns.

»Opa rennt gerade so einer komischen Frau hinterher, die in unseren Garten geguckt hat.« Ich zuckte mit den Schultern.

»Ja, die ist mir auch schon aufgefallen«, meldete sich Heiko zu Wort. »Die turnt hier schon den ganzen Nachmittag rum.«

»Wie bitte? Warum hast du denn nichts gesagt?«, rief Suse.

»Eh, dachte nicht, dass das wichtig ist. Egal, ich zieh dann mal wieder ab. Ich muss noch… Hausaufgaben machen. Tschau, Luna, Tschau, Suse.« Er winkte kurz und schlenderte gemächlich auf das Gartentor zu.

Suse blickte ihm hinterher. »Idiot. Der hat doch in seinem ganzen Leben noch kein einziges Mal Hausaufgaben gemacht!«, brummte sie. »Aber süß ist er schon«, fuhr sie dann fort, säuselnd. »Findest du nicht, dass er mit seiner blassen Haut wahnsinnig geheimnisvoll aussieht?«

»Jannick ist kein bisschen blass und den hast du letzte Woche auch noch süß und geheimnisvoll gefunden«, merkte ich an. »Ich glaube, du sagtest außerdem, er sähe wie ein Engel aus.« Wir waren mittlerweile zum Büffet geschlendert und machten uns über die Spezialmuffins von meiner Mutter her (weiße Schokolade und Karamell).

»Und? Ich bin halt nicht festgelegt.« Sie biss in einen Muffin. »Ich hab die Idee!«, rief sie mit vollem Mund. »Zieh den Ring an und schau nach, ob Heiko, wenn er nach Hause kommt, wirklich seine Hausaufgaben macht!«

»Ach nö, nicht während meiner Party. Morgen früh, gleich nach dem Aufstehen, okay?«

Sie fixierte mich. Lange. Und noch etwas länger.

»Was ist?«

»Wenn du morgen früh nachschaust, liegt das doch längst in der Vergangenheit«, sagte sie.

Das stimmte nun auch wieder. »Andererseits: Falls es *irgendjemanden* interessiert, ob Heiko seine Hausaufgaben gemacht hat oder nicht, erfährt er es morgen in der Schule sowieso.«

Ich wollte ihr auch einen Erdnuss-Shake einschenken und sie ein bisschen ablenken, ihr zum Beispiel irgendeinen Unsinn vorsingen, um sie auf andere Gedanken zu bringen. Sie findet nämlich, dass ich eine außerordentlich gute Hopperin bin, und glaubt felsenfest daran, dass ich den Musikwettbewerb in der Schule gewinne, der in zwei Wochen stattfindet. »MusicStars« heißt er. Henris

Vater, der Musikproduzent, wird in der Jury sitzen, außerdem unsere Musiklehrerin und der Bassist einer unbekannten Band. Der Gewinner bekommt fünfhundert Euro und eine professionelle Studioaufnahme. Ich habe mich mit einem selbst gebastelten Demo-Band beworben und bin ausgewählt worden. Neben meinem wird es noch neun weitere Auftritte geben.

Da, ENDLICH, trat Tom durch das quietschende Gartentor. Wieder löste sich alles um mich herum auf, wie vor einer Woche unter der Treppe, wir sahen uns an und nichts mehr war wichtig. Tom rannte auf mich zu, riss mich in seine Arme und wirbelte mich durch die Luft, bis mir so schwindlig wurde, dass ich vor Entzücken laut schrie. So kannte ich ihn gar nicht! Ich lachte noch, als er mich wieder absetzte, und dann presste er mich an sich und küsste mich. Diesmal ohne Kaugummi und eine komplette Ameisenarmee marschierte über meinen Körper. Mau tanzte neben uns und sang:

*You're makin me so… hiiiiiiiiiiiigh. You're gettin me so… hiiiiiiiiiiiigh, hiiiiiiiiiiiiiiigh…*

Mau SINGT?

Ich riss die Augen in dem Moment auf, in dem Suse mir so heftig in die Seite stieß, dass ich taumelte.

»Was ist denn mit dir los?«, zischte sie mir ins Ohr. »Du hast mir grad Erdnusspampe auf die Füße gegossen.«

Ich sah hinunter auf den braunen Matsch zu ihren Füßen. »Uh, sorry.« Jetzt, wo ich so unsanft in der Realität gelandet war, sah ich, dass Tom noch immer mit der quietschenden Gartentür kämpfte und – seine Eltern (!) im Schlepptau hatte.

»Luna, hallo«, rief Melissa, seine Mutter. Mir fiel auf, dass sie etwas aufgedreht wirkte. Blass, aber aufgedreht. Irgendwas hatte sie mit ihren Haaren gemacht. Die waren jetzt voller, lockiger. Und sie glänzten total. »Danke für die Einladung. Ist leider etwas später geworden.« Sie drückte mir ein Geschenk in die Hand, bei dem es sich nur um ein Buch handeln konnte. »Das ist von Olaf und mir.«

Olaf, Toms Vater, schlug mir freundschaftlich auf die Schulter. »Hey, Puppe«, sagte er. Er nennt mich immer Puppe, aber aus seinem Mund klingt es nett. Die beiden schlenderten zum Erwachsenentisch hinüber.

»Hallo Luna«, sagte Tom jetzt. Wir standen einander gegenüber. »Du siehst hübsch aus.« Er klang überrascht.

Etwas beleidigt sagte ich: »Danke.«

»Ich habe auch etwas für dich.« Er streckte mir ein rosa Päckchen hin. Rosa, okay, nicht die beste Wahl. Aber es kam ja auf den Inhalt an. Eine Kette? Oder ein Ring? Zwar hatte ich ja schon einen Ring von Opa bekommen oder eigentlich eher von meiner Ururoma. Aber ein Ring von meinem Freund wäre eine ganz andere Angelegenheit. Wobei ich natürlich nicht wusste, ob er mein Freund war. Also mein Freund schon, aber *mein Freund.*

Immerhin hatten wir uns seit einer Woche nicht mehr gesehen. Er war ja wie vom Erdboden verschluckt gewesen. Das muss man erst mal hinkriegen, wenn man auf dieselbe Schule geht.

»Schön, dass du es einrichten konntest«, antwortete ich heiser. *Einrichten?* Da hätte ich ihn ja gleich siezen können. Suse neben mir kicherte. Entschlossen nahm ich Tom das Geschenk ab, stellte mich auf die Zehenspitzen und küsste ihn auf die Wange. Ich konnte sehen, wie seine Augen aufleuchteten, er legte eine Hand auf meine Schulter und wir hörten nicht auf, uns anzusehen. Obwohl es immer noch warm draußen war, begann ich zu zittern.

»Danke«, wisperte ich.

»Wofür?«, fragte er verwirrt.

»Für das Geschenk.«

»Oh, ach so, klar. Ist nichts Besonderes. Ich meine... ich hatte viel zu tun in letzter Zeit, ähm.«

Ich hatte das Gefühl, dass er traurig war, und wollte ihn fragen, warum, so, wie ich es früher getan hätte, ohne mir auch nur eine Sekunde lang Gedanken darüber zu machen. Er hätte mir erzählt, was er auf dem Herzen hat, egal was, ich hätte es mir angehört und dann überlegt, wie ich ihm helfen könnte. Tipps gegeben und so weiter. Was man als Freundin eben so macht. Aber seit dem Kuss war alles anders. Beim Aufwachen musste ich als Allererstes an ihn denken und dann wurde mein Herz riesig und pumpte diese unglaublichen Gefühle durch meinen Körper. Wenn die eine Farbe hätten, wären sie violett und würden schimmern. Ich fragte mich ständig, was er wohl gerade macht, gleichzeitig war er immer bei mir, als würde er unsichtbar in der Luft um mich herumschwirren. Dann, wenn er mir wieder keine SMS geschrieben hatte, tat's so weh, als würde einem ein Elefant auf der Brust hocken.

Jetzt, wo ich ihn endlich wiedersah, merkte ich, wie

der Elefant aufstand. Ich wusste nicht, was ich sagen sollte, sondern wollte nur noch, dass er mich küsste.

Aber das tat er nicht. Wieso nicht? Ich schluckte, löste meinen Blick von Toms wunderschönen, gesprenkelten Augen, drehte ihm den Rücken zu und ging zurück zum Tisch.

Notiz an mich selbst: Unbedingt herausfinden, warum bestimmte Gefühle violett sind. Bloß wie?

# 6. Kapitel

Die nächsten zwei Stunden verdrückten wir den Rest von den Grillwürsten und dem Kartoffelsalat und stießen mit Zitronenlimo im Sektglas auf meinen Geburtstag an. Tom saß neben seiner Mutter und schenkte ihr permanent Wasser nach, reichte ihr Brot und stapelte Würstchen auf ihrem Teller. Ich fand es toll zu sehen, wie liebevoll er sein konnte, und da er nicht direkt neben mir stand, litt ich wenigstens auch nicht unter akuter Sprachlosigkeit. Aus der Ferne fiel mir auf, dass seine Schultern breit genug waren, um den Kopf daran zu lehnen. Als ich das dachte, sah er mich an und schon ging das ganze Theater von vorn los. Herz schwillt an, pocht, pumpt. Essen bleibt im Hals stecken. Rechtes Auge beginnt zu zucken (wie immer, wenn ich nervös bin). Lippen wollen lächeln, zittern dazu aber zu sehr. Peinlich. Elefant macht es sich wieder auf der Brust gemütlich.

Opa, noch immer in schwarzem Leder, war unbemerkt wieder in den Garten gekommen. Als er die Hand auf meine Schulter legte, war mir klar, was jetzt kam: die alljährliche Ansprache. Oder besser: die alljährlich peinlicher werdende Ansprache. »Liebe Luna. Mit dreizehn kommt nun für dich eine Zeit, die du nie vergessen wirst. Die Zeit, in der du anfängst, erwachsen zu werden. Ich wünsche dir, dass absolute schöpferische Kraft in dein Leben einzieht. Das Einzige, was zählt, ist die Liebe und…«

Ich wand mich auf meinem Stuhl. Alenya und Fritzi hielten gebannt ihre Limogläser in der Hand. Das fehlte gerade noch, dass Opa jetzt anfing, über die Liebe zu reden, während Tom mir gegenübersaß und mich nicht aus den Augen ließ. Suse sprang hektisch auf, sie wusste von ihrem eigenen Geburtstag, wie die Rede ungefähr weitergehen würde. Opa stand kurz davor, was von erblühender Lotusblume als Sinnbild der Reinheit und Schönheit zu erzählen, von Fruchtbarkeit und von der Göttin, die in mir wohne und nur erweckt werden wolle… oh Mann. Doch bevor es so weit kam, würgte Suse ihn ab. »Genau!«, rief sie. »Und jetzt lasst uns alle auf Luna anstoßen.«

Cola-, Milchshake- und Weingläser klirrten aneinander, und nachdem Suse und Opa sich wieder gesetzt hatten, fragte Tom: »Was wünschst du dir eigentlich für das nächste Jahr?« Er sah so sexy aus mit dem ersten Dreitagebart seines Lebens. Eventuell lag das aber nur an den Lichtverhältnissen.

Alle Augen waren auf mich gerichtet, als ich merkte, dass ich immer noch nicht geantwortet und ihn nur angestarrt hatte. Ich sagte: »Ich, also… äh.« Ja, SCHLAGFERTIG ist mein zweiter Vorname.

Er lächelte mich an. Seine Zahnlücke funkelte. Ich weiß schon, Zahnlücken können nicht funkeln, aber manchmal eben *doch*. Ich schwör's. Oder *wallah*, wie Alenya sagen würde.

»Wünsch dir doch, dass du wieder neben Suse sitzen kannst«, rief Rosalie.

»Oder dass du MusicStars gewinnst«, schlug Lea vor. Alenya nickte begeistert.

»Und natürlich eine neue Jeans.« Das kam von Gloria.

»Ich wünsche dir, dass du glücklich bist«, sagte Tom leise, als säßen wir ganz allein am Tisch.

Ach. Du. Sch... Ich verlor mich in seinen schwarzen Augen. Die mit den goldenen Punkten drin. Von den Gesprächen um uns herum kriegte ich ein paar Minuten lang gar nichts mehr mit.

Als es dunkel war, öffnete ich Toms Päckchen. Tom diskutierte mit Greg gerade über *Undershoot 3,* das vor ein paar Tagen rausgekommen war. Alenya, Rosalie, Gloria, Lea, Fritzi und Suse standen auf Zehenspitzen um mich herum, als ich das rosa Papier aufriss, und reckten neugierig die Hälse. Ich glaubte, meinen Augen nicht zu trauen. Die Sims Mittelalter. Ausgerechnet die Sims! Mit denen hatte ich schon mit zwölf abgeschlossen. Gloria riss die Augen auf und schüttelte dann den Kopf. Rosalie streckte beide Daumen nach unten. Suse zeigte mit dem Zeigefinger an die Schläfe und drehte ein paar Kreise und Alenya nickte dazu. Fritzi und Lea runzelten die Stirn, als sie einen Blick auf die Hülle erhaschten. Kein Ring, keine Kette, kein... was weiß ich.

Ich war davon überzeugt, dass Tom mir mit dem Geschenk zwischen den Zeilen ungefähr das Folgende sagen wollte: He, Kleine, lass das mit den großen Jungs und der Küsserei erst mal sein und beschäftige dich noch ein paar Jahre mit *Mädchen*-Computerspielen. Rosalie legte mir tröstend die Hand auf die Schulter, aber ich ließ sie und die anderen stehen. Nicht besonders erwachsen, okay, doch es gibt Dinge, die sind größer als man selbst. Ich war einfach zu enttäuscht und musste zumindest einen Moment lang allein sein. In den Birnbaum im hinteren Teil des Gartens haben Suse, Greg und ich ein Baumhaus gebaut. Ich kletterte die Leiter hinauf und ließ die Beine baumeln. So läuft das also, dachte ich. Nicht nur war der erste Kuss ewig her, Tom schien auch nicht wild auf eine Wiederholung zu sein UND dann schenkte er mir noch was, worüber sich vielleicht ein Kumpel freuen würde. Ein zwölfjähriger Kumpel. Aber doch nicht… ich. Dann atmete ich tief, so wie Opa es mir beigebracht hat. Langsam einatmen, nooooch langsamer ausatmen und dem eigenen Herzen zulächeln (okay, kein Dunst, was *das* bedeutet, aber ich tu immer so, als ob ich es wüsste). Ganz oft funktioniert das und man fühlt sich sofort besser. Und es funktionierte auch jetzt im Birnbaum, ein bisschen zumindest.

Aber irgendwann muss jeder mal wieder vom Birnbaum hinuntersteigen. Selbst ich. Als ich das tat, waren die Mädels alle schon gegangen, ich hatte gar nicht gemerkt, dass ich so lange da oben gewesen war. Kurz darauf verabschiedeten sich auch Tom und seine Eltern. Ich schaffte es nicht, Tom in die Augen zu sehen. Erstens hatte ich mich noch nicht für sein Geschenk bedankt… ich wusste nicht, wie. Und zweitens deutete nichts, aber auch gar nichts darauf hin, dass aus MTK noch mal was wurde. Doch da strich mir Tom mit seiner Hand eine Strähne aus dem Gesicht. »Was das Spiel betrifft…«, begann er.

»Ja, ach so, klar, vielen Dank«, krächzte ich.

»Ja, ich dachte, Mittelalter, das kennst du vielleicht

noch nicht, und wir haben Die Sims doch immer so oft zusammen gespielt, und gehst du am Freitag mit mir zum Fleisch-Konzert ins Jugendzentrum?«

Wie bitte, was? Er hatte so schnell gesprochen, dass ich seine Frage gar nicht richtig mitkriegte. »Hm?«

»Fleisch. Freitag. Mit mir?«

Seit wann redete Tom in unzusammenhängenden Sätzen? »Fleisch? Freitag?« Seit wann redete *ich* in unzusammenhängenden Sätzen? Von der Band hatte ich noch nie im Leben etwas gehört. Jetzt aber wollte ich sie unbedingt kennenlernen.

»Halb sieben?«

Ich sagte: »Klingt super.«

»Treffen wir uns dort? Oder soll ich dich abholen? Ach, ich ruf dich an.«

»Klingt super.« Zu mehr war mein von Zahnlückengefunkel geblendeter Verstand nicht in der Lage.

Er lächelte, legte eine Hand an meine Wange und ließ sie dort ganz schön lange liegen. Dann strich er mir dieselbe Strähne noch mal hinters Ohr. In diesem Moment war so ziemlich alles *deluxe*©.

Notiz an mich selbst: Die komplette Bandgeschichte von Fleisch recherchieren.

# 7. Kapitel

Zum Glück mussten Suse und ich nicht beim Aufräumen helfen, meine Eltern, Opa und Tante Jenny schickten uns ins Bett. (Ich glaube ja, sie alle hatten einen in der Krone und wollten in Ruhe noch etwas weiterfeiern.) Wir verriegelten die Tür, breiteten unsere Bettdecken auf dem Boden aus und legten uns nebeneinander. »Das mit Heiko tut mir leid«, sagte ich. »Dass er so früh gegangen ist, meine ich.«

»Ach was. Er ist ein Idiot.«

»Echt jetzt?«

»Ja, erst quatscht er die ganze Zeit von seinen Computerspielen und dann auch noch das mit den Hausaufgaben. Was ist mit dir und Tomputer?«

»Tom.« Ich stieß ihr den Ellbogen in die Rippen. »Wir gehen zusammen auf ein Konzert.«

»Dann bist du also über das Geschenk hinweggekommen? Ich fand das eh nicht *so* schlimm …« Sie gähnte ausgiebig. »Welche Band?«

»Fleisch oder so?«

»FLEISCH?«, kreischte Suse und richtete sich ruckartig auf. »Ich raste gleich aus!«

»Du kennst die?«

»Oh Mann, Luna, es gibt echt noch anderes als Rap oder Hip Hop auf der Welt. Fabian ist *der* Traumtyp schlechthin.« Sie ließ sich seufzend wieder auf die Bettdecke fallen und sah mich kopfschüttelnd an. »Fabian ist der Sänger. So was von süüüüüüüß.«

»Ich bekomme gleich einen Zuckerschock.« Wahrscheinlich war dieser Fabian auch so ein Barbie-Magnet wie Henri. Nicht dass Suse eine Barbie ist, aber was Jungs betrifft… ist sie, sagen wir, *sehr* magnetisch.

Suse grinste mich breit an. »Ich komme mit.«

»Das lässt du schön bleiben! Sag mir lieber, was ich anziehen soll.« Ich überlegte einen Moment. »Mist, für meine neue Lederjacke ist es viel zu warm.«

»Häng sie halt über die Schultern.« Sie seufzte, rollte sich auf die Seite, zog das Kästchen unter dem Bett hervor und nahm ihren Ring heraus. »Ich möchte jetzt endlich wissen, warum der bei mir nicht funktioniert.« Sie steckte ihn an den Finger, dachte angestrengt nach und murmelte dann: »Vielleicht kann er ja was anderes! Bin ich unsichtbar geworden?«

Ich schüttelte bedauernd den Kopf.

»Okay, jetzt weiß ich.« Sie überkreuzte die Beine und schloss die Augen. »Gedankenlesen. Das ist es.«

»Aber…«

»Sei still, ich lese gerade deine Gedanken.«

Ich rührte mich nicht. Und für den Fall, dass das mit den Gedanken klappte, dachte ich an türkisblaues Wasser und weißen Sandstrand. »Und?«, fragte ich nach ein paar Minuten. »Woran hab ich gedacht?«

»Nachos mit Extrakäse?«

»Falsch.«

Mau, die ich zuvor gar nicht bemerkt hatte, sprang vom Regal, legte sich zwischen uns und begann zu schnurren.

»Ich hab's«, flüsterte Suse und glotzte Mau an. »Bestimmt macht mich mein Ring zum Gestaltenwandler. Wenn ich will, kann ich mich in eine Katze verwandeln.« Sie hielt die Luft so lange an, bis sie puterrot im Gesicht war.

Mau beschwerte sich mit einem gereizten Miauen. *Wollte hier nur ein kleines Nickerchen halten,* sagten ihre bernsteinfarbenen Augen, *und dann wird man so angestarrt. Frechheit.* Schnurstracks durchquerte sie das Zimmer und sprang auf meinen Schreibtisch, um es sich auf dem höchsten und wackligsten Papierstapel gemütlich zu machen. Eine weiße Fellwolke schwebte an meinen Augen vorbei und ließ sich direkt auf meiner Nase nieder. Ich pustete sie weg.

»Blödes Ding!« Suse stierte den Ring an ihrem Finger so düster an, dass ich befürchtete, er würde in Flammen aufgehen. Dann seufzte sie. »Besten Dank, Frau LeMarr. Was für ein überaus *nützliches* Geschenk.« Sie drehte sich auf die Seite und wir schwiegen ziemlich lange.

Ich dachte vor allem darüber nach, was ich jetzt bei meinem Date mit Tom tragen sollte. »Meinst du, ich kann mein rotes Kapuzenshirt anziehen?«, fragte ich laut.

Suse stützte den Kopf auf den Ellbogen: »Das mit der Gonzo-Faust drauf? Kommt darauf an, wie warm es ist. Mich würde ja echt mal interessieren, was unsere Uroma damals für ein Date angezogen hat. Oder wie man das früher genannt hat.«

»Stelldichein?«, schlug ich vor, aber da wurde Suse plötzlich starr und bleich wie Camembert.

»Suse?«

Ihre Pupillen bewegten sich hektisch, als würde sie

etwas beobachten. Ein Tennismatch oder so. Mau hob fauchend den Kopf. Was in aller Welt? Ich rüttelte Suse an den Schultern. Keine Reaktion. Dann sprang ich auf, nahm die Flasche Wasser von meinem Nachttisch und spritzte Suse etwas (okay, *etwas mehr)* davon ins Gesicht. Da blinzelte sie ein paarmal und begann zu husten.

»Heilige Scheiße«, stieß sie röchelnd hervor. »Das gibt's ja nicht!«

Durch das Wasser war die ganze Wimperntusche verschmiert, sie sah aus wie ein Waschbär. »Alles in Ordnung?«, erkundigte ich mich vorsichtig.

»Oh Mann, du kannst dir nicht vorstellen, was gerade passiert ist. Das war richtig abgefahren!«

»Was, hat's also doch geklappt? Na los, erzähl schon!«

»Du wirst es nicht glauben, aber ich hab sie gesehen!«

»Wen denn?«, fragte ich, obwohl ich befürchtete, die Antwort zu kennen.

»Wahnsinn. Ich hab sie echt gesehen und sie war wunderschön angezogen. Sie hatte ein glitzerndes Abendkleid an mit ganz vielen Pailletten und einer Stoffschleife um die Hüfte und Schuhe mit Spangen. Und sie hatte so einen Bubikopf und trug ein Stirnband. Wie im Kino.«

»Suse, WER?«

»Ich habe Elsa gesehen«, flüsterte sie.

»Du ... du ... hast was?«

»Ich habe Elsa gesehen – als junge Frau.«

Ach du grüne Neune, sie konnte also – in die Vergangenheit sehen? Nur weil sie laut drüber nachgedacht hat, was unsere Ururoma zu einem Date getragen haben mag? War es das? »Und was genau hast du gesehen?«

»Da war ein Raum mit riesengroßen Sofas und verschnörkelten Tischen und jeder Menge Teppichen. Auf einer Kommode stand ein Grammofon und spielte so komischen Jazz.« Sie verdrehte die Augen vor Konzentration. Das war mindestens so unheimlich wie ihre Erstarrungsnummer eben gerade. »Auf den Sofas und Stühlen saßen Leute und dann habe ich sie gesehen. Irre. Unsere Ururoma. Elsa LeMarr.« Ihre Stimme klang jetzt ganz ehrfürchtig.

»Woher weißt du, dass es sie war?«, wisperte ich.

»Da war so ein Typ in einem dunklen Anzug und mit streng nach hinten gekämmtem Haar. Er sagte gerade: ›Elsa, ich liebe Sie!‹«

»Was?« Gegen meinen Willen musste ich kichern. *»Echt?«*

Suse nickte und lachte laut auf. »Und dabei sind dem Typen fast die Augen aus dem Kopf gefallen. Sie hatte einen wirklich gewaltigen Ausschnitt, sowohl vorne wie auch am Rücken! Der ging fast bis zur Taille. So habe ich mir eine Ururoma nun echt nicht vorgestellt. Die sah so unwahrscheinlich *sexy* aus. Durften die das damals überhaupt? Wobei ich meine Lippen an ihrer Stelle nicht so schmal schminken würde. Äh…« Sie überlegte kurz. »Geschminkt hätte. Geschminkt haben würde?«

»Und was hat sie gesagt?«

»Gar nichts. Sie hat gelacht, so ein perlendes Lachen, und dann hat sie an ihrer Zigarettenspitze gezogen und ihm Rauch ins Gesicht geblasen. Und dann hast du mir Wasser ins Gesicht geschüttet. Besten Dank dafür.« Sie wischte sich mit der Hand über das Gesicht. Waschbären-Look *deluxe*©.

»Hat dich jemand gesehen?«

»Nein, ich war ja nicht wirklich *da*. Ich hab das nur beobachtet. Du weißt schon.«

Ich wusste schon und deshalb nickte ich. »Was meinst du, wie alt sie da war?«

»Keine Ahnung, achtzehn. Oder zwanzig?«

Ich rechnete nach. »Das muss dann ja um 1920 herum gewesen sein oder so. Wahnsinn.«

Suse sah ziemlich erschöpft aus, und das konnte ich gut nachempfinden. Diese Sache mit den Ringen war wirklich anstrengend, also richtig *körperlich* anstrengend. Anstrengender als ein 800-Meter-Lauf – und ich habe wirklich eine gute Kondition. Ich zog ihr den Ring ab, streifte meinen vom Finger und steckte sie beide fein säuberlich zurück in das Kästchen. Dann legten wir uns ins Bett.

Während Suse schon bald fröhlich lossägte, konnte ich natürlich mal wieder nicht einschlafen. Wenn das so weiterging, würde ich vor lauter Schlaflosigkeit schneller Falten bekommen als Brüste. Was für eine albtraumhafte Vorstellung. Am Ende würde ich mal so aussehen wie die Landkarte. Meine Gedanken wirbelten wie ein Hurrikan in unserem Zimmer herum und ließen mich nicht zur Ruhe kommen.

Also schön, Suse konnte in die Vergangenheit sehen und alte Grammofonplatten hören und so was, wenn das mal nicht *viel cooler war*, als in die Zukunft zu sehen. Ich meine, wer schreibt schon gerne zweimal hintereinander einen Mathetest! Andererseits würde ich jetzt nur noch Einser bekommen, könnte dann eine Klasse überspringen und käme in Toms Klasse. Wobei, wenn aus uns nix werden sollte, dann will ich ihn auf keinen Fall jeden Tag sehen. Außerdem möchte ich mit Suse in einer Klasse bleiben. *Was noch?* Ich könnte schon vorher rausfinden, ob ein Kinofilm gut ist, bevor ich acht Euro dafür hinblättere. Aber dann müsste ich eineinhalb Stunden zu Hause rumsitzen, während ich den Film sehe. Oder nein: Wenn ich später entscheide, den Film nicht zu gucken, kann ich ja auch vorher nicht in *diese* Zukunft schauen, die ja dann nicht stattgefunden haben wird. Oder? Oh Mann. Kopfschmerzen, Falten und Busenlosigkeit. Und das alles in der Nacht nach meinem dreizehnten Geburtstag. Wie unfair.

Ich könnte die Lottozahlen voraussehen, stinkreich werden und nur noch Gutes tun. Den Armen zu essen geben und dafür sorgen, dass jeder in meinem Alter ein Smartphone bekommt. Okay, wenn ich so viel Kohle hätte, müsste ich überhaupt nicht mehr in die Schule gehen, dann hätte sich das Klasseüberspringen auch erledigt.

Und Suse? Die könnte mal in die eigene Vergangenheit reisen und sich ihren Vater anschauen, den sie gar nicht kennt. Sie sagt allerdings immer, dass er bleiben soll, wo der Pfeffer wächst. Wahrscheinlich hat sie recht. Der hat sicher längst eine andere Familie und spielt sich da als Superdaddy auf. Sie könnte auch rausfinden, wo Tom Die Sims gekauft hat? Womöglich kann man es ja umtauschen.

Während in meinem Kopf vollkommenes Durcheinander herrschte, schlief Suse tief und fest wie ein schnarchendes Dornröschen. Sie sah auch so aus mit ihrem langen lockigen Haar und der blassen Haut. Wenn man absolut nicht einschlafen kann, ist es besser, sich abzulenken und es später noch einmal zu versuchen. Vielleicht half es ja, sich den Brief von Elsa noch mal genauer durchzulesen. Ich stellte mir eine Ururoma ja eher als vertrocknete strenge Frau mit Haube auf dem Kopf vor. Von Männern keine Spur und alles. So wie Suse sie geschildert hatte, wusste sie aber schon als junge Frau genau, wo der Hase langlief, statt sich wie ich von einem Jungen dermaßen den Kopf verdrehen zu lassen, der einem blöde Computersachen schenkte. Elsa LeMarr war sexy gewesen und hatte ihm Rauch ins Gesicht gepustet. Aus einer *Zigarettenspitze*. Cooler ging es ja wohl nicht.

Ich griff unter das Bett, zog das Schmuckkästchen hervor und nahm die Ringe heraus. Darunter lag der Brief. Erst jetzt fiel mir auf, dass ihm ein leichter Veilchenduft entströmte. Ich betrachtete die Schrift. Sie war schwungvoll und groß mit bauchigen, runden Buchstaben. Unter jedem »g« war ein Schnörkel. Ich begann, den Brief noch einmal gründlich zu studieren, doch danach war ich genauso schlau wie zuvor. Was meinte sie nur mit »Wer die drei Ringe zwingen will, wird scheitern«. Wieso um Himmels willen *drei* Ringe? Noch unverständlicher war aber dieser Satz: »Dann wird es euch gelingen, das Gespinst der drei Moiren, der Töchter des Zeus, zu verändern und Atropos' Bann zu zerschlagen, der mich bindet.« Gespinst der bitte was?

Auf dem Weg zum Schreibtisch stolperte ich über Mau, die sich vor meinem Bett zusammengerollt hatte. »Das ist wirklich ein toller Platz zum Schlafen«, zischte ich sie an. *Stimmt,* sagte ihr Blick, *und ich hab auch nicht vor, ihn in nächster Zeit zu räumen.*

Als der Computer hochgefahren war, tippte ich »Moiren« ein. Nach einer Weile fand ich Folgendes: »Die Moiren oder Moirai sind in der griechischen Mythologie eine Gruppe von Göttinnen: Atropos, Lachesis und Clotho. Clotho spinnt den Lebensfaden, Lachesis bemisst die Länge und Atropos schneidet den Lebensfaden am Ende ab.«

Jetzt war mir einiges klar: Meine Familie hatte nicht erst seit meinem kopfstehenden, langhaarigen Hippie-Opa einen Hang zur Dramatik und Übersinnlichkeit.

Welche Kräfte hatte Elsa heraufbeschworen, war sie deshalb wie vom Erdboden verschwunden? Ein Eiseshauch fuhr mir über den Rücken. Als ob einem ein Toter ins Genick atmet, kein Scherz. Aber dann musste ich über mich selbst lachen. Wahrscheinlich hatte ich nur zu viele Staffeln von Blood Diary gesehen. In unserem Fall ging es sicher nicht um dunkle Mächte und Schattenreiche und so weiter. Also riss ich mich zusammen und fuhr fort, das Internet zu durchforsten. Ich fand heraus, dass die drei Moiren die Töchter von Zeus gewesen waren. Dann entdeckte ich noch einen Kupferstich von Clotho, Lachesis und Atropos mit Spindel, Lebensfaden und Schere von einem unbekannten Künstler aus dem 16. Jahrhundert. Ich druckte das Bild aus, um es am nächsten Morgen Suse zu zeigen. Vielleicht sagte uns das auch was über »Atropos' Bann«? Das Rattern des Druckers weckte sie nicht auf, aber einen Moment lang hörte sie auf zu schnarchen. Ah, dachte ich, den Trick muss ich mir merken.

Da meine Augen mittlerweile vor Müdigkeit von alleine zufielen, ging ich zurück ins Bett. Was zum Henker hatte Ururoma Elsa LeMarr uns mit diesem blöden Brief bloß sagen wollen? Und warum hatte sie nicht einfach so was geschrieben:

*Liebe Luna, liebe Suse, wie geht es Euch? Mir nicht so gut, denn wenn Ihr das lest, bin ich schon viele Jahre tot. Also, die Ringe haben diese und jene Kräfte, es gibt folgende Regeln zu beachten. Erstens, zweitens, drittens, blablabla.*

*Mit freundlichen Grüßen, Eure Ururoma Elsa*

So was in der Art. Damit hätte man was anfangen können. Aber zumindest hatten wir eines jetzt schwarz auf weiß: Unsere Familie hatte nicht mehr alle Tassen im Schrank. Ich seufzte. Das Fenster stand weit offen, ein warmer, sanfter Wind strich über mein Gesicht. Der Mond goss silbriges Licht über mein Kopfkissen. Ich wünschte ihm aus alter Verbundenheit eine gute Nacht und schlüpfte unter die Bettdecke. Noch bevor mein Kopf das Kopfkissen berührte, war ich schon eingeschlafen.

Gleich am nächsten Morgen weckte ich Suse, um ihr das Bild von den drei Moiren zu zeigen. Als sie auf den Wecker gesehen hatte, drehte sie sich schimpfend auf die andere Seite. »Ich kann mindestens noch zehn Minuten schlafen.«

»Der frühe Vogel fängt den Wurm.«

»Der frühe Vogel kann mich mal.«

Ich musste also noch zehn Minuten warten, bis sie sich aufsetzte, und weitere fünf, bis sie ansprechbar war. Dann erzählte ich ihr, was ich über die drei Moiren herausgefunden hatte.

»Lebensfaden«, wiederholte sie herzhaft gähnend. Ich konnte dieses Ding hinten in ihrem Hals sehen. »Du Liebe Zeit. Und Atropos ist eine von dreien? Das klingt einfach nur bescheuert.«

»Allerdings.«

»Jetzt guck lieber mal, ob heute in der Schule irgendwas Interessantes passiert.«

»Gleich.« Momentan hatte ich ein anderes Problem. Ich stand noch im Nachthemd vor dem Kleiderschrank und starrte hinein, als würde er mir jeden Augenblick verraten, was ich anziehen sollte. Aber er sagte nichts. Während Suse im Bad war, zog ich mich vier Mal um, weil es zuerst unbedingt die rote Röhrenjeans und die silbernen Sneakers sein mussten, nur dass die graue Bluse überhaupt nicht dazu passte, was mir aber zu spät auffiel. Also erst die Sneakers weg und dann die rote Hose und so ging es immer weiter. Suse wird immer hübscher, je öfter sie sich umzieht, aber ich verliere irgendwann die Nerven.

Meine Mutter kam ins Zimmer. »Na, mein Mond, hast du deinen Geburtstag gut überstanden?« Sie riss mich in die Arme. Das hat aber nicht viel zu bedeuten. Sie reißt mich ständig in die Arme, das ist ihr Temperament. Sie ist ziemlich muskulös, und wenn sie einen drückt, dann spürt man das richtig. Ich finde das toll. Meistens.

Manchmal. Vielleicht nicht gerade morgens, wenn ich nicht weiß, was ich anziehen soll.

»Ich hab nichts zum Anziehen«, jammerte ich.

Darauf ging sie gar nicht ein. Sie hört immer nur das, was sie hören will. »Ist Suse im Bad?«

Ich nickte.

»Na, das kann dann ja dauern.«

Wir sollten eigentlich nicht nur jeder ein eigenes Zimmer haben, sondern auch ein eigenes Bad. Momentan teilen wir uns das mit Greg, was okay ist, weil ich nicht glaube, dass er es schon mal länger als drei Minuten am Stück gebraucht hat. Und mit Opa. Der steht zum Glück spät auf, aber wenn Suse erst mal drin ist, habe ich keine Chance. Sperrgebiet. Keiner kommt mehr rein (oder raus), das kann schon mal eine Stunde dauern. Deswegen versuche ich, grundsätzlich vor ihr aufzustehen.

»Mama«, sagte ich. »Wenn du mich nicht endlich loslässt, kann ich mich nicht fertig anziehen.«

»Ach so. Tut mir leid.« Sie löste die Schraubstockumklammerung und lächelte mich schief an. »Manchmal muss ich einfach mein großes Mädchen in den Arm nehmen.«

»Klar.«

Sie ging zur Tür. »Sind ja nur noch ein paar Jahre, bis du aus dem Haus gehst. Wie die Zeit rast.« Sie schüttelte den Kopf. »Bis gleich. Hab dich lieb.«

»Hab dich auch lieb«, murmelte ich. Ich sah in den großen Spiegel am Schrank und begann, leise zu singen:

*Geh ich jetzt runter, weil ich hungrig bin,*
*oder lass ich es und leg mich noch mal hin.*

*Ich schau es an, mein eigenes Spiegelbild,*
*frag mich, ob Tom mich heute lieben will.*
*Kann Berge versetzen und bin bereit,*
*lebe hier und jetzt und von allem befreit!*
*Vor mir liegt so viel, mal sehn, was ich erleb,*
*ob's mir heute super oder mies ergeht.*
*Nur ein paar Schritte, dann hab ich's geschafft,*
*mach einfach weiter, denn ich hab die Kraft!*
*Kann Berge versetzen und bin bereit.*
*Lebe hier und jetzt von allem befreit!*

Suse, die wieder ins Zimmer gekommen war, streckte einen Daumen hoch und kicherte: »Klingt spitze. Wir sollten echt bald ein Video von dir bei YouTube reinstellen.« Sie musterte mich von Kopf bis Fuß. »In anderen Klamotten allerdings.«

Notiz an mich selbst: Vielleicht hilft es ja, mal die Klamotten in meinem Kleiderschrank nach Farben zu sortieren?

# 8. Kapitel

Unten duftete es verlockend nach einer Mischung aus Kaffee und Kakao. Ich hatte einen mordsmäßigen Hunger und schon auf der Treppe begann mein Magen zu knurren. Tante Jenny hatte den Tisch gedeckt. Sie sieht aus wie Suses ältere Schwester und wird auch oft dafür gehalten. Sie hat auch so lange Beine und dunkelrotes Haar. Sie wirkt immer ein bisschen geheimnisvoll und niemand würde auf den Gedanken kommen, dass sie die Schwester meiner Mutter sein könnte. Die ist nämlich dunkelblond und eben eher athletisch gebaut.

Tante Jenny ist fast so oft verliebt wie Suse und hat ständig einen anderen Freund. Manchmal bringt sie einen davon mit nach Hause (dann müssen wir unseren Kakao selbst kochen). Zum Glück bleibt aber keiner so lange, dass man sich seinen Namen merken müsste.

Ich hatte schon die zweite Tasse Kakao getrunken und eine Scheibe Brot gegessen (das Brot backt Opa zweimal die Woche selbst), als die anderen nacheinander eintrudelten. Alle außer Opa, der ja nie vor zehn sein Zimmer verlässt. Papa goss sich eine Tasse Kaffee ein, schwarz. Ich vermied es, Greg anzusprechen, der wie immer mit halb geschlossenen Augen am Tisch hockte und, wenn wir zu laut sprachen oder lachten, zusammenzuckte, als hätte ihm jemand auf den Kopf gehauen. Tante Jenny sagt, er kann nichts dafür. Keiner würde es sich aussuchen, ein Morgenmuffel zu sein, das liege in den Genen.

Als Suse die Treppe hinunterkam, trug sie glänzende Leggings, ein schwarzes Top, zwei Nietenarmbänder, spitze Stiefel und hatte sich zwei Zöpfe um den Kopf geschlungen. Sie sah einfach *deluxe*© aus. Ich beobachtete, wie sie durch die Küche ging und Wasser aus dem Wasserhahn in ein Glas laufen ließ. Suse tanzt eigentlich mehr, als dass sie geht, sie hat einen Wahnsinns-Hüftschwung. Sie warf den Kopf in den Nacken, trank das Glas mit einem großen Schluck leer und setzte sich neben mich.

Laila hockte in ihrem Hochstuhl, betrachtete uns alle interessiert und drückte dabei beide Hände in ihren Frühstücksbrei. Dann begann sie, damit um sich zu werfen. Ein Klecks landete auf meiner Stirn. Na, großartig.

Greg zeigte mit ausgestrecktem Finger auf mich. »Haha.« Dann ließ er den Kopf wieder sinken und schaufelte Cornflakes in seinen Mund.

»Was ist das hier eigentlich?« Tante Jenny deutete auf den Ausdruck neben Suses Teller.

»Oh, das sind die ...« Suse beugte sich vor, um den Titel abzulesen. »Das sind die drei Moiren«, sagte sie dann.

»Moiren?«, fragte Tante Jenny. »Was ist denn das?«

Gibt es überhaupt ein Wort, das man auf *Moiren* rappen könnte?, überlegte ich. *Säuren.* Mehr fiel mir spontan nicht ein.

»Griechische Göttinnen«, antwortete meine Mutter. »Sie bestimmen das Schicksal der Menschen von Geburt an. Und spinnen den Lebensfaden.«

Meine Mutter ist nicht nur athletisch und dunkelblond, sondern weiß auch auf *alles* eine Antwort.

»Das mit den Griechen hab ich noch nie kapiert«, meinte Tante Jenny

»Die spielen in deinem Job ja auch keine große Rolle«, bemerkte meine Mutter. Damit sprach sie wohl auf den Science-Fiction-Bücherladen an, in dem Tante Jenny aushalf. Weil der erst um zehn Uhr öffnet, legt sie sich manchmal nach dem Frühstück wieder hin.

»In deinem aber auch nicht.« Meine Mutter arbeitete in Papas Praxis mit und half bei der Abrechnung.

»Ist das für die Schule?«, fragte mein Vater.

»Hmm ja«, nuschelte ich. Inzwischen hatte ich mein viertes Butterbrot verdrückt. Meine Mutter betrachtete mich mit zusammengekniffenen Augen. »Du hast doch nicht etwa Bulimie?«

»Och Mama.«

»Man wird doch mal fragen dürfen.«

Meine Mutter kann es nicht fassen, dass bei mir alles ziemlich glattläuft. Keine Essstörungen, keine Drogen, keine frühzeitigen Schwangerschaften. Es ist, als ob sie geradezu darauf lauert, dass eine Katastrophe über mich hereinbricht. So nach dem Motto »Irgendwann muss es mit den Problemen ja losgehen, dann doch lieber gleich, bevor ich noch beim *Warten* darauf verrückt werde«.

Tante Jenny brachte uns zur Tür und gab uns jeweils zwei Küsse rechts und links. Sie sah zum Umfallen hübsch aus und duftete nach allem Möglichen, überwiegend nach Vanille. »Macht's gut, ihr zwei Süßen«, sagte sie und drückte uns jeweils eine Lunchbox in die Hand. »Ich habe euch Zimttoast gemacht. Bis heute Abend.«

Als wir uns dem Schulhof näherten, hockte Matthias auf der Schulmauer und rauchte eine Zigarette. Er ist sechzehn, einmal sitzen geblieben, etwas pummelig und so was wie der Schoolbully, klaut jüngeren Schülern das Taschengeld und hält angeblich schwarze Messen ab. Oder macht Voodoo. Irgend so was. Er verkauft auch Straßenkarten, auf denen die Häuser der Lehrer eingezeichnet sind. Ich weiß echt nicht, wer für so was Geld ausgibt, aber irgendjemand muss ihm das abkaufen, sonst würde er ja nicht immer damit rumlaufen. Meistens stecken die Karten zusammengefaltet in der Tasche seiner Jeans, und wenn ihm jemand fünf Euro gibt, zieht er sie heraus wie eine Pistole.

»Na, Schönheit«, sagte er zu Suse. »Willst du auch ne Zigarette?«

Suse winkte ab.

Matthias musterte sie anerkennend. Er ist seit dem neuen Schuljahr hinter ihr her und verpasst keine Gelegenheit, sie anzuquatschen. So gesehen ist es auch wieder blöd, so hübsch zu sein wie Suse. Da läuft einem jeder nach. Auch der letzte Idiot. Ich rollte mit den Augen und zog sie am Ärmel weg.

»Warte mal, Luna.« Matthias sprang von der Mauer und trat die Zigarette aus. »Mit dir wollte ich sowieso reden. Ich hab gehört, du rappst. Bei MusicStars, mein ich.«

»Und weiter?«

Er grinste breit und baute sich vor mir auf. »Rap ist Männersache, das weiß doch jeder. Männer haben einfach mehr drauf.«

»MÄNNER?«, fragte ich lang gezogen. »Du meinst die Spezies, der du *nicht* angehörst?« Ha! Was für ein guter Konter. Leider ignorierte er ihn vollkommen.

»Hör zu, ich kann's nicht leiden, wenn Mädels da auf Club der bösen Frauen machen. Meinetwegen kannst du ruhig auftreten – du könntest ja...?« Er überlegte einen Moment. »Was auf der Triangel vorspielen?« Er wieherte laut los.

»Haha«, sagte ich.

»Richtig rappen können nur Männer«, verkündete er und legte den Arm um Suses Schulter. »Willst mal hören, Baby?«

»Nimm deine Griffel von mir«, fauchte Suse.

»Lass uns gehen«, sagte ich zu ihr.

»Moment noch.« Er beugte sich etwas hinunter, weil er viel größer war als ich, und kam mit seinem Gesicht so nah an meines, dass unsere Nasen fast aneinanderstießen.

»Noch mal zum Mitschreiben: Mädchen können nicht rappen!«, zischte er. »Klar?«

»Dann müsstest du ja ein Mädchen sein«, sagte ich.

Er starrte mich an, richtete sich wieder auf und packte mich an den Schultern. »Ey. Tu dir das nicht an, Kleine. Du hast echt keine Chance. Wenn hier einer gewinnt, dann bin ich das.«

»Lass sie in Ruhe!«, rief Suse. Sie hatte einen ganz dicken Hals vor Wut.

»Was denn?« Matthias lachte. »Glaubst du, ich habe Angst vor dir?«

»Ich sagte, du sollst sie in Ruhe lassen!«

»Oder?«

Sie sah ihm ziemlich lange in die Augen. Dann riss sie das Bein zurück und trat ihm so fest gegen das Schienbein, dass ich glaubte, es knirschen zu hören. Suse hat für ein Mädchen relativ große Füße und außerdem trug sie ja spitze Stiefel. Aua! Matthias ließ mich augenblicklich los, allerdings ohne eine Miene zu verziehen, das muss man ihm lassen. Wahrscheinlich hätte er gern sein Schienbein gerieben, aber den Triumph wollte er uns nicht gönnen. Er starrte uns lieber an, als wäre sein Lieblingshobby, kleine Mädchen zum Frühstück zu verspeisen.

»Wir sind noch nicht fertig«, knurrte er mich an.

»Ich glaube, doch, das sind wir«, sagte Suse und zog mich hinter sich her. »Was für ein Loser. Der findet sich so cool, der würde glatt Tabasco als Augentropfen benutzen.«

In den ersten beiden Stunden hatten wir Deutsch bei Poldi, für den unsere halbe Klasse schwärmte. Nur ich nicht und Suse auch nicht, was sie wahrscheinlich selbst am meisten wunderte. Danach wieder mal Landkarten-Terror, der auch sofort losging, als sie in der nächsten Stunde zusammen mit ihren Krampfadern ins Zimmer kam.

»Hinsetzen, alle!« Ich weiß nicht, ob sie jemals »Guten Morgen« gesagt hat, zu uns zumindest nicht. »Ich möchte euch eine neue Schülerin vorstellen. Sie kommt aus Amerika. Seid nett und fair zu ihr, es ist nicht leicht, mitten im Schuljahr zu wechseln.« Dann wandte sie sich an das Mädchen neben sich. Es hatte kurze weißblonde Haare mit einer Tolle und große Augen, fast lila. »Verrätst du der Klasse deinen Namen?«

»Marli«, sagte das Mädchen. Ich runzelte die Stirn. Hießen amerikanische Mädchen nicht Apple oder Summer und so weiter?

»Marli wie?«

»Rosenfeld.«

»Schön, Marli Rosenfeld, bevor wir jetzt mit dem Mathematikunterricht anfangen, könntest du uns doch ein wenig von dir erzählen. Damit wir etwas mehr über dich erfahren«, sagte die Landkarte, wobei sie nicht gerade begeistert zu sein schien, noch eine von unserer Sorte kennenzulernen.

Marli nickte. Sie tat mir richtig leid. Es war bestimmt schrecklich, vor so vielen Fremden sprechen zu müssen. Allein bei der Vorstellung, jetzt in ihrer Haut zu stecken, bekam ich feuchte Hände. Doch Marli stand da, ganz locker mit erhobenem Kopf, ließ einmal den Blick über die Klasse schweifen und sagte dann mit klarer Stimme: »Hallo. Ich habe mit meinem Vater die letzten zwei Jahre in New York gelebt, komme aber ursprünglich aus München. Und jetzt wohnen wir seit ein paar Tagen hier. Mein Vater macht Musik für Hörspiele und Filme und so was. Ich bin dreizehn Jahre alt und ich freue mich schon darauf, euch alle kennenzulernen.« Sie stellte immer wieder Blickkontakt her und lächelte freundlich.

Als ich mich umsah, konnte ich pulsierende Herzchen in den Augen der Jungs sehen. Echt! Eventuell hatte mich auch nur die Sonne geblendet. Aber: Hut ab! Lernte man so was in Amerika? So selbstbewusst und locker zu sein? Sich vor eine neue Klasse zu stellen, ohne auch nur mit der Wimper zu zucken?

Jetzt drehte sie sich auch noch zu der Landkarte um und strahlte sie an. »Ich glaube, das war's erst mal, Frau Landauer.«

Die Landkarte schluckte und räusperte sich. Sie schien auch verblüfft zu sein. »Ja, sehr schön dann, Marli. Setz dich doch ... hier, neben Suse ist noch ein Platz frei.«

Die Landkarte teilte die korrigierten Tests aus und ich Mathe-Ass hatte, wie geahnt und befürchtet, eine Fünf. »Da war ich übrigens noch großzügig, Luna«, sagte sie. »Wenn du so weitermachst, seh ich schwarz. – So und jetzt«, rief sie, als sie wieder vorn an ihrem Lehrerpult stand, »Ruhe. Alles, was nichts mit Mathematik zu tun hat, kommt jetzt mal weg!«

»Ich glaube, dann gehe ich auch«, flüsterte ich Suse über die Schulter zu. Normalerweise hätte sie sich jetzt weggeschmissen vor Lachen. Aber von ihr kam nichts. Als ich mich umdrehte, stellte ich fest, dass sie in ein Flüster-Gespräch mit Marli vertieft war. Das ging die ganze Stunde so.

Als es endlich klingelte und alle aus dem Klassenzimmer stürmten, hielt die Landkarte mich am Arm fest.

»Luna«, sagte sie. »Was war denn gestern mit dir los? Du bist mitten im Unterricht gegangen und ...«

»Ach ja, hatte ich ja ganz vergessen.« Ich zog das Schreiben von Opa aus der hinteren Jeanstasche. »Die Entschuldigung.«

Die Landkarte nickte. Ohne auch nur einen Blick darauf zu werfen, fuhr sie fort: »Ich kenne dich jetzt schon eine Weile, Luna. Und auch wenn du in Mathematik selten Höchstleistungen an den Tag legst, weiß ich, dass du es besser kannst. Also. Du wirst den Test nachschreiben. Morgen nach der letzten Stunde.«

Ich nickte erstaunt. Jemanden einen *unangekündigten* Test nachschreiben zu lassen, war wirklich ein netter Zug. So kannte ich die Landkarte gar nicht. Die Wechseljahre vielleicht?

»Danke«, murmelte ich und machte schleunigst die Biege.

Aber nicht, dass Suse auf mich gewartet hätte. Nicht, dass *irgendjemand* auf mich gewartet hätte. In der Cafeteria entdeckte ich sie mit der Neuen. Als ich mich zu ihnen setzte, sah Suse mich kaum an. Ja gut, warum auch, sie sah mich ja ständig. Marli stellte viele Fragen, über das Essen in der Cafeteria, was wir gerade in Sport machten, blablabla. Ich glaube ja, das ist so ein rhetorischer Trick, den man in Amerika lernt. Ich dachte, mir fallen die Ohren ab. Sie wollte wissen, wo man sein Fahrrad am besten abstellen kann und ob es an unserer Schule eine Umweltgruppe gibt und einen Streitschlichter und so Sachen. Suse beantwortete jede Frage ganz ernst und irgendwann fing sie an, *auch* Fragen zu stellen, als wäre das ein Pingpong-Match oder so. Eines, bei dem ich nur Zuschauer war. Deswegen verdrückte ich wortlos das Brötchen, das ich mir gekauft hatte. Das Einzige, was ich zu der Unterhaltung beitrug, war, dass ich die Reste der Zitronenlimonade laut durch den Strohhalm schlürfte. Und dann setzte sich auch Alenya zu uns.

»Warst du in Amerika auf der Highschool?«, fragte sie Marli aufgeregt. Bei ihrem Highschool-Fimmel war sie überglücklich, endlich mal jemanden kennenzulernen, der aus eigener Erfahrung erzählen konnte.

Ich kippte gelangweilt mein Limonadenglas hin und her. Amerika, Amerika – als ob wir hier nicht auch ganz passabel leben würden und selbst nicht jede Menge spannende Themen auf Lager hätten.

»Junior High«, sagte Marli. »Hell's Kitchen.«

»Höllenküche?«, fragte ich.

»Mann«, sagte Alenya, »das ist ein Stadtteil von New York, Dumpfbacke. Sind die Schulen echt so, wie man das in all den Filmen und Serien sieht?«

Marli überlegte einen Moment. »Eigentlich schon. Wir hatten Polizei auf den Fluren und Metalldetektoren am Eingang.«

»Nee, echt!«, rief Alenya ergriffen. »Cool, wallah!«

»Und jeder hat seinen eigenen Spind und Sport ist auch sehr wichtig«, fuhr Marli fort. »Basketball und Football und so. Jeder Lehrer hat sein Klassenzimmer, in das die Schüler kommen müssen. Und statt Noten von eins bis sechs gibt es A bis F.«

»Ich weiß«, schrie Alenya verzückt. »Außer E, stimmt's?«

»Wieso das denn?«, fragte Suse.

Wollte ich auch gern wissen, aber bei dem ständigen Gequatsche kam ich ja überhaupt nicht zu Wort.

»Mit den Noten A bis D kann man bestehen. Und F bedeutet *fail*. Durchgefallen«, erklärte Alenya.

»Du kennst dich ja echt gut aus«, sagte Marli grinsend.

Alenya nickte. »Warst du auch Cheerleader?«

Jetzt reichte es. Ich stand auf, um mein Glas zurückzubringen, und fragte: »Hey Leute, wollen wir noch auf den Schulhof? Super Wetter und so weiter?«

Suse und Alenya sahen mich ohne großes Interesse an, als wäre ich eine Wiederholung im Fernsehen. »Gleich«, sagte Suse. »Kannst ja schon mal vorgehen.«

Marli trank einen Schluck von ihrem ACE-Saft. Da sah ich, dass sie ihren rechten Ringfinger mit weißem Tapeband überklebt hatte, so wie Cristiano Ronaldo das immer macht. Sie war so wahnsinnig cool, dass mir die Spucke wegblieb. Plötzlich kam ich mir klein und langweilig vor, weil Suse und Alenya so an ihren Lippen hingen, und ich hasste Marli von ganzem Herzen.

Den Rest der Pause verbrachte ich auf dem Schulhof. Allein. Düster starrte ich vor mich hin. Düster genug, dass ich auch bis zum Ende der Pause allein blieb. Selbst Henri, der auf mich zusteuerte, bog, kurz bevor er mich erreichte, doch noch scharf nach rechts ab, als hätte er es mit der Angst zu tun bekommen. Gut so. Bestimmt wollte er mich jetzt doch noch fragen, ob ich mal in seiner Band mitsingen würde. Wollte ich nicht. Ich steh nicht auf Bands. Ich bin Solistin. Ich komme wunderbar allein zurecht. Ich brauche niemanden.

Suse war nach der Schule mit Marli abgezogen. Eis essen. Natürlich hatte sie mich gefragt, ob ich mitkomme und außerdem ist es vollkommen normal, dass wir uns auch allein mit anderen Freundinnen treffen. Aber ich hatte keine große Lust, noch mehr USA-Storys zu hören. Obwohl mich ja schon interessiert hätte, ob Marli was über die Rapperszene in New York wusste. Zu Hause angekommen hatte ich mir in der Küche die Reste vom Auflauf aufgewärmt, meine Eltern waren in der Praxis, Opa wie so oft nicht zu Hause, also schnappte ich mir nur schnell das Schmuckkästchen und kletterte damit und mit dem Mittagessen ins Baumhaus. Dort war es kühler als draußen und dunkler, die Blätter raschelten um mich herum.

Auflauf schmeckt aufgewärmt am besten, finde ich, die harte Käseschicht krachte hübsch laut zwischen meinen Zähnen, mein Handy lag griffbereit neben mir, da Tom ja gesagt hatte, er würde sich wegen des Fleisch-Konzerts noch melden. Das Baumhaus ist groß genug, dass man darin schlafen und auch aufrecht stehen kann. Wir haben eine alte Matratze reingelegt und zwei bequeme Sitzkissen und ins Dach hat mein Vater ein Fenster eingebaut, durch das man den Himmel sehen kann.

Das Beste am Baumhaus ist aber, dass es eine Strickleiter hat und dass man die hochziehen kann, wenn man seine Ruhe will. Ich legte ein dickes Ringbuch auf meine Knie und versuchte, einen Text zu schreiben, aber mir fielen nur einzelne Worte ein.

Gelandet – gestrandet
Probiert – studiert
Verletzt – verätzt
Cousine – Kantine – Abendtermine
Wissen – durchgebissen – *beschissen!*

Ich legte den Stift weg, warf mich auf den Rücken und

starrte in den knallblauen Himmel, an dem am Tag natürlich kein Stern zu sehen war und kein Planet, obwohl die doch da waren. Tom, Tom, TOM. Warum bloß rief er nicht an? Und wieso war er wieder mal nicht in der Schule gewesen? Meine Gedanken überschlugen sich. Wie konnte man sich in der einen Sekunde so glücklich fühlen und in der der nächsten einfach nur schrecklich? War Liebe so, dass sie immer wieder wehtat? Wieso blickte er mir so tief in die Augen, dass ich nur noch goldene Punkte sah, nur um dann in der Schule auf Invisible Man zu machen?

Ich spürte Tränen in mir aufsteigen. Normalerweise bin ich keine Heulsuse. Aber es war in den letzten vierundzwanzig Stunden auch wirklich eine Menge passiert. Tom machte keine weiteren Annäherungsversuche, ich hatte die Gabe, in die Zukunft zu sehen, dann bedrohte mich Möchtegern-Emo-Rapper Matthias und anschließend bekam ich eine Fünf im Mathetest. Und es war gerade mal Mittag. Was würde denn noch alles passieren? Ich musste dringend mit Suse reden. Aber die war ja leider beschäftigt.

Die Träne, die über meine Wange lief, wischte ich nicht weg. Es war ja nur eine einzige. Außerdem schämte ich mich nicht dafür. Opa sagt, dass man Gefühle unbedingt zeigen muss, sonst vergiften sie einen. »Atme in dein Gefühl hinein und umarme es«, sagt er. Genau das versuchte ich.

Auf einmal tauchte Mau neben mir auf. Da sie eine Katze ist, braucht sie klarerweise keine Strickleiter. Sie stand eine Weile direkt neben meinem Gesicht, streckte den Schwanz, der kurz über meine nasse Wange streifte, rollte ihn wieder zusammen und strich noch einmal darüber.

Sozusagen ein Katzentaschentuch.

Ich musste unwillkürlich lächeln. Als hätte sie nur darauf gewartet, machte sie es sich auf meinem Bauch gemütlich und begann, zufrieden zu schnurren.

»Jetzt wirf schon diese verdammte Leiter runter!«

Ich schoss in die Höhe, woraufhin Mau quer durch die Luft flog und auf einem Sitzkissen landete. Ich musste eingeschlafen sein. Gähnend krabbelte ich zum Eingang. Suse starrte zu mir hoch. »Wie lange willst du mich hier noch rumstehen lassen?«

Mit den Schultern zuckend warf ich die Strickleiter hinunter und legte mich wieder auf die Matratze. Dreißig Sekunden später stand Suse neben mir. »Wieso bist du nach der Schule so schnell abgehauen?«

Als ich den Kopf drehte, sah ich ihre spitzen Stiefel. »Ich bin nicht abgehauen«, erklärte ich den Stiefelspitzen. »Ich hatte nur keine Lust mehr auf dieses Ach-wie-toll-ist-Amerika-Theater.«

»Wie bitte, häh?« Sie ließ sich neben mich fallen. »Hier, für dich.«

Ich löste den Blick von ihrem Schuh und entdeckte einen Becher Himbeereis in ihrer Hand. Hastig setzte ich mich auf, nahm den Becher und begann zu löffeln. Von einer Sekunde auf die andere war die Welt heller und blauer und wärmer als kurz zuvor.

»Was für ein Theater?«, fragte sie.

»Ach nichts. Ich finde diese Marli irgendwie … komisch. Die redet so, als wäre sie die Einzige, die ein spannendes Leben hat.«

»Aber es *ist* doch auch spannend, was sie erzählt!« Suse hockte sich auf die Fersen. »Sie ist echt klasse. Du musst sie nur besser kennenlernen.«

Muss ich nicht, dachte ich, sagte aber nichts.

»Was ist denn das?« Suse las die Worte, die ich ins Ringbuch gekritzelt hatte.

»Wollte einen Text schreiben«, erklärte ich mit vollem Mund. »Klappt nicht.«

Sie wusste natürlich, dass ich noch keinen Song für MusicStars in der Schule hatte. Eine Melodie hatte ich im Kopf, den Rhythmus und alles, das musste ich mit meiner neuen Software nur noch zusammenbasteln. Aber der Text? Ich tippte auf das Schmuckkästchen neben mir. »Okay. Warum werfe ich nicht mal schnell einen Blick in die Zukunft und höre mir den Text an, den ich bis dahin geschrieben haben werde? Dann brauche ich ihn mir nicht mehr einfallen zu lassen. Spitzenidee, oder?«

Irgendwo in der Nähe brummte ein Rasenmäher, die Schaukel im Nachbargarten quietschte. Ein sanfter Wind strich durch die Baumkronen und ließ die Blätter rauschen. »Das ist unlogisch«, sagte Suse. »Wenn du *jetzt* nichts schreibst, dann kannst du es in der Zukunft auch nicht rappen. Das heißt, im schlimmsten Fall stotterst du dir in der Zukunft was zurecht, weil du *jetzt* nichts geschrieben hast, und …«

»Okay, okay, mir schwirrt der Kopf. Was für ein Mist!«

»Andererseits ist an der ganzen Sache sowieso nichts logisch. Denn du kannst ja zum Beispiel das, was du in der Zukunft gesehen hast, offenbar verändern. Immerhin gab es keinen Höschen-Horror. Also steht die Zukunft noch nicht fest, oder?«

Mir schwirrte jetzt *noch mehr* der Kopf. Woher sollte ich das wissen? Auf DVD schau ich mir immer diese coolen alten Filme an. *Planet der Affen* und *Terminator* und *Zurück in die Zukunft* und so weiter. Und jedes Mal hab ich einen Knoten im Hirn, wenn ich genauer darüber nachdenke. Manchmal ist in den Filmen nichts veränderbar. Manchmal ist alles veränderbar. Und manchmal sind nicht die Ereignisse, nur die Umstände veränderbar. Und nie, wirklich nie, reicht die Logik (zumindest meine) aus, um alles zu erklären.

»Und deswegen, Cousinchen, könntest du jetzt eigentlich mal nachsehen, was in der Geschichtsarbeit nächste Woche drankommt, okay?«

Ich nickte, stellte den Becher weg, wischte mir die klebrigen Hände an meine Shorts ab und öffnete das Kästchen. Bei der Gelegenheit konnte ich mir gleich auch noch die Matheaufgaben für morgen besorgen.

»Hey, Luna«, sagte Suse sanft. »Vorhin, als ich reinkam, da warst du so traurig. Warum?«

»Ich weiß auch nicht«, sagte ich leise. »Ist grad alles etwas viel: erst Tom, der mich eigentlich anrufen wollte, dann dieser verflixte Ring ...« *... und dann noch Marli, wegen der du mich links liegen lässt.* Aber das verkniff ich mir.

Suse schleuderte die Stiefel von den Füßen, zog die

Strümpfe aus und ließ alles hinunter ins Gras plumpsen. »Ah, so ist es schon viel besser. Irre heiß heute.« Dann rutschte sie neben mich auf die Matratze und legte einen Arm um meine Schulter. »Lass uns nachsehen, was bei dir und Tom noch passiert. Das mit der Geschichtsarbeit kann warten.«

»Und was genau?«

Suse nahm den blauen Ring heraus und reichte ihn mir. »Frag, wann ihr endlich eindeutig zusammenkommt.«

»Okay.« Mein Herz führte mal wieder seinen Stepptanz auf, denn auf einmal war ich mir gar nicht mehr so sicher, ob ich die Antwort überhaupt wissen wollte. Als ich den Ring übergestreift hatte, sagte ich laut und deutlich: »Ich möchte wissen, wann Tom und ich *eindeutig* zusammenkommen werden.«

Schon machte ich mich auf eine Menge Bodengeruckel gefasst, doch nichts geschah. Mir wurde nicht einmal schwindlig oder übel wie sonst.

»Was ist?«, fragte Suse.

»Es klappt nicht.«

Suse dachte angestrengt nach. »Kann es sein«, meinte sie dann, »dass man ganz exakt fragen muss? Mit genauer Zeitangabe und so weiter?«

»Du meinst, ich kann keine allgemeinen Fragen über die Zukunft stellen?«

»Schätzungsweise.«

»Warte, das haben wir gleich.« Ich kniff die Augen fest zusammen. »Ich möchte wissen, ob die Klimakatastrophe bald stattfindet.«

Nichts.

»Wird es einen Impfstoff gegen AIDS geben?« Ich wartete. Überhaupt nichts. »Den Superkontinent Amasia wenigstens?« Nach ein paar Sekunden zuckte ich die Achseln. »Ich glaube, du hast recht«, sagte ich zu Suse. »Die Frage muss wohl viel konkreter sein und vor allem auch mit mir zu tun haben.«

»Hm.« Suse kniff die Augen fest zusammen. »Okay, frag einfach nach deinem, sagen wir mal, achtzehnten Geburtstag, okay? Dann werden wir ja sehen, ob Tom dabei ist.«

Ich war mir nicht ganz sicher, ob ich mich derart alt sehen wollte, denn das könnte eine böse Überraschung werden. Vielleicht war ich bis dahin rund wie ein Kürbis, weil ich in den nächsten Jahren nur noch in die Breite statt in die Höhe wachsen würde. »Na gut.« Ich holte tief Luft. »Ich möchte wissen, wie mein achtzehnter Geburtstag wird!« Und los ging's.

Musik dröhnte. Lautes Gelächter. Verwirrt blickte ich mich um. Sah aus wie eine Art Keller, oder besser: ein *Loch* mit wirklich schlechter Luft. Düstere Beleuchtung und ohrenbetäubende Musik, die ich nicht kannte, Bässe wummerten, Licht und tanzende und zuckende Körper um mich herum. Fieberhaft nahm ich die Leute in dem Raum ins Visier.

Heilige Sch... das da vorn war Suse, sie überragte fast alle. Sie hatte kurze Haare (ungefähr so eine Frisur wie Kristen zurzeit, wenn man's genau nimmt) und trug eine Art Catsuit in Silber und hohe Hacken. Ein Typ zappelte wild um sie herum. Da ich nicht wusste, wie viel Zeit mir blieb, studierte ich mich schnell von Kopf bis Fuß. Richtige Brüste, mindestens 75 B. *Deluxe©!*

Die meisten Gäste kannte ich nicht. Aber begeistert stellte ich fest, dass ich nicht nur Busen hatte, sondern auch in die Höhe gewachsen war. Ich spürte, wie sich ein Grinsen auf meinem Gesicht ausbreitete. Als ich den Kopf nach rechts drehte, sah ich neben mir weißblondes Haar, ziemlich verstrubbelt, aber nicht mehr so kurz. Ich starrte in die großen dunkellila Augen darunter. Das war doch tatsächlich Marli! Auf *meinem* Geburtstag! Oh nein.

Über die Musik hörte ich sie brüllen: »Hey Luna, super Party. Hat dir unser Geschenk gefallen? Suse und ich haben tagelang danach gesucht, echt.«

*Unser Geschenk? Suse und ich?*

Auf einen Schlag war ich mir nicht mehr sicher, ob mir meine eigene Zukunft gefiel, Busen hin oder her. Außerdem konnte ich Tom nirgends entdecken. Wahrscheinlich waren wir mit achtzehn schon lange nicht mehr zusammen, unter gewissen Umständen nicht mal mehr befreundet! Schön dämlich, mein Plan.

»Geiles Fest!«, kreischte Suse, die überraschend vor mir auftauchte. »Hab einen super Typen kennengelernt. Tanzt wie ein Gott. Und sieht aus wie einer. Los, kommt mit.« Sie schnappte sich meine Hand, also meine achtzehn Jahre alte Hand sozusagen, griff dann nach Marlis und zerrte uns in die Mitte des Lochs. Ich hatte keine Lust zu tanzen, besaß aber keinen richtigen eigenen Willen. Ich war ja nur Besucher in meiner Zukunft in fünf Jahren. Also tanzten wir los, es war mehr ein Hüpfen und dann wurde die Musik langsam. Suse verschmolz mit dem Typen, mit dem ich sie vorher gesehen hatte, Marli verdrückte sich von der Tanzfläche und dann entdeckte ich rechts von mir auf einmal Alenya. Sie knutschte mit einem anderen Mädchen, öffnete ein Auge, zwinkerte mir zu und machte dann weiter. Bevor ich darüber nachdenken konnte, spürte ich, wie ich von hinten umarmt wurde und eine heisere Stimme »Ich hab dich vermisst« flüsterte.

»Du warst doch nur schnell auf dem Klo«, hörte ich mich zu wem auch immer sagen, doch als ich mich umdrehen wollte, hatte wieder jemand auf die Fernbedienung gedrückt und umgeschaltet. Jetzt blickte ich mich urplötzlich in unserer Küche um.

Okay. Geburtstagstorte. Achtzehn Kerzen, schon ausgeblasen, aber noch rauchend. Durch das Fenster ergoss sich Sonnenschein, es war also Tag. Ein paar Stunden vor der großen Party? Oder danach, weil ich reingefeiert hatte? Reinfeiern werde? Reingefeiert haben werde? Suse mit dem kurzen Haar, meine Mutter daneben sah aus wie immer, also keinen Tag älter und... das darf doch nicht wahr sein, schon wieder Marli, verfolgte die mich oder was? Hm und Greg daneben. Wie? Hielten die beiden Händchen? Oh. Mein. Gott. Sicher war ich mir nicht. Gloria, die so breit grinste, dass man all ihre Zähne sah, Rosalie, die noch hübscher geworden war. Ein Typ, den ich nicht kannte, der gehörte wahrscheinlich zu Tante Jenny, die gerade einen Witz erzählte, neben ihr saß ein wunderhübsches kleines Mädchen mit langen goldenen Haaren und malte etwas in ein Heft. *Laila?* Mann, die würde also doch noch Haare bekommen. Und dann, *yes! Yes! Yes!* Tom! Aber das war's. Niemand sonst. Wo in aller Welt war...

Die Achterbahn brachte mich zurück ins Baumhaus, ins Hier und Jetzt. Und mal wieder war mir speiübel wie einem Matrosen mit empfindlichem Magen. Stirnrunzelnd schaute ich Suse an, die mir das schweißnasse Haar aus der Stirn strich.

»Mann«, flüsterte sie. »Ich hab echt Angst gekriegt. Das war ja noch viel schlimmer als beim letzten Mal. Mein lieber Schwan. Wird wohl ne aufregende Party, was?« Sie grinste mich an und fächelte mir Luft zu. Noch immer sagte ich kein Wort. Denn die ganze Zeit konnte ich an nichts anderes denken als daran, dass ich Opa bei meiner Geburtstagsfeier nicht gesehen hatte. Wieso nicht? Alle, die mir wichtig sind, waren da. Und alle sahen gut aus, meine Eltern und Tante Jenny hatten sich überhaupt nicht verändert.

»Verdammt!« Ich richtete mich auf.

»Was denn?«

»Ich muss noch mal zurück.«

»Zurück?«

»Ja, ich hab nicht richtig aufgepasst. Ich muss ...«

»Du musst gar nichts.« Sie fiel auf einen Sitzsack und ließ mich nicht aus den Augen. »Außer mir der Reihe nach erzählen, was da eigentlich los war.«

Notiz an mich selbst: Alenya unauffällig fragen, ob sie sich vorstellen kann, auf Mädchen zu stehen.

# 9. Kapitel

Jetzt reg dich wieder ab«, sagte Suse später am Abend. »Bestimmt war er bloß auf dem Klo. Ist er doch eh dauernd, innere Reinigung und so.«

Sie flüsterte, weil Tante Jenny und meine Mutter nebenan in der Küche Scrabble spielten. Wir lagen auf einer dicken Decke auf dem Boden im Wohnzimmer und sahen uns die erste Folge der sechsten Staffel von Blood Diary an, aber allzu viel bekam ich von der Vampir-und-Werwolf-Romantik nicht mit.

»Oder tot«, sagte ich.

»Oder er war kurz draußen, um sich in seine Rockerkluft zu schmeißen und dann Smoke on the Water zu klampfen wie jedes Jahr.«

Das war schon mindestens ihr zehnter Vorschlag nach: Er war auf einer Kreuzfahrt, öffnete gerade wem die Tür oder machte im Wohnzimmer Kopfstand. Und ich konnte an nichts anderes denken, als dass Opa meinen achtzehnten Geburtstag vielleicht gar nicht erlebte.

»Ich will überhaupt nichts mehr über meine Zukunft wissen«, sagte ich, »wenn ich danach sogar noch weniger kapiere als vorher und die Zukunft einfach nur *schrecklich* ist.«

»Okay, aber wenigstens saß Tomputer neben dir.«

Ich zuckte die Schultern. »Hat genauso wenig zu sagen. Wahrscheinlich haben wir irgendwann beschlossen, Freunde zu bleiben. Ich meine, *werden wir irgendwann beschließen.* Verflixt, was soll das alles überhaupt, das bringt doch gar nichts, wenn ich hinterher mehr Fragen habe als vorher!«

Wir sahen einen Moment schweigend zu, wie auf dem Bildschirm ein Vampir krachend in den Hals einer Hexe biss. Ich schaltete ab. »Die Folge müssen wir uns noch mal in Ruhe ansehen, ich hab gar nichts mitgekriegt.«

Suse stand auf und sah mich ernst an. »Womöglich hat *das* die alte Elsa in ihrem Brief gemeint.«

»Dass es Hexen gibt?«, fragte ich.

»Haha. Ich meine, als sie schrieb, dass ein Blick in die Zeiten Stürme entfesseln kann.«

Suse hat so was wie ein fotografisches Gedächtnis. Sie muss einen Text nur ein Mal gelesen haben und vergisst ihn nie. Sie hätte eigentlich meinen Ring bekommen sollen, weil sie sich Mathe- und Geschichtsaufgaben viel schneller und genauer einprägen könnte als ich.

»Deswegen«, fuhr Suse fort, »müssen wir künftig sehr, sehr genau sein, wenn wir eine Frage stellen. Okay?«

»Okay.«

»Aber jetzt lass uns endlich ins Zimmer und wegen Mathe und Geschichte nachsehen.«

»Weiß gar nicht, warum dir das so wichtig ist. Du schreibst doch sowieso immer Spitzennoten«, brummte ich.

»Stimmt. Aber so kann ich Spitzennoten schreiben und nur lernen, was auch wirklich drankommt. Spart ne Menge Zeit.«

Als wir in die Küche kamen, sagte meine Mutter gerade: »*Katzschwanz* ist kein Wort, Jenny. Leg was anderes.«

Tante Jenny sah sie düster an. *»Regulatieren* ist aber auch keins.«

Die beiden streiten nie, außer beim Scrabblespielen.

»Gute Nacht«, sagten wir gleichzeitig.

Die beiden sahen erschrocken auf. »Ihr geht schon ins Bett? Freiwillig?«

»Müssen noch lernen«, nuschelte ich.

Meine Mutter riss die Augen auf. »Es geschehen noch Zeichen und Wunder!«

»Was liegt denn an?«, fragte Tante Jenny.

»Geschichtsarbeit übermorgen«, antwortete Suse. »Wir haben einen neuen Lehrer.«

»Haha, Ratzkefatzke«, kreischte meine Mutter und dann prustete auch Jenny los. Die kriegten sich gar nicht wieder ein. Das ist irgendein Insidergag zwischen den beiden, über den sie sich seit Jahren immer wieder halb totlachen. Aber was es mit der Ratzkefatzke-Geschichte auf sich hatte, das verrieten sie nie, egal wie lange wir sie löcherten. Keine Chance.

»Ihr seid echt kindisch«, sagte Suse.

»Wo ist eigentlich Papa?«, fragte ich. Normalerweise brachte er um diese Zeit Laila ins Bett.

»In der Praxis. Abrechnungen machen.« Meine Mutter wischte sich Lachtränen aus den Augen.

Da kam mir eine blendende Idee. Ich schnappte mir schnell Suses Hand und rief: »Tschüss und Gute Nacht. Bis morgen. Schlaft gut. *Buona notte. Bye-bye.«*

Tante Jenny und meine Mutter guckten uns mit offenen Mündern hinterher.

In unserem Zimmer angekommen, setzten wir uns an

meinen Schreibtisch, das Kästchen zwischen uns. Ich zog den Ring über, beschloss aber: erst die Arbeit, dann das Vergnügen. Zuerst prägte ich mir mithilfe des Rings die Matheaufgaben für den Nachschreibetest ein. Suse, die mitschrieb, was ich ihr vorsagte, löste die Aufgaben in einem Affenzahn. Danach pulten wir das Etikett von einer Colaflasche, scannten es ein und bearbeiteten es so, dass dort nun statt der Zutatenliste zwei Lösungen des Mathetests zu lesen waren. Zum Schluss klebten wir das gefälschte Etikett wieder auf die Flasche.

Die dritte Lösung passte nicht mehr drauf, deswegen leierte Suse sie mir so lange vor, bis ich sie auswendig konnte. Dann guckten wir noch die Geschichtsaufgaben an und fühlten uns bestens für die nähere Zukunft vorbereitet.

»Okay, dann bin ich jetzt mal dran«, rief Suse, sprang vom Schreibtisch auf und schnappte sich ihren Ring mit dem grünen Diamanten. »Seit ich weiß, dass ich in die Vergangenheit sehen kann, denke ich ständig darüber nach, was ich noch alles nachgucken will.«

»Ja! Ich weiß auch schon, was.« Ich strahlte, davon überzeugt, dass Suse meine blendende Idee auch gefallen würde. »Ich sage nur: Ratzkefatzke!«

»Genial!« Eifrig nahm Suse ihren Block in die Hand und setzte es ganz oben auf unsere To-do-Liste.

»Danach«, sagte ich, «könntest du rausfinden, ob Josh Hutcherson echt mit Ariana Grande zusammen ist.«

»Wie das denn?«

»Na ja«, erklärte ich. »Du fragst, was genau gelaufen ist, als sie bei den MTV-Awards zusammen aufgetreten sind.«

Suse schien nicht begeistert.

»Okay, du könntest nachschauen, wie dein Vater aussah, als er deine Mutter kennengelernt hat. Oder das Geheimrezept von Coca-Cola rausfinden.«

Suse grinste. »Aber eigentlich interessiert mich noch mehr, was Emma letzte Woche zu Jannick gesagt hat, denn seitdem guckt er mich nicht mehr an. Ich befürchte, sie hat ihm verraten, dass sein Foto eine Zeit lang mein Bildschirmschoner war.«

»Mann, wie peinlich, würde aber so manches erklären.«

Wir diskutierten eine ganze Weile darüber, was wir nachgucken wollten, und notierten eifrig. »Oh je«, sagte Suse dann. »Wenn ich das alles frage, bin ich ja eine Woche unterwegs.«

»Und wie ist das, wenn du dann aufs Klo musst?«

»Kann ja Josh Hutcherson fragen, ob ich seins benutzen darf.«

Wir hielten uns die Bäuche vor Lachen.

»Also, womit soll ich anfangen?«, fragte Suse, als sie wieder Luft bekam.

»Ratzkefatzke natürlich«, schrie ich. Wir grinsten uns an.

Dann wurde Suse ganz ernst, drehte an ihrem Ring und sagte feierlich: »Ich möchte wissen, was Tante Anna und meine Mutter immer mit Ratzkefatzke meinen.«

Und schon begannen ihre Pupillen, wieder so wild hin und her zu schießen, während ihr Körper wie erstarrt wirkte. Das sah wirklich zum Fürchten aus. Ich beobachtete sie gebannt, es kam mir wie eine Ewigkeit vor. Als ich gerade dachte, das war's, die bleibt jetzt für immer so ein Zombie, nicht ansprechbar, mit leerem Blick, spritzte ich ihr Wasser ins Gesicht und wenige Zuckungen später war es vorbei. Mann, war ich erleichtert.

Vor allem, als sie mich ansah und breit grinste.

»Erzähl!« Ich hätte sie am liebsten an der Schulter geschüttelt, so neugierig war ich, aber ich hielt mich gerade noch zurück. Ich wusste ja selbst am besten, wie man sich nach so einer Reise fühlte: vollkommen alle.

»Ratzke war ihr Geschichtslehrer«, sagte Suse. »Sie haben ihn Ratzkefatzke genannt.«

»Zum Totlachen«, sagte ich enttäuscht.

»Die beiden waren ungefähr so alt wie wir«, fuhr Suse unbeeindruckt fort. »Ich habe sie in der Schule sitzen sehen. Nebeneinander.«

»In einer Klasse?« Komisch, Tante Jenny war schließlich ein Jahr älter als meine Mutter.

»Scheint, als ob meine Mutter mal ne Ehrenrunde gedreht hat.« Suse wackelte beneidenswert akrobatisch mit den Augenbrauen.

»Wie sahen sie aus?«, fragte ich atemlos.

»Heftig.« Suse holte tief Luft. »Fette Schulterpolster, Haare toupiert, *neonfarbenes* Haarband, Tüllrock, breiter Gürtel.«

Ich keuchte bestürzt auf. »Wirklich?«

»Deine Mutter hat riesige Smiley-Ohrringe aus Plastik getragen. Und Cowboystiefel.«

»Du liebe Zeit.« Fast wäre ich rot geworden vor Fremdscham. »Cowboystiefel?«, flüsterte ich.

Suse nickte.

»Wahnsinn.«

»Und ich stand quasi direkt neben ihnen!«

»Okay, erzähl weiter.«

»Also, dieser Ratzke, der Geschichtslehrer, wollte eine Arbeit schreiben, hatte aber zu wenige Aufgabenblätter dabei. Er ist raus aus dem Klassenzimmer, um Kopien zu machen. Kaum ist er draußen, springen unsere Mütter auf, holen aus einem Schrank eine große Rolle Klarsichtfolie, die sie dort wohl versteckt hatten. Dann kleben sie die Folie in den Türrahmen und setzen sich wieder hin. Der Ratzke kommt zurück, öffnet die Tür, rennt voll in die Plastikfolie rein und schafft es nicht, ins Zimmer zu kommen.«

»Verstehe«, sagte ich. »Find ich jetzt aber nicht sooo lustig, dass man sich darüber jahrelang halb totlachen kann.«

»Du hättest sein Gesicht sehen sollen!« Und dann schüttete sie sich genauso aus vor Lachen wie Tante Jenny und meine Mutter immer. Super.

Inzwischen war es draußen stockduster, aber wir waren noch hellwach. In die Zeiten sehen, macht schlaflos. »Meinst du«, fragte ich, während ich die präparierte Colaflasche zwischen den Händen drehte, »dass das funktioniert?«

»Der Spickzettel? Hundertprozentig. Wie spät ist es?«

Ich blickte auf die Anzeige in meinem Computer. »Oh, schon kurz nach elf.«

»Bevor wir schlafen, schau mal nach, wann ich endlich auch einen richtigen Freund haben werde.«

»Was heißt hier *auch?* Glaube kaum, dass sich ein *richtiger Freund* nach dem ersten Kuss aus dem Staub macht und sich eine Woche lang nicht blicken lässt. Nur um dann mit einem blöden Computerspiel als Geschenk aufzutauchen«, nölte ich. »Und dann ruft er nicht mal an!«

»Luna. Bitte, bitte, bitte, *bitte!*« Sie fiel vor mir auf die Knie, streckte mir flehend die Hände entgegen und verdrehte die Augen. »Bitte, ich halte es nicht mehr aus! Ich *muss* es einfach wissen!«

Wir mussten beide lachen. Doch ihr verging das Lachen, als ich ihr eine Achterbahnattacke später sagte, dass sie sich noch genau dreiundzwanzigmal verknallen würde, bis endlich der Richtige dabei war.

»Dreiundzwanzigmal? Spinnst du?«, keuchte sie. »Das dauert ja noch ewig.«

»Ach Quatsch, bei deinem Tempo. Denk mal allein an Fabian und Jannick und Heiko und diesen Typ aus der Eisdiele und den Busfahrer?«

Sie schüttelte vehement mit dem Kopf. »Oh nein, erinner mich nicht an den!«

Oh doch. Schließlich hatten wir ein paarmal mit der Linie 4 fahren müssen, nur weil sie den Fahrer mit dem hochgestrubbelten blonden Haar so süß fand. Dabei war der uralt, viel zu alt, um süß zu sein. Zwanzig, schätzte ich.

»Du weißt, dass ich recht habe! Wenn du so weitermachst, dauert es nur ein paar Wochen, höchstens zwei, drei Monate.«

Suse verzog sich schnaubend in ihr Bett. Zufrieden lächelnd legte ich mich unter die Decke und war glücklicherweise vor Suses Schnarchen eingeschlafen.

Am nächsten Morgen riss ich die Vorhänge auf. Es würde wieder ein sonniger, heißer Tag werden. Wir zogen uns an und gingen nach unten, um Kaffee und Kakao zu kochen. Suse briet ein paar Spiegeleier, ich schnitt Opas selbst gebackenes Brot in Scheiben und warf sie in den Toaster. Als Jenny und Mama mit Laila in die Küche kamen, freuten sie sich, wurden aber mit einem Schlag misstrauisch.

»Ihr habt doch was ausgefressen«, behauptete Tante Jenny.

»Darauf würde ich wetten«, sagte meine Mutter.

»Wieso?«, fragte Suse und klapperte mit ihren langen Wimpern.

»Ihr steht freiwillig früher auf, um Frühstück zu machen? Was ist los?«

»Möchtest du Kaffee?« Ich drehte mich zu ihr um.

»Ich beantworte deine Frage gern«, sagte meine Mutter, »nachdem du meine beantwortet hast.«

Ich sah sie zuckersüß lächelnd an. »Es gibt sogar Milchschaum!«

Meine Mutter seufzte. Wenn ich so weitermachte würde bald eines dieser Wir-müssen-uns-mal-unterhalten-Fräulein-Gespräche stattfinden. Eins von den Gesprächen, wo sie in unser Zimmer kommt und Suse bittet, uns mal eben allein zu lassen. Wo sie die Tür hinter sich zumacht und sich neben mich setzt und mir so lange in die Augen schaut, dass ich bereit bin, alles zuzugeben, auch das, was ich nicht gemacht habe. Hauptsache, sie hört auf, mich so anzuschauen. Und dann sagt sie so was wie »Luna, mein kleiner Mond, versuch erst gar nicht, mich anzuflunkern. Ich habe dich neun Monate in meinem Bauch gehabt und unter den fürchterlichsten Schmerzen zur Welt gebracht, du glaubst doch nicht im *Ernst,* dass ich nicht merke, wenn mit dir was nicht stimmt. Also raus damit«, und so weiter.

»Wir haben wirklich nichts ausgefressen«, sagte ich mit unschuldiger Miene. »Anders als manche Leute, die ihren Lehrer in durchsichtige Folie reinrauschen lassen.«

Die beiden starrten mich an und wechselten einen Blick. »Wie bitte?«

»Hm?«, sagte ich.

»Was hast du gesagt?«, fragte Tante Jenny.

»Wer?«, fragte Suse. »Ich?«

»Wieso?«, ergänzte ich hilfsbereit.

Die klassische Verwirrtaktik. Funktioniert immer. Die beiden schüttelten nur den Kopf und setzten sich. Als wir kurz darauf die Biege machten, hörte ich meine Mutter fragen: »Hast du ihnen das erzählt?«

Wenig später hockten wir neben dem Kiosk am Park auf einer Bank in der Morgensonne und schlürften Energy-Drinks. War ja eine lange Nacht gewesen.

»Wann die wohl anfangen zu wirken? Ich könnte auf der Stelle einschlafen«, murmelte ich schwach.

»Nichts da, wiederholen!«, befahl Suse.

»Wiederholen?«

»Die dritte Lösung!«

Ich stöhnte auf, gab mich aber, als ich ihren giftgrünen Blick sah, sofort geschlagen. »Z geteilt durch zwei minus drei Z minus zwei minus drei Z geteilt durch drei Z minus zwei ist gleich minus Z durch Z…«

»Durch drei Z!«, korrigierte Suse mich genau in dem Moment, in dem Marli durch den Parkeingang fegte wie ein Wirbelsturm. Und ich meine *fegte*. Sie raste an uns vorbei, schlug ein paar Haken wie ein Karnickel, hechtete über eine kleine Mauer, machte eine Rolle, flitzte weiter, sprang rückwärts über eine Stange, rollte zu Boden, rappelte sich wieder auf, kletterte auf einen Papierkorb, hüpfte von dort aus über eine Hecke und war verschwunden. Wir sahen uns entgeistert an.

»Was…?«, begann Suse.

»… war das?«, beendete ich ihre Frage.

Wir schauten uns um, ob Marli verfolgt wurde. Ob ein Axtmörder hinter ihr her war und so weiter. Aber im Park war niemand zu sehen außer ein paar Rentnern, die früh aufgestanden waren, um die Enten zu füttern, laut schnaufenden Joggern und einigen Schülern. Und alle sahen kopfschüttelnd in die Richtung, in die Marli sich aus dem Staub gemacht hatte.

»Die hat sie nicht mehr alle«, sagte ich.

Suse erwiderte nichts. Ich hatte ihr alles erzählt, was ich bei meinem Besuch auf meinem achtzehnten Geburtstag gesehen hatte. Nur von Marli hatte ich nichts gesagt. Dass die nicht nur auf der Party gewesen war, sondern sogar bei der kleinen Feier in der Küche. Weil ich es nicht wahrhaben wollte. Und weil ich hoffte, dass es dann nie passieren würde. Die Zukunft kann sich ja ändern, man kann sie sogar beeinflussen (siehe Höschen), das wusste ich inzwischen. Also. Somit konnte es gut sein, dass Marli aus unserem Leben wieder verschwinden würde, und zwar genauso schnell, wie sie gerade an uns vorbeigeflitzt war.

»Oder?«, hakte ich nach.

»Oder was?«

»Findest du nicht, dass Marli komisch ist? Total aufgedreht und arrogant?«

Suse ignorierte meine Frage und sagte stattdessen: »Lass uns mal weitergehen. Sonst kommen wir noch zu spät. Hast du die Colaflasche?«

Und ich glaube, in diesem Moment passierte es, es gab eine Veränderung der Atmosphäre um Suse und mich herum. Als ob sich da unsanft etwas zwischen uns geschoben hätte. Beispielsweise ein signalrotes Schild, auf dem stand: »Sperrzone! Betreten verboten!«, und an dem alle meine Fragen und Kommentare zu Marli abprallten. Wie ein Minenfeld, das ich besser weiträumig umging.

Obwohl wir die halbe Nacht zusammen wach geblieben und uns zwischen dem Zeitenschauen gegenseitig mit Gummibärchen gefüttert hatten (das unauffällige Vorrätevernichten klappte wie am Schnürchen). Obwohl Suse für mich die Matheaufgaben gelöst und ich mir immer wieder angehört hatte, wie süß Marc ist – ein Freund von Greg, wie ich verblüfft erfuhr. Obwohl ich vor einer Sekunde noch hätte schwören können, dass wir für immer zusammen durch dick und dünn gehen würden, Pferde stehlen, wie Pech und Schwefel zusammenhalten und so weiter. Doch jetzt hatte sie ihr Gesicht verschlossen wie eine Tür und sah aus, als würde sie am liebsten etwas sagen, sagte es aber *nicht.* Schweigend gingen wir durch den Park in die Schule.

»Was war das vorhin?«, hörte ich Suse später in der Klasse hinter mir flüstern.

Ich tat so, als wäre ich sehr mit den Englischvokabeln beschäftigt, die Poldi mit einem Overheadprojektor an die Wand geworfen hatte. Bei Poldi haben wir Deutsch und Englisch, so können die Mädchen ihn sogar auf Englisch anschmachten. Gerade erklärte er den Unterschied zwischen *big*, *great*, *large*, *tall* und *high.* Aber ich bekam nichts davon mit, weil ich meine Lauscher nach hinten gerichtet hatte.

»Was vorhin?«, fragte Marli.

»Wir haben beobachtet, wie du durch den Park gejagt bist wie in einem Action-Thriller.«

»Ach so das. Hab euch gar nicht gesehen. Freerunning.«

»Freerunning? Was ist das?«

»Kennst du nicht? Gibt's das bei euch nicht?«

Gibt's das bei euch nicht, äffte ich sie stumm nach. Nur weil die mal zwei Jahre in New York gelebt hatte, musste die sich doch nicht so aufführen, als ob es in Deutschland noch kein elektrisches Licht gäbe.

Suse aber war ganz Feuer und Flamme. »Nee, nie gehört. Erzähl!«

»Der coolste Sport überhaupt. Es geht darum, den kürzesten Weg zu nehmen und dabei alles zu überwinden, was so rumsteht. Papierkörbe, Bänke und so weiter. Die Hindernisse dürfen nicht verändert werden, sondern nur übersprungen oder überklettert. Wenn's sein muss auch Bauzäune und Garagen. Manche klettern auch über Hochhäuser. Und ab und zu kann man einen Salto oder so was einbauen.«

Ich hielt die Luft an. *Wie bitte? Hochhäuser?* Das denkt die sich doch aus.

»In New York hab ich immer mit meinen *buddies* trainiert.«

»Krass«, wisperte Suse. »Bricht man sich dabei denn nichts?«

»Am Anfang kann's echt wehtun, man schürft sich immer die Hände auf und die Knie. Aber ich hab mich von ein paar blauen Flecken nicht unterkriegen lassen. Seitdem weiß ich, dass man auf Probleme oder Hindernisse am besten direkt zugeht und versucht, sie zu überwinden.«

*Meine* buddies? *Nicht unterkriegen lassen? Hindernisse überwinden?* Bekam Suse wirklich nicht mit, was für eine Wichtigtuerin diese Marli war? Vor Wut schnürte sich mir der Hals zusammen. Aber vielleicht war es keine Wut. Vielleicht war es ... ach, was weiß ich. Was immer es war, es passte mir nicht, dass Suse, *meine beste Freundin,* auf einmal nicht mehr in allem derselben Meinung war wie ich. Sonst hatten wir uns immer blind verstanden, hatten dasselbe gedacht und gefühlt und die Sätze der anderen beendet. Oft hatte ein Blick genügt oder das Heben einer Augenbraue und wir wussten sofort, was die andere meinte.

Ich schüttelte den Kopf. Es gefiel mir ganz und gar nicht, wie ich mich fühlte, ich wollte so nicht sein. So ...

*eifersüchtig.* Und trotzdem konnte ich nichts dagegen tun.

»Wahnsinn«, flüsterte Suse aufgeregt hinter mir. »Kannst du mir das beibringen?«

»Echt? Hast du Lust? Total gerne. Wir können mit ein paar Grundelementen anfangen. Gleich nach der Schule?«

Ich hörte Suses Antwort nicht, weil Poldi gerade sagte: »Suse Abendschön und Marli Rosenfeld. Freut mich, dass ihr euch so wohl in meinem Unterricht fühlt. Ich wäre euch jedoch dankbar, wenn ihr jetzt wieder mitmacht.«

Aber ich musste Suses Antwort auch gar nicht hören. Ich wusste sowieso, dass sie Ja sagen würde.

In der großen Pause hingen wir alle zusammen herum wie in letzter Zeit eigentlich immer. Nur Lea und Fritzi hatten sich für ein Referat in den Pausenraum verzogen. Alenya, Gloria, Suse, alle schienen sich mit Marli gut zu verstehen, und das wollte mir nicht in den Kopf. Merkte denn wirklich keiner, dass die seltsam war? Arrogant und von sich selbst eingenommen? Und wie sie redete...

Also machte ich mich in der Pause mal wieder auf die Suche nach Tom und sah mich wirklich äußerst unauffällig überall nach ihm um. Auf der kleinen Liegewiese, auf der meistens die älteren Schüler rumlungern, bei den Tischtennisplatten und ganz hinten bei den Bänken. Ich warf sogar einen Blick auf die kleine Gruppe in der Raucherecke, aber Tom blieb verschwunden. Oder war er gar nicht erst in die Schule gekommen? Ich schlenderte quer über den Schulhof zurück, allerdings sehr langsam. Ich hatte nämlich keine Lust, mir wieder diese bekloppten Marli-ist-ja-so-spannend-Gespräche anzuhören, und hoffte (zum ersten Mal in meinem Leben), dass es gleich zum Unterricht klingeln würde. Als ich gerade an den Fahrradständern vorbeischlenderte, bemerkte ich aus den Augenwinkeln eine Bewegung. Erschrocken blieb ich stehen. Das gibt es doch nicht. Dort stand *die Frau* von meiner Geburtstagsfeier. Die ich dabei ertappt hatte, wie sie uns beobachtete. Zwar trug sie diesmal keinen langen Mantel und auch keine Kapuze, aber ich erkannte sie trotzdem sofort wieder. Erstens wegen der Blutwurstlocken, vor allem aber wegen ihrer Haltung, die war so aufrecht. Sie trug ein elegantes graues Kostüm und rote Pumps. Unvermittelt drehte sie den Kopf etwas zur Seite und da war es, als würden kleine Explosionen aus ihrem Gesicht schießen. Dann sah ich, dass sie eine riesige Sonnenbrille mit Spiegelgläsern trug, die in der Sonne aufblitzten. Was hatte sie hier zu suchen?

In diesem Moment klingelte es. Bevor mich die Frau entdecken würde, machte ich auf dem Absatz kehrt und lief direkt in Henris Arme. Besser gesagt rannte ich ihn mehr oder weniger über den Haufen.

Er hielt mich mit beiden Armen an den Schultern fest und lachte. »Hey, du hast es aber eilig.«

»Eigentlich nicht«, sagte ich, die Nase an seiner Brust.

Ich muss schon zugeben, dass er wirklich gut roch. So nach Schwimmbad im Sommer mit einem Hauch Chlor in der Luft. Und nach Sonnencreme. Aber gegen Toms

Zahnlücke und Augen kam er trotzdem nicht an. Ich trat einen Schritt zurück.

»Oder eigentlich doch«, sagte ich dann.

»Wie bitte?«

»Eigentlich habe ich es doch eilig. Also, sorry fürs Umrennen und Tschau!«, sagte ich und flitzte davon.

»Luna«, rief er mir hinterher, »warte doch mal kurz. Ich wollte dich was fragen ...!«

Weiß ich doch, dachte ich, nein danke, kein Bedarf, ich steh nicht so auf eure Musik, nix für ungut.

Ich tat so, als ob ich nichts gehört hätte, und rannte zurück ins Schulgebäude.

Die nächsten Stunden zogen sich endlos dahin. Ich hielt die Colaflasche die ganze Zeit umklammert wie einen Rettungsring. Nach der letzten Stunde nickte mir die Landkarte zu, gab mir das Aufgabenblatt und deutete auf einen Platz direkt gegenüber vom Pult. Ich sah aus dem Fenster. Suse übte so was wie Purzelbäume auf dem Rasen vor der Schule. Marli stand daneben. Es roch nach Leberkäse, den die Landkarte gerade in einem Brötchen verspeiste.

Ich fing mit der Lösung der dritten Aufgabe an, indem ich in einem irren Tempo aufs Papier kritzelte, was ich stundenlang auswendig gelernt hatte, so mit Rhythmus und Takt, als würde ich vor mich hin rappen.

*Z geteilt durch zwei minus drei.*
*Z minus zwei minus drei Z geteilt*
*durch drei Z minus zwei ist gleich minus Z ...*

Die Landkarte sah mich ab und zu prüfend an, weil ich so rumzappelte und teilweise auch vor mich hin flüsterte. Aber sie sagte zum Glück nichts. Die anderen beiden Lösungen schrieb ich gewissenhaft vom Flaschenetikett ab. So ließ es sich leben. Zum ersten Mal würde ich eine Eins in Mathe bekommen, sofern ich mich bei der dritten Aufgabe nicht verrappt hatte. Und das war ein tolles Gefühl. Ich fand auch, dass ich es verdient hatte. Ist schon eine Leistung, so einen genialen Spickzettel herzustellen und sich eine Lösung im Rapvers zu merken. Als die Zeit rum war, reichte ich der Landkarte den Test.

»Vielen Dank, Frau Landauer«, sagte ich und strahlte sie an. Ich fühlte mich gerade so unglaublich gut. »Ich glaube, es ist ganz hervorragend gelaufen.«

Sie hob eine Augenbraue. »Ach ja? Nun, das freut mich, Luna.«

»Und mich erst. Dann können wir ja endlich nach Hause gehen.«

Gemeinsam verließen wir das Klassenzimmer und trabten Richtung Ausgang. Die Landkarte trug heute einen grünen Rock, eine blaue Bluse, ein rotes Halstuch, braune Sandalen und gelbe Socken. Letztlich sehr mutig. Aber eigentlich nur grässlich.

Als wir ins Freie traten, knüllte sie das Papier zusammen, in das ihr Leberkäsebrötchen eingewickelt gewesen war, und zielte auf den Mülleimer. Natürlich warf sie daneben. Und dann – keine Ahnung, was mich da ritt – schleuderte ich die Colaflasche in kunstvoll hohem Bogen von mir und traf haargenau. Mittenrein. »Strike!« Beinahe hätte ich der verdutzten Landkarte ein High Five gegeben. Konnte mich zum Glück noch zusammenreißen, aber in diesem Moment fühlte ich mich einfach unbesiegbar. Als ob ich die Chefin der Zukunft wäre. Das hielt aber nicht lange an. Sofort fragte ich mich, ob ich noch alle Tassen im Schrank hatte: Wieso nur hatte ich die Flasche nicht in meinen Rucksack gepackt und mich so unauffällig wie möglich verdrückt? Ich fühlte, wie mir das Blut aus dem Gesicht wich und der Schweiß aus allen Poren brach. Was ist, wenn jemand den Spickzettel auf der Flasche fand? Rausholen konnte ich sie jetzt schlecht, die Landkarte war in der Zwischenzeit abgetaucht, auf der Suche nach ihrem Leberkäsepapier, und ließ es, als sie es gefunden hatte, in den Papierkorb fallen. Dann beugte sie sich vor und kam mit rotem Gesicht und meiner Flasche in der Hand wieder hoch.

»Luna, also wirklich«, sagte sie. »Was ist das?«

»Äh, eine Flasche?«, fragte ich.

»Und was steht da drauf?«

»Äh ... Cola?«, hauchte ich.

»Nein, Luna. Pfand steht drauf. Aber so, wie du mich anguckst, hast du wohl noch nie davon gehört.«

Wie ich guckte, wollte ich mir jetzt gar nicht vorstellen. Ich stolperte nach vorn, riss ihr die Flasche aus der Hand und rannte los wie beim Staffellauf. Eins-a-Übergabe, unser Sportlehrer hätte seine wahre Freude daran gehabt. Das war gerade noch mal gut gegangen.

»Und, wie war's?«, fragte Suse später im Garten.

»Hat super geklappt mit dem Spickzettel«, sagte ich und erzählte ihr von meinem Mülleimer-Kunstwurf, der fast in die Hose gegangen wäre. »Und bei dir?«

Die Praxis hatte freitagnachmittags geschlossen, und

da Tante Jenny einen Tag Urlaub hatte, hatte mein Vater den Grill angeschmissen. Tante Jenny und meine Mutter machten Salat, Opa hatte Naan gebacken, ein wahnsinnig leckeres indisches Brot. Opa ist ja nicht nur schon seit einer Ewigkeit Buddhist, er hat auch viele Jahre in Indien in einer Art Kloster oder so gelebt. Allerdings gab es in diesem Kloster auch Frauen und sie haben alle zusammen gebetet und getanzt und laut geschrien, um sich von allem Möglichen zu befreien. Das habe ich mir mal auf YouTube angesehen, echt witzig. Jedenfalls, dieses Naan-Brot, wenn es ganz frisch und heiß ist und am besten dick mit Butter bestrichen, ist so ziemlich das Leckerste, was es gibt.

»Wir haben nur ein bisschen geübt«, meinte Suse. Wir saßen am Gartentisch und schälten Birnen für den Nachtisch. »Twist und Katzensprung und so was.«

»Hab ich gesehen. Vom Klassenraum aus. Und wie war's?«

»Richtig cool. Mindestens so cool wie skateboarden. Nur, dass man kein Skateboard braucht.«

»Für mich sah das eher aus wie Purzelbäume schlagen. Im Kindergarten«, murmelte ich.

»Ach ja?« Suse fixierte mich. »Kann es sein, dass dir irgendwas nicht passt?«

Ich sah von meiner halb geschälten Birne hoch. »Mensch, das war doch nur ein Witz. Verstehst du keinen Spaß mehr?«

Es entstand eine angespannte Pause. »Wenn's lustig ist, schon.«

Seit wann war Suse so kompliziert? Sie bekam einfach

alles, was ich über Marli sagte, in den falschen Hals. Ich schob die Birnenschalen in einen kleinen Plastikeimer und verzog mich in unser Zimmer. »Ich kapier das nicht«, erklärte ich Mau, die aufrecht auf meinem Schreibtischstuhl saß und sich gründlich putzte. »Irgendwie ist bei Suse und mir der Wurm drin. Kannst du mir das mal erklären?«

Mau unterbrach das Putzen, ihre rosa Zunge lugte noch ein Stück zwischen ihren Zähnen hervor und sah mich mit ihren bernsteingelben Augen an, als hätte sie mir wirklich eine Menge zu sagen. »Leider versteh ich dich nicht«, murmelte ich.

Daraufhin verlor Mau das Interesse an mir. Sie sprang vom Stuhl und trippelte aus dem Zimmer, den Schwanz wie ein Fragezeichen geformt. Da ich keine Lust hatte, über Suse und Marli nachzudenken, und Tom immer noch nicht angerufen hatte, holte ich das Kästchen unter dem Bett hervor und streifte mir den Ring über. Ich überlegte, wie ich am besten herausfinden konnte, ob das mit Tom und mir nun weiterging oder nicht.

Da hatte ich eine Eingebung: Tom hatte in drei Wochen Geburtstag. Warum also nicht mal nachschauen, ob Tom und ich seinen Geburtstag zusammen verbringen würden, und wenn ja, WIE!

Diesmal war das Erdbeben besonders schlimm, der Boden wackelte, mein Magen schlug einen Purzelbaum nach dem anderen und dann… sah ich mich neben Tom stehen. Hand in Hand. *Hand in Hand?* Hervorragend. Obwohl er ein bisschen fest zudrückt. Wo genau sind wir? Ich blicke mich um. Hinter uns Toms Haus, wir sind vor der Tür.

Ich drehe mich wieder nach vorn, lasse den Blick über den kleinen Garten mit der Hollywoodschaukel schweifen, links sehe ich mein Fahrrad liegen. Einfach ins Gras geschleudert wie immer. Laut ist es um uns herum. Was ist das für ein Heulen? Und Lichter überall, blaue.

Ich wurde wie an einer Schnur zurückgezogen, ich bekam fast keine Luft, so schnell saß ich wieder in meinem Zimmer. Benommen stand ich auf. Was war denn das bitte schön gewesen? Ein Geburtstagsfeuerwerk oder so was? Aber ich hatte überhaupt keine Gäste gesehen. Ich rieb mir die Hand, weil ich das Gefühl nicht loswurde, wie Tom sie fast zerquetscht hatte. Mir war ganz schön schlecht. Ich ging hinüber zu meinem Schreibtisch und trank vier riesengroße Schlucke aus der Wasserflasche, die dort stand. Endlich ging es mir ein bisschen besser. Ich war wieder in meiner richtigen Zeit und in meinem Zimmer, alles klar. Gerade als ich noch einen Schluck Wasser trinken wollte, klingelte mein Handy. *Bitte, bitte, bitte, lieber Gott, lass das Tom sein. Bitte. Wenn er es ist, dann räume ich unser Zimmer auf, wische Staub und putze die Computertastaturen. Und übernehme Suses Badputzdienst. Dann ist bestimmt auch alles wieder beim Alten zwischen uns.*

Mit bebendem Finger nahm ich ab. Ich wollte so gar nicht sein, so *jämmerlich,* aber ich konnte nichts dagegen tun. »Hallo?«

»Ich bin's, Tom.«

*Oh danke, danke, danke!* »Hey, wie läuft's?«, fragte ich.

»Gut. Und bei dir?«

»Hab dich in der Schule gar nicht gesehen.«

»Ja, ich war die letzten Tage zu Hause.«

»Bist du krank?«

»So was in der Art.«

*So was in der Art?* Was sollte denn das heißen? Rief er nur an, weil damit das Konzert ins Wasser fiel? Ich schluckte den Kloß in meinem Hals hinunter.

»Aber keine Sorge, zu dem Konzert gehen wir heute auf jeden Fall. Also, falls du noch Lust hast, meine ich«, fügte er dann leise hinzu.

Ich ließ mich auf den Stuhl sinken, den Mau mir gnädigerweise frei gemacht hatte. »Ja, klar habe ich Lust!« Mein Versuch, möglichst cool zu wirken, ging voll in die Hose. Alles in mir schrie: Ja! Ja! Ja! Mein Herz trommelte wie verrückt. »Hast du denn Karten? Suse hat nämlich keine mehr bekommen.«

»Ja, ich habe zwei.«

Wenn es nicht um Tom gegangen wäre, hätte ich wahrscheinlich Suse meine Karte gegeben, weil sie so ein Fleisch-Fan ist und ich bis vor ein paar Tagen die Band nicht einmal gekannt hatte. Aber jetzt gab es nichts Wichtigeres auf der Welt, als endlich wieder mit Tom zusammen zu sein. Und vor allem beim MTK-Projekt einen Schritt weiterzugehen.

»Dann hole ich dich um sechs ab, okay?«

Ich nickte verträumt.

»Okay?«, hakte er nach einer Weile nach.

»Ach so, ich hatte genickt. Aber das kannst du durchs Telefon ja nicht sehen. Hahaha.« Dann begann ich tatsächlich auch noch zu kichern. Ich hustete ein paarmal zur Tarnung. »Ja klar. Bis dann.«

»Ich freu mich«, sagte er noch, aber da hatte ich fast schon aufgelegt. Als ich raus in den Garten ging, konnte ich nicht aufhören, wie ein Breitmaulfrosch zu grinsen.

Notiz an mich selbst: Unbedingt cooler werden, in etwa so wie Lynn Grae. Außerdem: Mein Freundschaftsbändchen im Mondlicht neu aufladen.

# 10. Kapitel

Natürlich räumte ich nach dem Grillen unser Zimmer *nicht* auf und putzte *erst recht nicht* das Bad. Somit konnte ich nur hoffen, dass Gott nicht nachtragend war. Aber nachdem ich mich im Garten noch etwas gebräunt hatte, blieb gerade noch Zeit zum Duschen, Haarewaschen, Pflegekureinmassieren, Achselhöhlenrasieren (obwohl ich dort noch keinen nennenswerten Haarwuchs habe), Pflegekur-wieder-Ausspülen, Von-Kopf-bis-Fuß-eincremen und Deoaufsprühen. Genau genommen schmierte und sprühte ich mit allem rum, was ich im Bad finden konnte.

Dann entschied ich mich nach reiflichem Überlegen und Rumprobieren für einen ausgewaschenen Jeansträgerrock, Ringel-T-Shirt und Turnschuhe. Dazu etwas Ananaslipgloss von Suse, Kajal und lange silberne Ohrringe, die an meinem Hals kitzelten. Damit die richtig zur Geltung kamen, band ich meine Haare, als sie trocken waren, zu einem Pferdeschwanz. Normalerweise wäre Suse mir keine Sekunde von der Seite gewichen, hätte mir mindestens zehn verschiedene Outfits vorgeschlagen und drei oder vier Frisuren an mir ausprobiert. Aber heute blieb sie im Garten liegen, dick mit Sonnencreme eingeschmiert. Sie sah aus wie mit Zucker glasiert. Als ich kurz vor sechs die Treppe runterkam, stand sie im Bikini in der Küche und sah mich aufmerksam an.

»Und?«, fragte ich nervös, weil ich befürchtete, wie eine zwar aufgedonnerte, aber ahnungslose Barbie auszusehen.

Suse lehnte sich an den Türrahmen, runzelte die Stirn und musterte mich von Kopf bis Fuß. Dabei machte sie mehrmals »hmm, hmm«.

»Schon gut«, sagte ich. »Spar's dir.«

»Das sind meine Ohrringe«, stellte sie fest.

Ich sah sie stumm an. Ich trug *ständig* irgendwelches Zeugs von ihr und umgekehrt war es genauso. Bevor ich etwas entgegnen konnte, klingelte es. Ich ging zur Tür.

»Luna?«, hörte ich Suse hinter mir sagen.

Ich blieb stehen und drehte mich um.

»Du siehst klasse aus, Cousinchen. Ganz ehrlich.«

Da hätte ich fast einen Freudensprung gemacht, stattdessen schnippte ich mit den Fingern und machte diese Pistolen-wir-sind-uns-einig-Geste. Suse auch. Allerdings kam mir unser vertrautes Handzeichen etwas lahm vor. Es war nicht wie sonst.

»Viel Spaß«, sagte Suse mit einem Lächeln.

»Danke«, rief ich und öffnete die Tür. Tom stand davor, die Hand schon erhoben, um ein drittes Mal zu klingeln. Und er sah zum Umfallen gut aus, sein schwarzes Haar hing ihm ins Gesicht und er blickte mich an mit einem Lächeln wie Himbeerlimo. Aber das war es nicht allein. Es war, als gäbe es nur ihn und mich, und gleichzeitig trampelte eine ganze HORDE Elefanten über mein Herz. Aber nicht mal unangenehm. Wir grinsten uns wortlos an und ich hatte mir gerade meine neue Lederjacke geschnappt, aber da hatte uns schon meine Mutter entdeckt. Sie war wie aus dem Nichts unvermittelt aus irgendeinem Raum aufgetaucht, das kann sie gut. »Hallo Tom«, rief sie munter. »Bring mir meine Kleine spätestens um neun Uhr nach Hause. Versprochen? Und Finger weg vom Alkohol!«

»Gibt's da eh nicht«, sagte ich.

Sie sah mich an, als würde ich mich hier und jetzt in ein gefährliches, fremdes Land verabschieden. Oder einen mörderisch hohen, gefährlichen Berg besteigen. Kurz gesagt so, als würde sie mich höchstwahrscheinlich nie mehr wiedersehen.

»Ich verspreche es hoch und heilig«, sagte Tom feierlich.

Bevor meine Mutter mir einen Kuss geben konnte, zog ich hastig die Tür hinter uns zu. Die Grillen zirpten, die Sonne schien warm auf die Straße und es roch herrlich. Nach ... Leben. Und Sommer. Und Liebe.

»Ist die nicht ein bisschen warm?« Tom deutete auf meine Lederjacke.

»Soll heute noch ein Gewitter geben«, sagte ich schnell. Sollte ich ihm etwa erklären, dass die halt zu meinem Outfit dazugehörte?

Er nickte. Und dann schwangen wir uns auf unsere Fahrräder und radelten los.

Vor dem Jugendclub hatte sich eine lange Schlange gebildet. Am Eingang wurden wir nach Flaschen und allem abgetastet und dann suchten wir uns einen Platz in der Nähe der Bühne, aber nicht zu nah dran, um nicht zerquetscht zu werden. Tom nahm plötzlich meine Hand und sah mich an. »Ich bin echt froh, dass das mit uns endlich geklappt hat.«

MIT UNS! Er hat MIT UNS gesagt. Es gibt ein UNS! *Yippieyayayippieyippieyeah!*

Er lächelte schief und machte wieder das mit seiner Zahnlücke. Der schönsten, strahlendsten Zahnlücke der Welt. »Ich hole uns noch schnell eine Cola, bevor es losgeht«, sagte er.

Es war schon jetzt irre heiß im Jugendclub, aber ich wollte keinesfalls meine neue Lederjacke ausziehen. Als Tom zurückkam, drückte er mir einen Becher mit so einem Schirmchen auf dem Strohhalm in die eine Hand und ergriff meine andere. Und die ließ er dann nicht mehr los. Er guckte mich mit diesem Liebesromanblick an, so ganz tief in die Augen, und ich musste immer als Erste wegsehen, so schwirrte mir der Kopf. Ich nahm aus Verlegenheit einen großen Schluck Cola. Über uns glitzerten Discokugeln wie Sterne, der Boden war mit Sand aufgeschüttet und überall im Raum waren Plastikpalmen verteilt. Über die großen Bildschirme an den Wänden wälzten sich blau funkelnde Wellen. Mittlerweile war es richtig voll geworden und Fleisch spielten die ersten beiden Songs. Ich verstand jetzt, warum Suse den Sänger anhimmelte, ganz vorne an der Bühne wurden ein paar Mädchen sogar ohnmächtig. Der Sänger war groß, hatte kurz geschorene blonde Haare, trug ein Jackett wie ein Zirkusdirektor und sah düster und schön aus. Singen konnte er auch und dabei bewegte er sich in den Hüften wie bei einer Art Pharaonentanz. Ich machte mit meinem Handy für Suse ein Video von ihm. Irgendwann setzte er sich auf einen Barhocker und kündigte einen Song an, der »You always« hieß. Der Gitarrist stellte seine E-Gitarre weg und nahm die akustische, der Schlagzeuger wischte mit dem Besen über die Snare und im ganzen Saal wurden Feuerzeuge hochgehalten.

Tom stellte unsere Colabecher weg, schlang von hinten die Arme um mich und wir begannen, uns gemeinsam im Takt zu wiegen. Ich spürte seine warmen Finger in meinem Nacken und wie seine Lippen zu meinem Ohr glitten. Es kribbelte (Ameisenarmee nichts dagegen!), und wenn Tom mich nicht festgehalten hätte, wären mir garantiert die Beine weggeklappt.

*Jetzt!*, sagte ich mir. *Jetzt* ist der richtige Zeitpunkt. MTK! Sofort. Mein Herz dröhnte so laut, dass ich dachte, Tom müsste es hören, so nah wie er hinter mir stand. Der erste Kuss bei der Slumber-Party war nicht schlecht gewesen, trotz Nachthemd und allem, aber ich glaubte, dass es noch besser ging. Also nahm ich all meinen Mut zusammen und drehte mich in seinen Armen um. Er hatte so wunderschöne, sanft geschwungene Lippen. Ich legte eine Hand an seinen Hinterkopf und zog ihn zu mir herab. Unsere Lippen berührten sich sanft, während Mollakkorde von der Bühne über uns hinwegschwappten.

Und ich hörte auf zu denken. Was für ein Kuss! Ein richtiger, herrlicher, umwerfender Kuss. Einer. Und dann noch einer. Und noch einer. Jetzt verstand ich auch, was die Leute immer mit Wolke sieben meinen, denn auf dem Boden war ich wirklich nicht mehr. Sondern schwebte irgendwo hoch oben. Wir küssten bis zur Pause durch. Als das Licht anging, öffnete ich zum ersten Mal wieder die Augen.

»Hi«, sagte da eine bekannte Stimme neben mir.

Ich löste mich aus Toms Armen und sah Suse direkt neben uns stehen. »Hi«, sagte ich, meine Stimme klang ganz kratzig. »Hi«, sagte ich noch mal, weil mir nichts anderes einfiel.

»Hallo, Suse. Doch noch reingekommen?« Toms Hand spielte wie selbstverständlich mit meinem Haar.

Sie nickte, drehte sich um und zog Marli hinter sich hervor.

»Marli hat noch in letzter Sekunde zwei Karten besorgt. Marli, das ist Tompu... das ist Tom. Der Freund meiner Cousine, wie nicht zu übersehen ist.«

Während die beiden sich begrüßten, sagte ich gar nichts. Ich kann das. Stattdessen nahm ich Marli gründlich unter die Lupe. Sie trug einen karierten Rock, eine weiße Bluse und eine karierte Krawatte. Dazu Motorradstiefel. Sie streckte mir die Faust hin. Ich betrachtete einen Moment das weiße Tapeband um ihren rechten Ringfinger, dann streckte ich langsam den Arm aus und stieß mit meiner Faust dagegen.

»Wie hast du das mit den Karten angestellt?«, fragte Tom. »Das Konzert ist schon seit Wochen ausverkauft.«

Marli zuckte mit den Schultern. »Im Internet ersteigert.«

»War bestimmt teuer«, sagte ich und merkte selbst, dass ich schnippisch klang.

Marli hob die Augenbrauen. »Geht so.«

»Die *müssen* teuer gewesen sein bei der Nachfrage! In A-M-E-R-I-K-A wäre das sicher was anderes. Da wäre es kein Problem, noch an Karten zu kommen, aber nicht *hier«,* behauptete ich. Das war natürlich vollkommener Quatsch.

»Was für ein Quatsch«, sagte Suse auch prompt.

Suse und Marli drängelten sich, als das Konzert weiterging, ganz nach vorn an den Bühnenrand, da wo die Mädchen wie Dominosteine umfielen, und ich bekam sie nicht mehr zu sehen. Überwiegend deshalb, weil Tom und ich unserer neu entdeckten Lieblingsbeschäftigung nachgingen und uns auch fast durch den gesamten zweiten Teil des Konzerts hindurch küssten. Wenn er mir zwischendurch in die Augen sah, strahlte er mit den Discokugeln um die Wette.

Wir küssten uns auch noch auf dem Weg nach draußen. Und auf dem Parkplatz vor dem Jugendclub. Kurz bevor wir auf die Fahrräder stiegen. Und dann noch einmal sehr, sehr lange vor unserem Haus. Es war einfach… unbeschreiblich.

»Es ist schon nach neun und deine Mutter…«, sagte er leise. Seine Augen leuchteten selbst in der Dunkelheit.

»Hast du etwa Angst vor meiner Mutter?« Und dann machte ich die Augen wieder zu und spitzte die Lippen. Er legte beide Hände an mein Gesicht und küsste mich ganz sanft. Ein warmer Wind fuhr durch mein Haar, die Grillen zirpten unentwegt. Romantischer ging es nicht.

»Du musst jetzt echt reingehen!«, flüsterte Tom.

»Ich weiß«, hauchte ich.

Er küsste mich noch einmal kurz, viel zu kurz, dann schwang er sich auf sein Rad. »Bis morgen.«

»Ja, bis morgen.« Ich öffnete mit zitternden Fingern das Gartentor.

»Luna?«

»Hm?«

»Ich fand den Abend sehr schön.«

Bevor ich etwas entgegnen konnte, war er auch schon in der Dunkelheit verschwunden und ich flitzte quer durch den Garten und die Verandatreppe hinauf. Auf der obersten Stufe angekommen blieb ich wie angewurzelt vor einem dunklen Schatten stehen. »Äh, wie lange sitzt du schon da?«, fragte ich.

Opa saß eingehüllt in Zigarrenrauch im Schaukelstuhl, auf den Knien ein dickes Buch und neben sich auf dem Tisch ein Glas mit irgendwas. Whisky. Oder Cognac. Damit kenne ich mich nicht aus. Er sah auf die Uhr. »Drei Stunden«, antwortete er dann.

Ich blickte über die Schulter, um herauszufinden, ob er hatte sehen können, wie das MTK-Projekt vor dem Gartentor verlaufen war. Wahrscheinlich nicht. Erleichtert drehte ich mich wieder zu ihm. »Gutes Buch?«, fragte ich.

»Suse ist schon vor einer halben Stunde nach Hause gekommen.«

»Echt?«

»Wie kommt das?«

»Sie ist früher gegangen?«

»Jetzt komm mir nicht so.« Er stieß den Schaukelstuhl mit dem Fuß an. »Du weißt genau, was ich meine. Wieso geht ihr getrennt auf ein und dasselbe Konzert und kommt dann auch noch getrennt nach Hause? Was ist los?«

»Ich ... Ich war eben mit Tom dort und ... nicht mit ihr.«

Opa nickte bedächtig. »Du bist verliebt.«

Ich steckte breit lächelnd die Hand in die Jackentasche, um nach dem Schirmchen von der Cola zu tasten, das ich eingesteckt hatte als Erinnerung. »Ja.«

Er grinste. Die Grillen zirpten immer noch um die Wette. »Ah, die erste Liebe«, sagte er. »Wie wunderbar.«

Ich hasse es, wenn man von »erster Liebe« spricht. Weil das doch nichts anderes heißt, als dass danach die zweite kommt und dann die dritte und so weiter. »Ich verstehe es ja selbst nicht.« Ich hockte mich vor ihn auf einen Stuhl. »Aber ich könnte umfallen vor Glück.«

»Die Liebe musst du nicht verstehen«, sagte er. »Du musst sie nur fühlen. Genieß es.« Eine Weile paffte er schweigend vor sich hin. »Bist du glücklich?«, fragte er dann.

Bis vor einer Sekunde war ich es noch. Ich stützte die Ellbogen auf die Knie und legte mein Kinn in die Hände. »Ja. Nein. Vielleicht.« Seine Bemerkung über Suse hatte mir einen Stich versetzt.

Opa hob die Augenbrauen.

»Ich meine, ich hab mich so auf meinen dreizehnten Geburtstag gefreut. Aber seitdem ist alles so ... *kompliziert.*«

Am liebsten hätte ich ihm jetzt von Suse und Marli erzählt, aber er fragte: »Wie läuft es denn mit den Ringen?«

Das war wirklich eine schwierige Frage und ich brauchte eine Weile, um eine passende Antwort zu finden. Ich entschied mich, den Ball flach zu halten. »Da passiert nicht viel«, behauptete ich. »Wir haben es ein paarmal probiert, aber es klappt nicht mehr. Was ich dir da erzählt habe, war wahrscheinlich nur ein Ausrutscher oder ein Zufall oder so. Oder pure Einbildung.«

»Ach tatsächlich?« Er begann wieder zu schaukeln und verhüllte sein Gesicht mit Zigarrenrauch. Ich war mir fast sicher, dass er mir nicht glaubte.

»Ich geh dann mal ins Bett.« Ich stand auf und drückte ihm einen Kuss auf die unrasierte, nach Zigarrenqualm riechende Wange. »Nacht, Opa.«

»Nacht, meine Kleine«, sagte er.

Ich war schon fast durch die Küchentür, als ich ihn fragen hörte: »Falls dein Ring wider Erwarten doch noch mal funktioniert, könntest du bitte nachsehen, ob das Universum für deinen Lieblingsopa eine wunderschöne Dame vorgesehen hat?«

Ich ließ die Tür hinter mir zufallen, ohne zu antworten. Opa war auf der Suche nach einer Frau. Vor ein paar Tagen hatte ich ihm geholfen, im Internet ein Profil bei einer Partnerbörse »50 plus« anzulegen, weil er damit allein nicht zurechtkam. Ich machte mit meinem Handy ein Foto von ihm, lud es hoch, riet ihm, sich mindestens fünf Jahre jünger zu machen und bei Interessen nichts über Ölmundspülungen und Urschreitherapie zu schreiben. Das mit dem Alter sah er nicht ein. Also war die Frau, die ich jetzt schon zweimal gesehen hatte, nicht seine neue Freundin, erstens war sie viel zu jung und zweitens wäre er ja dann nicht immer noch auf der Suche. Für mich klang das zumindest bestechend logisch.

Suse schlief schon, als ich in unser Zimmer kam. Oder sie tat so, denn es war kein Schnarchen zu hören. Früher hätte ich sie aufgeweckt, um ihr sofort in aller Ausführlichkeit von meinem Abend mit Tom zu berichten. Okay, was heißt *früher*. Vor ein paar Tagen noch. Doch nun hatte ich keine Lust zu reden. Mein Leben war auf einmal viel zu verwirrend geworden für Worte. Ich kapierte ja selbst nicht, warum ich gleichzeitig glücklich und traurig war. Wieso das überhaupt ging. Genau genommen schloss das eine doch das andere aus, so wie es auch nicht gleichzeitig kalt und warm sein kann oder laut und leise. Oder ist Traurigkeit möglicherweise gar nicht das Gegenteil von Glück?

Draußen tobte mittlerweile ein Gewitter, das es in sich hatte, der Wind heulte um unser Haus. Ich zog mich im Dunkeln leise aus, schlüpfte unter die Bettdecke und stieß mit den Füßen gegen Mau, die sich vor dem Unwetter versteckte. Ich zog sie hervor. Sie machte sich steif wie ein Brett, aber als ich sie fest in die Arme nahm, drückte sie sich an mich und begann zu schnurren. Das tat gut. Ich beschloss, an nichts anderes mehr zu denken als an Tom. Daran, wie wir zu »You always« getanzt hatten und dass das nun für immer unser Song sein würde. An unsere Küsse vorm Haus.

Dann fiel mir ein, wie Suse mich angesehen hatte, Marli wie selbstverständlich an ihrer Seite. *Nein, verdammt!* Ich wollte nur an Tom denken und an nichts sonst. Daran, dass nicht nur seine Lippen zart waren, sondern auch seine Hände. Doch der Ausdruck in Suses Augen … den hatte ich vorher noch nie bemerkt. Was war das gewesen? Enttäuschung? Traurigkeit? Möglicherweise auch ein bisschen Eifersucht?

Ich setzte mich auf, Mau verzog sich meckernd wieder unter die Bettdecke. Auf meinem Nachttisch liegen immer Block, Stift und Taschenlampe bereit, für den Fall, dass mir mitten in der Nacht irgendwelche Gedanken kommen, die ich aufschreiben will. Ich knipste das Licht an und begann zu kritzeln.

*Ich denk an die Küsse vor unserem Haus,*
*krieg das andre aber nicht aus meinem Kopf raus,*
*weil grad so viel in meinem Leben passiert*
*und trotzdem is' es nur teilmöbliert.*
*Now that we found love*
*what are we gonna do with it?*
*Und ich kapier nicht, was in mir vorgeht,*
*ob dieser Zweifel auch ma' wieder weggeht.*
*Kein Schimmer, ob ich froh oder traurig bin*
*oder beides, ich bin da keine Expertin.*
*Now that we found love*
*what are we gonna do with it?*
*Was ist bloß los mit mir und meinem Herz,*
*warum ist da drin auch immer so ein Schmerz?*
*Ich glaub, ich hab noch so viel zu lernen,*
*das reicht von hier bis rauf zu den Sternen.*
*Now that we found love*
*what are we gonna do with it?*
*Komm schon, Herz, jetzt reiß dich zusammen!*
*Was sind denn schon*
*so ein paar kleine Schrammen?*
*Und am Tunnelende da seh ich doch Licht,*
*das mir viel und noch viel mehr verspricht.*

*Now that I found love*
*what am I gonna do with it?*

Und dann, endlich, konnte ich einschlafen.
Deswegen heute keine Notiz an mich selbst.

# 11. Kapitel

Luna, du erstaunst mich immer wieder. Super, gratuliere!«

Ich starrte die Eins minus unter meiner Geschichtsarbeit an. Thema war die Französische Revolution gewesen, ich hatte alle Fragen vorausgesehen, Suse und ich hatten gemeinsam die Antworten erarbeitet und auswendig gelernt. Ein Spickzettel war nicht nötig gewesen. So ließ es sich wirklich leben. Im Mathetest hatte ich bereits eine Zwei plus einkassiert (die dritte Lösung wies einen kleinen Fehler auf) und zum ersten Mal in meinem Leben freute ich mich auf die Zeugnisausgabe, auch wenn die noch Monate entfernt lag.

Ich drehte mich zu Suse um. Sie nickte mir zu und hob den Daumen. »'ne glatte Eins«, flüsterte sie.

Lächelnd lehnte ich mich im Stuhl zurück. Es lief heute endlich mal wieder alles wie am Schnürchen, geradezu *deluxe*©. Suse und ich hatten auf dem Schulweg miteinander gelacht wie immer. Tom hatte vor der Schule auf mich gewartet und mir ein Armkettchen geschenkt. »Als Wiedergutmachung für die Sims«, erklärte er. Und dann hatten wir sogar noch ein paar Minuten Zeit, Händchen zu halten, bevor es klingelte.

Alenya stöhnte auf, als sie ihre Note sah, warf mir quer durchs Klassenzimmer einen Blick zu und schüttelte den Kopf. Ich beschloss, ihr beim nächsten Mal ebenfalls die Fragen vorher zu geben. Irgendeine Erklärung dafür, woher ich sie hatte, würde mir schon einfallen.

»Oh Mann«, jammerte Kristen neben mir. »Nur eine Zwei. Ich hab ne echte Pechsträhne.«

»Wieso?«, fragte ich.

»Na, am Freitag wurden mir doch die Karten für Fleisch geklaut. Und jetzt nur eine Zwei in Geschichte.«

Bis dahin hatte ich eher teilnahmslos neben ihr gesessen und sehnsüchtige Blicke durchs Fenster auf den sonnigen Schulhof geworfen. Doch jetzt richtete ich mich kerzengerade auf. »Geklaut?«, fragte ich.

»Direkt vor dem Jugendclub. Schöner Mist. Dabei hatte ich mich schon wochenlang darauf gefreut.« Sie seufzte schwer und strich sich durch ihr kurzes Haar. »Wir standen schon in der Schlange, Emily-Antonia und ich. Ich hatte die Karten *in der Hand!*«

»Und dann?«

»Dann hatte ich sie plötzlich *nicht* mehr in der Hand.«

»So ein Quatsch, das gibt's doch nicht.« Ich musterte sie durchdringend. »Man lässt sich doch nichts direkt aus der Hand klauen, ohne was zu merken.« Wobei, du vielleicht schon, fügte ich in Gedanken hinzu.

»Ich weiß«, schniefte sie. »Aber es war so. In der einen Sekunde waren sie da, in der anderen weg.«

Gut, das war wirklich keine schöne Geschichte, allerdings berührte mich Kristens Schicksal nicht allzu sehr. Stattdessen beschäftigte ich mich damit, Toms Armkettchen mit dem silbernen Mond dran an meinem linken Handgelenk zu befestigen (rechts trug ich ja das Freundschaftsband mit dem Türkis). Zwar bekomme ich schon mein Leben lang Kissen und Kerzen und Taschen in Mondform geschenkt, Bettwäsche und Klamotten mit

Monden drauf und so weiter, aber Toms Geschenk war trotzdem etwas Besonderes.

Erst in der großen Pause fiel mir die Sache mit dem Fleisch-Konzert wieder ein. Alenya, Gloria, Lea, Fritzi, Suse und ich hockten zusammen wie eigentlich immer, nur dass mittlerweile auch Marli fest zu unserer Runde gehörte. Am liebsten hätte ich ihr vorgeschlagen, sich doch eigene Freunde zu suchen oder in eine AG zu gehen. Aber ich schwieg. Marli trug eine orangefarbene Mütze, ein rotes Kleid, rot-gelb gestreifte Strümpfe und Turnschuhe, und mal wieder wusste ich nicht, ob das, was sie anhatte, angesagt war oder völlig daneben. Ich tippte eher auf angesagt. Gloria zeigte uns gerade ihre neueste Boyfriend-Jeans, Nummer vierundzwanzig in ihrer Sammlung, als mir unvermittelt rausrutschte: »Marli, sag mal, woher hattest du noch mal die Eintrittskarten für Fleisch?«

Sie sah mich mit ihren runden lilafarbenen Augen an. »eBay.«

»Aha. Und wann hast du die ersteigert?«

»Keine Ahnung, Freitag, wieso?«

»Ich frage mich immer noch, wie du das angestellt hast.« Ich merkte, wie Suse mir einen scharfen Blick zuwarf, doch davon ließ ich mich nicht aufhalten. Zu glasklar war mein Verdacht. »Ich meine, du kommst gerade mal vor ein paar Tagen aus Amerika nach Deutschland. Und dann hast du nichts Besseres zu tun, als gleich Eintrittskarten für ein Fleisch-Konzert zu ersteigern?«

»Wieso denn nicht?«, fragte Gloria verblüfft. »Die sind

doch echt super! Und Fabian, der Sänger, erst…« Fritzi und Alenya nickten.

»Also mir kann kein Mensch weismachen, dass in New York irgendjemand schon mal was von Fleisch gehört hat. Wie bist du überhaupt auf die gekommen?«

»Ich hab ihr davon erzählt«, meldete sich Suse zu Wort, ihre Stimme klang wie eine ausgepresste Zitrone. »Und dass ich da wahnsinnig gern hingehen würde, es aber leider keine Karten mehr gibt.«

»Wann?«, wollte ich wissen.

»Wann was?« Suse strich sich mit der rechten Hand die dunkelroten Locken aus der Stirn und ich dachte, ich bekomme keine Luft. Um ihren Ringfinger hatte sie ein weißes Tapeband gewickelt, genau wie Marli.

»Wann hast du ihr davon erzählt?«, fragte ich matt.

»Was weiß ich.«

»Das Konzert war am Freitag. In unsere Klasse ist sie erst am Dienstag gekommen. Wann hast du ihr davon erzählt? Am Donnerstag? Mittwoch? Ist das nicht alles ein bisschen knapp?«

Marli schwieg beharrlich, aber Suse legte sich ganz schön ins Zeug. »Und selbst wenn? Was willst du eigentlich damit sagen?«

Ich stieß die Luft aus. Am liebsten hätte ich das Ganze schon wieder ungeschehen gemacht, aber dafür war es zu spät. Alle starrten mich fragend an, nur Marli sah milde lächelnd an mir vorbei. »Es ist bloß so, dass Kristen zwei Eintrittskarten hatte. Und die wurden ihr geklaut. Was für ein Zufall, nicht?«

Lange Zeit sagte niemand was, so lange, dass ich ein

schlechtes Gewissen bekam. Es war auch wirklich mies, jemanden ohne jegliche Beweise mehr oder weniger des Diebstahls zu bezichtigen. Und dann auch noch in aller Öffentlichkeit. Warum hatte ich nicht meinen Mund gehalten? Suse kochte inzwischen vor Wut, die pulsierende Ader auf ihrer Stirn ließ keinen Zweifel aufkommen. Sie warf mir einen Blick zu, der völlig neu für mich war. Dann riss sie einen Arm in die Luft, winkte und rief: »Hey, Kristen. Kannst du mal herkommen?«

Auch das noch. Kristen, die nicht weit von uns entfernt mit ein paar Mädchen Sonnenbrillen verglich, sah zu uns herüber. »Komm du doch.«

Suse verdrehte die Augen. »Bitte, es ist wichtig!«

Kristen zögerte einen Moment, dann kam sie extra langsam zu uns geschlendert. Dicht gefolgt von Emily-Antonia, der Stummen. »Was gibt's?«

»Luna hat erzählt, dass deine Fleisch-Eintrittskarten geklaut wurden?«

Kristen hob die Augenbrauen. »Das hab ich zwar nicht gesagt, aber ich gehe davon aus. Jedenfalls waren sie auf einmal weg.«

»Wann genau?«, wollte Suse wissen.

»Was soll das denn jetzt?«, murrte ich.

»Wir standen ganz vorn in der Schlange. Und ich hatte die Karten schon aus der Tasche genommen und in der Hand«, erklärte Kristen. Emily-Antonia nickte eifrig.

»Also hättest du es doch merken müssen, wenn dir jemand die Karten *direkt* aus der Hand klaut, oder?«

»Suse, lass doch«, sagte Marli.

Kristen runzelte die Stirn. »Eigentlich schon. Ich kann

es mir auch nicht erklären. Du?«, fragte sie an Emily-Antonia gewandt. Die schüttelte den Kopf. Keine Ahnung, ob sie wenigstens ab und zu was sagt, wenn sie mit Kristen allein ist.

»Vielleicht hast du sie fallen lassen und sie wurden weggeweht?«, meinte Suse.

»Viel Wind war ja nicht gerade«, murmelte ich.

»Die Karten? Fallen lassen?« Kristen kratzte sich am Kopf. »Wirklich ... ich weiß es nicht. Aber ja, kann sein.«

Suse warf ihr Haar zurück und sah mich triumphierend an. Kristen und die Stumme zogen wieder ab und Gloria versuchte, die Situation mit einem ihrer Witze aufzulockern. »Sagt die Null zur Acht: schicker Gürtel!«

Keiner lachte. Erstens kannten wir den längst. Zweitens legte Suse gerade den linken Zeigefinger quer über den rechten. *T. Toilette. Reden. Sofort.* Mit eingezogenem Kopf trottete ich hinter ihr her.

Kaum fiel die Tür hinter uns zu, da beugte Suse sich nach unten und linste in die Toilettenkabinen. Leider waren wir allein – ich kam um ein Gespräch also nicht herum. Dabei tat mir jetzt schon alles furchtbar leid. Nicht dass ich vorhatte, das zuzugeben – irgendetwas *war* nämlich gehörig faul an Marli und den zwei Eintrittskarten. Suse richtete sich auf und guckte mich wütend an. »Was sollte das?«, legte sie los. »Kannst du mir das mal erklären? Was zum Geier ist in dich gefahren?«

»Jetzt mach doch nicht so eine große Sache draus ...«

»Ich? Wer macht denn hier eine große Sache draus? Du! Stellst dich vor allen Leuten hin und behauptest, Marli hätte was geklaut. Ich fass es nicht!«

»So hab ich das nicht gesagt.« Ich wand mich ein bisschen, sah ihr aber trotzdem, so fest es ging, in die Augen.

»Ich verrate dir jetzt mal was.« Suse trat einen Schritt auf mich zu und ich musste das Kinn ziemlich weit heben, um ihr in die Augen sehen zu können. Selten hatte es mich mehr genervt, so viel kleiner zu sein als sie. »Ich habe Kristen und die Stumme vor dem Konzert gesehen. Die waren ganz vorn in der Schlange und Marli und ich ganz hinten. Sie war die ganze Zeit direkt neben mir! Wie, bitte schön, soll sie ihr da die Eintrittskarten geklaut haben? «

»Schrei mich nicht an!«

»Ich schrei dich nicht an«, schrie sie und atmete dann tief durch. Sie hat schließlich denselben Opa wie ich und kennt sich mit Atemtechniken aus. »Wie kommst du überhaupt auf so was?«, fragte sie deutlich leiser.

Das wusste ich jetzt auch nicht mehr so genau. »Sie ist komisch, da kannst du sagen, was du willst. Die totale Angeberin. ›Ich bin ja so krass drauf, ich komme direkt aus der Hölle!‹«

»Hell's Kitchen ist ein Stadtteil von New York und hat mit Hölle nichts zu tun, wie oft muss ich dir das noch sagen?«

»Irgendwas stimmt nicht mit ihr, dabei bleibe ich. Ich habe keine Ahnung, was, aber ich komme schon noch dahinter!«

»Nur weil du es nicht ertragen kannst, dass ich eine neue Freundin habe und …«

Okay, bis zu diesem Moment war ich eher zerknirscht

gewesen, aber jetzt spürte ich, wie meine Wangen rot wurden vor Zorn. »Eine neue Freundin? Bitte schön. Ist mir doch so was von egal.«

»Dann halt dich künftig raus.« Sie stierte mir in die Augen.

»Werde ich auch. Du kriegst ja sowieso nix mehr mit, so toll findest du sie. Machst ihr alles nach. Freerunning! Dass ich nicht lache. Und das hier, dieses alberne... *Teil!«* Ich zeigte auf ihren Ringfinger mit dem weißen Tapeband. »Dass du dir nicht blöd vorkommst. Was soll das? Findest du das etwa cool?«

»Du hast doch keine Ahnung. Damit klebt man Schmuck ab, um nirgends hängen zu bleiben. Das machen Fußballer auch.«

»Und, hast du Angst, dass du an der Klobürste hängen bleibst?«

Sie sah mich nur an. »Was ist mit dir los, dass du auf einmal ständig so rumzickst?«, fragte sie.

»Und seit wann stellst du ständig so blöde Fragen?«, schoss ich zurück.

Daraufhin glotzten wir uns bestimmt eine halbe Minute lang an. Ich hätte ihr als Friedensangebot meine Hand auf die Schulter legen sollen, aber dazu war ich viel zu sauer. In diesem Horoskop, das Kristen für mich erstellt hat, stand auch, dass Löwe-Mädchen zwar gern rummeckern, mit Kritik aber nicht umgehen können. Leider ist da was dran. Zumindest war ich hier und jetzt auf der Toilette nicht in der Lage, Suse etwas Versöhnliches zu sagen.

»Dann ist ja alles klar«, zischte sie.

»Aber so was von klar!«

Suse stiefelte davon und knallte die Tür so laut zu, dass ich befürchtete, die Fensterscheiben würden zerspringen. Dann war ich allein in der Toilette. Ich zitterte vor Wut, beugte mich über das Waschbecken und spritzte mir Wasser ins Gesicht. So konnte ich mir wenigstens vormachen, dass ich wegen ihr keine Träne vergoss.

Notiz an mich selbst (Achtung, heute pädagogisch besonders wertvoll!): Ich bin der einzige Mensch, den ich niemals verlieren werde. Also bin ich am besten sehr nett zu mir selbst.

# 12. Kapitel

Als es nach der sechsten Stunde klingelte, wartete Suse zum allerersten Mal in ihrem Leben nicht auf mich. Sie packte ihre Sachen in den Rucksack und ging, sagte nur kurz Tschüss und weg war sie. Da hatte ich einen dicken Klumpen im Hals und ließ mir viel Zeit damit, meinen eigenen Kram einzupacken. Marli fing mich vor der Klassentür ab. Am liebsten wäre ich an ihr vorbeigegangen, doch sie stellte sich mir in den Weg. »Luna, können wir mal reden?«

»Wüsste nicht, worüber.« Ich schulterte meinen Rucksack. »Oder, warte, doch. Es tut mir leid, dass ich dich verdächtigt habe. Wegen der Eintrittskarten und so weiter. Reicht das?«

Marli betrachtete mich prüfend, blies sich dann ihre Tolle aus der Stirn und zuckte mit den Schultern. »Ich schätze, schon.«

»Super. Und Tschüss.«

Ich schob sie zur Seite und wollte nur noch nach Hause. Mich im Baumhaus verkriechen oder mit Opa eine Runde Musik machen. Er hat – obwohl er steinalt ist – echt ein paar gute Stücke drauf und manchmal rappe ich dazu, was mir gerade in den Sinn kommt. Hinterher geht es mir immer besser als vorher. Ich konnte nur hoffen, dass er zu Hause war und nicht mit irgendeiner Omi rummachte.

Und dann, als ich gerade mein Fahrrad aus dem Hof

schieben wollte, sprang Matthias von der Schulmauer und schlenderte auf mich zu. Der hatte mir gerade noch gefehlt.

»Hey Luna«, rief er, kam ganz nah an mich heran und blies mir den Rauch seiner Zigarette ins Gesicht. Ich wedelte ihn mit der Hand weg. »Hast du dir Gedanken gemacht?«

»Häh? Was willst du denn schon wieder von mir?«, fragte ich.

Er verzog verächtlich die Lippen. »Dass du mit dem Rap-Scheiß aufhörst. Frauenrap ist total arm. Frauen gehören in die Küche und sollen Kinder erziehen.«

Unglaublich. »Und Männer müssen durch die Wälder streifen und Wild erlegen. Mann, ist dir heute Morgen beim Aufstehen zufällig das Gehirn rausgefallen?«

Oh, jetzt durchbohrte er mich mit seinem Blick. »Hör mal gut zu, du Winzling. Ich meine es ernst.« Er stand so nah vor mir, dass meine Nase fast an sein Brustbein stieß. Er war mindestens zwei Köpfe größer als ich, vielleicht drei. »Geh nach Hause. Schreib Liebesbriefe an ... Justin Bieber oder so was.«

JUSTIN BIEBER. So langsam war das Maß echt voll. »Geh mir nicht auf den Geist«, forderte ich ihn auf, hatte aber das Gefühl, nicht so richtig überzeugend zu klingen.

Jetzt wünschte ich inständig, Suses spitze Stiefel anzuhaben, um ihm richtig auf die Quadratlatschen zu treten, aber wieder einmal trug ich nur Flipflops. Auch noch welche mit Blümchen. Trotzdem hob ich gerade den Fuß, als Matthias mich mit der Schulter anrempelte.

Ich wankte nach hinten. Einige Schüler schauten verstohlen zu uns herüber. Drohend ragte Matthias über mir auf, zog noch einmal an seiner Zigarette und ließ sie dann neben mir fallen. »Hast du das jetzt kapiert?«

»He, Schwachkopf«, hörte ich eine Stimme rufen. Und dann kam Marli in einem Höllentempo aus dem Schulgebäude auf uns zugerannt. Sie hechtete über die Schulmauer und den dahinter angebrachten Mülleimer, landete in der Hocke, kam elegant hoch und baute sich vor ihm auf. Muss schon zugeben, dass sie da einen Riesenauftritt hinlegte. Wie Lara Croft und so weiter, eigentlich fehlten nur die zwei Pistolen. »Du hältst jetzt mal schön den Rand, kapiert?«

Nach vorn gebeugt, die Knie leicht eingeknickt, umkreisten sie sich wie zwei Ringer.

»Was willst 'n du Ami-Schnepfe jetzt?«, fragte er.

»Ich will, dass du Luna in Ruhe lässt. Und zwar ab sofort und für immer. Ganz einfach. Dann lass ich dir die Ami-Schnepfe noch mal durchgehen.«

Matthias grinste geringschätzig.

Und schlagartig schien die Luft stillzustehen. Es kam mir ein wenig so vor, als hätte ich ein Blackout, als würde ich nichts denken oder sehen oder fühlen. Ich stand noch immer da, mindestens zehn Schüler um uns herum und Matthias stierten Marli an. Das schmierige Grinsen war aus seinem Gesicht verschwunden und er hatte eine knallrote Wange, als hätte er gerade eine mächtige Backpfeife bekommen. Man konnte sogar den Abdruck von Fingern auf seiner Haut sehen. Noch verblüffender aber war, dass auf seiner Stirn mit rotem Kuli stand:

Ich glaubte, meinen Augen nicht zu trauen. Wie konnte das denn sein? Ich hatte keine Erklärung dafür, wie all das in Sekundenschnelle vor sich gegangen war, wie Marli es geschafft hatte, Matthias eine zu knallen, einen Kuli aus der Tasche zu ziehen, etwas auf seine Stirn zu schreiben und den Kuli wieder wegzustecken. Ohne dass irgendjemand was davon mitgekriegt hatte.

So wenig ich es auch begriff, konnte ich doch nicht aufhören zu lachen. Ich hielt mir zwar beide Hände vor den Mund, aber das nützte überhaupt nichts, vielmehr hatte ich das Gefühl, jeden Moment platzen zu müssen.

Matthias rieb sich die Wange, sagte »Au!« und sah Marli unsicher an. Ganz klar hatte auch er keinen blassen Schimmer, was gerade vor sich gegangen war, und noch viel weniger, was auf seiner Stirn stand. Als er sich noch eine Zigarette anzündete, sah ich, dass seine Finger zitterten.

»Oh, und übrigens, das hier könnte ich brauchen. Was dagegen?« Marli zog einen gefalteten Zettel aus Matthias' Hosentasche. Eine der Spezial-Straßenkarten, die Matthias vertickte. Ich meine, dass sich irgendjemand überhaupt traut, Matthias was aus der Tasche zu ziehen, hätte ich nie für möglich gehalten. Boah, war die mutig. Wahnsinn.

Matthias schüttelte benommen den Kopf. Dann drehte er sich um, die um uns herumstehenden Schüler teilten sich und machten ihm Platz. Kichernd. Mindestens fünf Handys wurden in die Luft gestreckt, um Fotos von dem nach wie vor ahnungslosen Matthias zu machen. Ganz sicher würden in wenigen Minuten Bilder von ihm auf allen möglichen Internetseiten auftauchen.

I ♥ JUSTIN BIEBER!!! Fast tat er mir leid. Fast. Als sich die anderen lachend zerstreut hatten, sah ich Marli an. »Danke«, stieß ich durch zusammengebissene Zähne hervor. »Das war… ich hab keine Ahnung, wie du das angestellt hast, aber danke.«

»Schon gut. Eine Gehirnzelle weniger und der Typ wär ne Topfpflanze.« Und damit drehte sie sich um und ging.

Wie unglaublich lässig sie war!

Der Rest der Woche ging genauso aufregend weiter. Ich gönnte mir eine Eins in Bio, als ich wie vorausgesehen mündlich abgefragt wurde. Nach der Schule ging ich mit Tom Eis essen, lag lesend im Garten im Liegestuhl oder arbeitete an dem Song für MusicStars. Mit dem Computerprogramm, das ich zum Geburtstag geschenkt bekommen hatte, konnte ich im Handumdrehen verschiedene Sounds zusammenmixen und klasse Effekte einbauen. Ich instrumentierte und arrangierte stundenlang, nach und nach wurde der Song immer pompöser. Ich tippte alle Texte, die ich jemals verfasst hatte, ab und legte verschiedene Dateien an. Mein Plan war, bei allen die besten Stellen rauszusuchen und daraus dann den EINEN, WAHREN Text zu basteln.

Was den Ring betraf, da beschränkte ich mich auf diesen ganzen überschaubaren Kram in der Schule und stellte ab und zu eine Frage über Tom und mich. Aber viel öfter ließ ich den Ring in seinem Kästchen. Ich weiß auch nicht, wahrscheinlich lag es daran, dass es mit Suse zusammen mehr Spaß gemacht hatte. Allein gab es viel zu viele Themen, die ich mich nicht anzupacken traute. Zum Beispiel, wie lange Opa noch lebte, aber auch, ob ich MusicStars gewann. Es ist ja so: Wenn was total Schreckliches passiert, ist es noch viel schrecklicher, wenn man es vorher schon weiß. Deswegen wäre es doch idiotisch gewesen, zum Beispiel schon vorab zu wissen, dass ich MusicStars *nicht* gewinnen würde. Dann wäre ich schon Tage vorher mies drauf gewesen. Und am Ende wäre ich gar nicht erst angetreten.

Suse und ich sprachen inzwischen nur noch das Notwendigste miteinander. In den Schulpausen tigerten Rosalie, Gloria, Lea, Fritzi und Alenya zwischen uns hin und her, weil Suse irgendwo mit Marli rumstand und ich ein paar Meter entfernt mit Tom. Mir fiel es schwer, Marli noch in die Augen zu sehen, nachdem sie mich vor Matthias gerettet hatte. Seitdem wurde über sie eine Menge getuschelt. Manche behaupteten, sie könne zaubern, und so idiotisch das auch klang, eine bessere Erklärung für das, was ich da gesehen hatte, fiel mir auch nicht ein. Ich glaubte natürlich nicht an Zauberei. Wobei ich bis vor Kurzem auch nicht geglaubt hatte, dass man mit *magischen* Ringen in die Zukunft oder die Vergangenheit sehen konnte.

Tom wollte ständig wissen, was zwischen Suse und mir vorgefallen war, und meinte, wir sollten uns doch einfach wieder versöhnen. Aber ich winkte nur ab und sagte, dass sich das schon irgendwann von allein klären würde.

Dabei war ich ja selbst total verunsichert. Bin ich eifersüchtig, weil Suse eine andere Freundin hat, überlegte ich. Oder ist Suse eifersüchtig auf Tom? Hat sie ein Problem damit, dass ich einen Freund habe und sie nicht, obwohl ich vier Wochen jünger bin? Mannomann. Und der Ring konnte mich auch mal kreuzweise. Denn was nutzte es, wenn Suse zu meinem achtzehnten Geburtstag kommen würde, wo ich sie doch JETZT brauchte? Es war zum Verrücktwerden.

Nach der Schule zog Suse meist mit Marli ab, um Freerunning zu üben. Wenn wir zufällig gleichzeitig in unserem Zimmer waren, kümmerte sich jede um ihren Kram und tat so, als ob die andere durchsichtig wäre. Abends beim Essen konnte ich sehen, dass meine Eltern, Tante Jenny und Opa sich darüber wunderten, wie wir miteinander umgingen. Besser gesagt darüber, dass wir gar nicht miteinander umgingen. Ich bat Suse ja nicht einmal, mir das Brot zu reichen oder das Salz. Nichts. Aber wahrscheinlich hatten sie beschlossen, erst einmal abzuwarten, wie sich die ganze Sache zwischen uns entwickelte, bevor sie sich einmischten. Bestimmt dachten sie, dass es sich um einen harmlosen Streit zwischen pubertierenden Teenagern handelte. Insgeheim hoffte ich das auch. Ganz ehrlich, ich wollte die ganze Zeit nur, dass alles wieder so wurde wie früher, aber ich wusste nicht, wie ich das anstellen sollte. Außerdem war ich viel zu stolz, um den ersten Schritt zu machen.

Opa ging fast jeden Abend aus, ob jeweils mit derselben Frau oder immer mit einer anderen wusste ich nicht. Meine Eltern hatten alle Hände voll in der Praxis zu tun und Tante Jenny hatte wahrscheinlich Liebeskummer, zumindest war sie jeden Abend zu Hause und hörte stundenlang tibetische Gesänge. Das macht sie oft so, aber zum Glück nie lange. Höchstens ein paar Tage, dann kommt sie aus ihrem Zimmer, sieht aus wie frisch aus dem Urlaub und lacht genauso viel wie immer. Bis zum nächsten Mal.

Sie war es auch, die am Freitag beim Abendessen vorschlug, dass wir alle zusammen am nächsten Tag ins Freibad gehen sollten. Für einen unserer berühmt-berüchtigten Familientage, der mindestens einmal im Sommer fällig ist. »Wer weiß, wie lange das gute Wetter noch hält?«, meinte sie. »Außerdem waren wir schon lange nicht mehr alle zusammen schwimmen.«

»Ich mache Nudelsalat«, sagte Opa. »Und du kannst Tom fragen, ob er mitkommt!« Er zwinkerte mir zu.

Damit war die Sache geritzt, denn seinem Nudelsalat kann niemand widerstehen, selbst Greg nicht, der auch bei tollstem Wetter am liebsten in seinem Zimmer hockt und nicht einmal das Fenster aufmacht. Und wenn Tom mitkam, würde es wenigstens nicht ein reiner Familientag sein, denn wir waren eigentlich mittlerweile alle zu alt, um noch mit Mama, Papa und der ganzen Sippe ins Schwimmbad zu gehen. Seltsam, dass Eltern so was nie in den Sinn kommt.

Ich schlenderte ein wenig ums Haus und besuchte meinen Vater, der am Abend noch mal in die Praxis gegangen war. Offenbar gab es gerade einen schweren Fall unter seinen Patienten. Ich klopfte an die Scheibe und er winkte mich rein. Seufzend ließ ich mich auf den Stuhl plumpsen, auf dem sonst die Patienten sitzen.

»Na, Luna? Hast du was auf dem Herzen?«

»Ich? Nö. Wieso?«

Er lehnte sich zurück. »Weil du sonst nie in die Praxis kommst.« Er schwieg einen Moment, dann sagte er: »Ich habe dich in letzter Zeit öfter mit Tom gesehen. Als ich meine erste Freundin hatte, war ich etwas älter als du. Ach, die erste Liebe, wunderschön.«

Schon wieder dieser Unsinn von wegen ERSTER Liebe. »Kann ich nicht gerade behaupten«, murrte ich.

»Aber hör mal. Du bringst die ganze Zeit gute Noten mit nach Hause und bist verliebt und ...«

»Ich finde im Moment alles ziemlich kompliziert.«

»Was denn genau?«

Ich zuckte mit den Schultern. »Was weiß ich. Alles eben.«

Er nickte. »Suse und du. Irgendwas ist anders zwischen euch, stimmt's?«

Wenn das sogar ihm auffiel, musste es wirklich schlimm sein. Aber deswegen war ich nicht hier. »Du bist doch Arzt«, sagte ich. »Woran kann man erkennen, ob jemand bald stirbt?«

Er wurde ganz blass. »Wie kommst du denn darauf, Luna?«

»Nur so ... allgemein.« Ich rutschte unbehaglich auf dem Stuhl herum. »Nun sag schon, gibt es da irgendwelche untrüglichen Anzeichen?« Nach wie vor ging mir die Sache mit Opa nicht aus dem Kopf.

Er begann, an seinem Handy herumzuspielen, das vor ihm auf dem Tisch lag. »Nein, Luna, solche Anzeichen gibt es nicht. Zum Glück kann niemand in die Zukunft sehen.«

Mann, wenn du wüsstest, dachte ich.

Er stand auf, ging um den Schreibtisch herum und zog mich auf die Füße. »Du jedenfalls hast noch ganz, ganz viele Jahre vor dir, keine Sorge. Wie kommst du nur auf solche Ideen?«

Ich zuckte mit den Schultern.

Er räusperte sich. »Luna, egal, was du auf dem Herzen hast, du kannst immer zu mir kommen. Wir können über alles reden. Du weißt doch, ich hab dich sehr lieb.«

Als er begann, mir über den Kopf zu streicheln, schlang ich die Arme um seinen Bauch. Vielleicht würde ja mit Suse und mir und Opa noch alles gut werden.

Notiz an mich selbst: Ist es lebensbedrohlich, wenn sich das eigene Herz anfühlt, als würde es vor Glück und Kummer gleichzeitig platzen?

# 13. Kapitel

Es war schon spät, als ich in unser Zimmer schlich. Suse sägte bereits gleichmäßig. Ich kroch unter die Bettdecke, starrte in die Dunkelheit und konnte mal wieder nicht einschlafen.

Ich fragte mich, ob es einen Grund gab, warum ich in die Zukunft sehen konnte und Suse in die Vergangenheit. Was für einen Sinn hatte das Ganze überhaupt? Es war ja nett, wenn Suse beispielsweise im Nachhinein herausfand, dass Greg es gewesen war, der ihr Skateboard zu Schrott gefahren hatte. Es war auch klasse, gute Noten zu bekommen und zu wissen, was Kristen am nächsten Tag anziehen würde, aber mir war natürlich klar, dass es im Leben um mehr geht.

Beispielsweise hatte ich den Ring vor ein paar Tagen gefragt, ob ich einmal eine berühmte Sängerin werden würde, aber da kam nichts. Dann fragte ich, was ich denn stattdessen beruflich machen würde, und darauf bekam ich natürlich auch keine Antwort – zu ungenau. Also stellte ich die Frage ganz konkret, rechnete nach, in welchem Jahr ich dreißig sein würde und nahm dann ein Datum dazu. Als Antwort sah ich mich in einem großen Raum voller Menschen stehen, an einem Pult mit Mikrofon. Ich hatte eine eigenartige Frisur und die Klamotten, die ich trug, hauten mich auch nicht gerade vom Hocker. Aber wie die Zuschauer mich ansahen, so ganz konzentriert und neugierig, das war schon toll.

Und meine Stimme klang sehr selbstsicher – Respekt! Ich hörte mir selbst eine Weile zu, bis ich feststellte, dass ich einen Vortrag mit dem Thema »Die Thymusdrüse aktivieren« hielt.

Thymusdrüse, wie bitte, was? Höchstwahrscheinlich macht sich der Ring ja ab und zu über einen lustig. Besser gesagt über mich.

Als ich jetzt so in meinem Bett lag und die Bilder betrachtete, die das Mondlicht auf die Decke malte, beschloss ich, das Schmuckkästchen hervorzukramen. Ich zog es unter meinem Bett hervor. Der Mond schien hell genug durchs Fenster, sodass ich kein Licht machen musste. Eine Weile betrachtete ich nachdenklich das dunkelrote Holz, die goldenen Ornamente und das schwere Eisenschloss. Und dieses Kästchen hatte Ururoma Elsa uns vermacht? Die ganze Sache mit ihrem Verschwinden war mir immer noch ein Rätsel. Sobald Suse und ich das Kriegsbeil begraben hatten, würden wir der Sache auf den Grund gehen müssen.

Ich klappte den Deckel zurück und schnappte nach Luft. Es war nur noch mein Ring drin! Suse hatte ihren Ring herausgenommen? Wann? Und vor allem, warum? Mit hämmerndem Herzen lehnte ich mich zurück ins Kissen und schaute zu ihr hinüber. Stellte Suse etwa ihrem Ring schon die ganze Zeit irgendwelche Fragen, ohne dass ich davon etwas mitbekam?

Am Ende sogar mit Marli zusammen? Nein. Nein, das konnte doch nicht sein. Das durfte sie nicht!

Ich nahm den Brief aus dem Umschlag und entfaltete ihn. Im Mondlicht las ich ihn noch einmal sehr, sehr gründlich. Ihm entströmte wieder ein ganz leichter Veilchenduft. Ich verstand noch immer nicht viel mehr als beim ersten Lesen. Das mit den Moiren hatte mich auch nicht weitergebracht und dieser Dreierbund ergab nach wie vor keinen Sinn. Wie kam sie nur auf drei?

Aber auch wenn ich kein Wort verstand, hatte ich urplötzlich das Gefühl, dass es sich um einen Hilferuf handelte. Sie wurde von dem Bann von dieser Atropos irgendwo festgehalten und diese drei Ringe konnten sie retten. Aber wie sollte das gehen? Elsa war doch schon ewig tot, und angenommen, sie wäre NICHT tot, dann müsste sie inzwischen über 110 Jahre alt sein. Ja, so was gab es, erschien mir aber unwahrscheinlich. Ich seufzte. Ohne Suse konnte ich dieses Rätsel unmöglich lösen. Suse war viel klüger als ich, sie hatte ein phänomenales Gedächtnis und – nicht zu vergessen – sie konnte in die Vergangenheit sehen. Und nur dort würden wir die Antworten finden, da war ich mir sicher.

Zu blöd, dass wir zurzeit nicht miteinander sprachen. »Tut mir leid, Ururoma«, flüsterte ich. »Da wirst du noch eine Weile warten müssen. Womit auch immer. Aber auf ein paar Wochen mehr oder weniger kommt's in deinem Fall bestimmt nicht an.«

Da wurde der Veilchenduft auf einmal ganz intensiv. Das gibt's doch nicht, dachte ich, bemüht, keine Gänsehaut zu bekommen. Aber so was klappt natürlich nie. Sämtliche Härchen auf meinen Armen und im Nacken stellten sich auf, einen Moment lang hatte ich das Gefühl, dass noch jemand *außer* Suse im Zimmer war.

Schnell faltete ich den Brief zusammen und schleuderte ihn unters Bett, als wäre ich dann irgendwie in Sicherheit. Nun, zumindest der Veilchenduft verzog sich allmählich. Bevor ich den Ring wieder in die Kiste legte, fragte ich noch schnell, wie der Tag morgen im Schwimmbad werden würde.

Als wir am nächsten Morgen kurz nach dem Frühstück ins Freibad loszogen, beladen mit einer Kühltasche voll mit Naan-Brot, Nudelsalat, Wiener Würstchen, Käsespießen, Muffins, Wassermelonen und selbst gemachter Zitronenlimonade, knuffte ich meinen Vater kurz in die Seite.

»Papa«, sagte ich. »Ich sag dir jetzt was, aber frag bitte nicht, warum ich das sage, okay?«

Er musterte mich aufmerksam. »Kann ich nicht versprechen.«

»Bitte?«

»Jetzt rück schon mit der Sprache raus.«

»Okay.« Ich senkte die Stimme noch ein wenig, damit die anderen mich nicht hören konnten. »Tu mir den Gefallen und spring heute ausnahmsweise einmal nicht vom Zehn-Meter-Brett.«

Er wackelte mit den Augenbrauen. »Und sagst du mir auch, warum...?«

»Keine Fragen. Ich will nur nicht, ähm, dass du dir wehtust.«

Mein Vater brach in schallendes Gelächter aus. Ich mag es sonst gern, wenn er lacht, heute aber wusste ich im Gegensatz zu ihm ja schon, was ihm bevorstand. »Das«, stieß er schwer atmend hervor, »klingt komisch, wenn es die eigene Tochter sagt.« Er wischte sich über die Augen. »Hör mal, Luna. Ich bin schon vom Zehn-Meter-Brett gesprungen, als du noch nicht mal ein Gedanke warst.«

»Hm?«

»Was ich damit sagen will, ist: Wenn es etwas gibt, was ich wirklich kann, dann einen Kopfsprung.«

*Wenn du wüsstest.* Laut sagte ich: »Bitte, wenn du meinst.«

Ich schnappte mir mein Fahrrad, die anderen verteilten sich auf zwei Autos. Ich hatte mich mit Tom am Eingang verabredet und dort wartete er bereits, als ich außer Atem und verschwitzt direkt neben ihm eine perfekte Vollbremsung hinlegte. Es war ein herrlicher, heißer und sonniger Tag. Keine einzige Wolke war am Himmel zu entdecken, ein paar Vögel trällerten, Tom strahlte mich an. *Deluxe*©. »Hi«, keuchte ich.

»Hi. Die anderen sind schon drin.« Er nahm mir das Fahrrad ab und schloss es an sein eigenes, das an einer Laterne lehnte. Wie die beiden Fahrräder da zusammenstanden, das fand ich wahnsinnig romantisch. Und wie er meine Hand nahm. Vermutlich hätte ich sogar ein rotes Gesicht bekommen, wenn es nicht schon rot gewesen wäre von dem Affenzahn, den ich eben hingelegt hatte. Und dann schlenderten wir Hand in Hand zum Kassiererhäuschen, Tom bezahlte 2 Euro 50 Eintritt für mich. Das schaffte er, ohne meine Hand loszulassen. Ich war restlos glücklich und hatte das Gefühl, dass heute ein wirklich, wirklich toller Tag werden würde.

Das Freibad hat ein großes Becken mit Sprungtürmen, ein Planschbecken, eine lange, kurvige Wasserrutsche und eine riesige Liegewiese. Außerdem kann man Tischtennis spielen und Schach mit Figuren, die ungefähr so groß sind wie ich. Die Liegewiese war getüpfelt mit bunten Bikinis und Badehosen. Kinder rannten kreischend herum und stießen sich gegenseitig ins Wasser, in der Luft lag der Duft von Sonnenmilch, Pommes und Popcorn.

Meine Familie hatte sich in der Nähe des großen Schwimmbeckens hinter einer Hecke ausgebreitet. Opa lag auf einem indischen Tuch und hatte sich ein anderes um den Kopf geschlungen wie einen Turban. Tante Jenny hatte sich wie immer einen Strandkorb gemietet und las einen Comic. Greg war weit und breit nirgends zu entdecken. Wahrscheinlich zog er bereits wie ein Wilder Bahnen durch das große Schwimmbecken. Obwohl er ein echter Stubenhocker ist, schwimmt er für sein Leben gern. Er stellt sich dann immer vor, Michael Phelps zu sein und eine Goldmedaille nach der anderen abzusahnen. Meine Eltern hockten mit Laila zusammen unter einem riesigen Sonnenschirm und Suse hatte so eine Art Sonnensegel für sich aufgebaut und sich wie immer dick mit Sunblocker eingeschmiert, um keinen Sonnenbrand und keine Falten zu bekommen.

Wir zogen uns aus. Ich trug Surfershorts und Tanktop, legte mich auf den Bauch, schob das Top nach oben und freute mich schon auf die Gänsehaut. Am liebsten hätte ich geschnurrt, wie es nur Mau kann. So ein Zukunftsring hat schon erhebliche Vorteile, wenn man so was Herrliches, wie von seinem Freund mit Sonnencreme eingeschmiert zu werden, gleich zwei Mal erleben kann! Dann lagen wir eine Weile faul in der Sonne herum.

Leider sprang dann aber bald schon mein Vater auf, ließ den Nacken kreisen, machte ein paar Kniebeugen und verkündete groß, dass er jetzt vom Zehn-Meter-Brett springen würde. Ich schüttelte beschwörend den Kopf, doch da er mich keines Blickes würdigte, zuckte ich mit den Schultern. Eigentlich hatte ich mir ja fest vorgenommen wegzusehen, aber dann hatte ich eine viel bessere Idee. Ich lieh mir Toms Handy, das eine Superkamera hatte, und legte mich in Position. Vielleicht freute Papa sich ja, sein tolles Kunststück später in Zeitlupe ansehen zu können.

Mein Vater kletterte die Leiter hoch, ging zum Rand des Brettes, sah in die Tiefe und dann zu uns. Er rief irgendwas Unverständliches, was dafür sorgte, dass alle Badegäste in Hörweite zu ihm aufsahen. Nur Laila interessierte sich mehr für ihre Windel oder besser gesagt dafür, wie sie die am besten loswerden konnte. Die Windel passte ihr anscheinend gar nicht. Ihr Kopf war schon ziemlich rot, ihre Eulenaugen quollen hervor und es war abzusehen, dass sie in der nächsten Minute einen Tobsuchtsanfall bekommen würde.

Mein Vater winkte uns zu. Das Wasser im Schwimmbecken glitzerte einladend. Er streckte die Arme über den Kopf und – sprang. Warum genau der Kopfsprung verunglückte, kann ich nicht sagen, dafür ging es zu schnell. So ein Sprung dauert ja wahrscheinlich nur ein oder zwei Sekunden. Er kam mit einem gewaltigen Bauchklatscher auf dem Wasser auf, was für eine hübsche Fontäne! Meine Mutter sprang erschrocken auf, aber Opa ergriff beruhigend ihren Arm. »Dass einem der Bauch aufplatzen kann aus zehn Metern Höhe, ist nur ein Gerücht«, sagte er.

Meine Mutter wurde blass. »Bauch aufplatzen? Was redest du da!«

Da schoss mein Vater auch schon an die Wasseroberfläche, schüttelte sein spärliches, nasses Haar, sichtlich bemüht, sich die Schmerzen nicht anmerken zu lassen. Nun hatte er so ziemlich die Aufmerksamkeit von allen. Mit ein paar Schwimmzügen erreichte er die Badeleiter, bestieg die erste Stufe und hielt mitten in der Bewegung inne. Entgeistert sah er an sich hinab.

Es ist schon erstaunlich, wie sehr die Zukunft dann eben doch feststeht, denn bei seinem Weltklassesprung hatte Papa die Badehose verloren, so wie ich es vorausgesehen hatte. Hastig ließ er sich wieder ins Wasser fallen. Dass Greg kurz darauf, die Badehose wie eine Trophäe in die Luft streckend, auf ihn zuschwamm, machte es auch nicht gerade besser. Für mein Filmchen allerdings war das Gold wert.

Als er sich rotbauchig und -köpfig wieder auf sein Handtuch fallen ließ, sagte mein Vater: »Bitte, spart euch eure Kommentare.« Und dann ziemlich lange gar nichts mehr. Allerdings warf er mir ab und zu finstere Blicke zu, als ob meine *Warnung* daran schuld gewesen wäre, dass das passiert war. Zwar hatte ich nicht vor, das Video bei YouTube hochzuladen, aber wenn es hart auf hart kam, konnte ich ihm damit ja einmal ein Smartphone oder ein eigenes Zimmer aus den Rippen leiern.

»Gehen wir ins Wasser?«, fragte ich Tom. Suse, das wusste ich, würde vorerst ihre Sonnenanbeterei nicht unterbrechen. Aber es war mir nur recht, wenn Tom und ich alleine sein konnten. Das Wasser glitzerte und funkelte türkisblau. Ich sprang hinein, Tom hinterher. Es war herrlich! Später kauften wir uns am Kiosk ein Eis, spielten eine Runde Frisbee und gingen quer über die Liegewiese zurück zu unserem Platz. Ein bisschen erschöpft ließ ich mich auf den Rücken fallen. Meine Mutter rannte gerade Laila hinterher, die sich in einem unbemerkten Moment auf ihre krummen Beine gestellt hatte und in irgendeine Richtung losgetorkelt war. Da hörte ich Homer Simpsons Stimme: *»Langweilig!«* Das ist der SMS-Ton meines Vaters. Er findet das lustig.

Plötzlich ging ein Ruck durch ihn, doller noch als das Zucken am Beckenrand, als er merkte, dass er unten ohne unterwegs war. Er runzelte die Augenbrauen und dann sah er sich um. Mit einem nachdenklichen Gesicht schob er das Handy zurück in seine Tasche. Als kurz darauf meine Mutter mit der brüllenden Laila auf dem Arm zurückkam, sagte er: »Hör mal, Anna, ich muss leider noch mal weg.« Und war schon auf den Beinen. Dafür, dass mein Vater gepflegtes Faulenzen sehr liebte, benahm er sich schon reichlich komisch. Als ob ihn was gestochen hätte.

»Noch mal weg?«, fragte meine Mutter überrascht.

»Ja, ähm.« Er räusperte sich. »Eine Patientin von mir. Sie… braucht dringend ein Rezept. Ich gehe schnell in die Praxis und dann komme ich wieder zurück. Okay?«

»Du bist zu gut zu deinen Patienten«, sagte meine Mutter. »Es ist doch Wochenende *und* Familientag.«

»Ich weiß, tut mir leid.« Mein Vater zog sich an, gab meiner Mutter und Laila einen Kuss auf die Stirn, verabschiedete sich und ging auf den Ausgang zu.

Ich drehte mich zu Tom auf dem Handtuch um und begann, ihm was Witziges vorzurappen, leise zwar, aber laut genug, dass Mama sich die Finger in die Ohren stopfte und Suse sich noch weiter von mir weglegte, weil sie ja ihr spannendes Buch lesen musste. Laila schien zu gefallen, was ich da machte, denn sie gluckste fröhlich im Takt und Opa wippte mit dem Fuß. Tom strich mir immer wieder meine inzwischen trockenen Haare aus dem Gesicht und lächelte mich die ganze Zeit total süß an. Als es uns zu warm in der Sonne wurde, es war immerhin fast Mittag, läuteten wir die zweite Schwimmrunde ein. Ich ließ mich trotz Papas schwer misslungenem Kopfsprung hinreißen, mit Tom gemeinsam (Hand in Hand!) vom Fünf-Meter-Brett zu springen. Hatte zwar Angst, dass Bauchklatschen angeboren sein könnte, aber es ging alles gut.

Ich schwamm noch etwas keuchend zum Beckenrand. Tom folgte mir, lehnte sich an den Rand, legte den Kopf in den Nacken und schloss die Augen. Ich konnte ihn ungestört betrachten, das schwarze Haar, das ihm jetzt fast bis auf die Nase hing, seine wunderschönen, weichen Lippen. Als ob er meinen Blick spürte, begann er, leicht zu lächeln, und zeigte dabei seine Zahnlücke. Ich schwamm halb um ihn herum, schlang die Arme um seinen Hals, wickelte die Beine um seinen Bauch und legte mein nasses Gesicht auf seine Schulter. Unsere Körper waren kalt vom Wasser. Ich spürte sein Herz schlagen, dann drehte er den Kopf und küsste mich auf die Schläfe.

Und wie aus dem Nichts tunkte er mich blitzartig unter Wasser. Als ich kreischend wieder hochkam und mich auf ihn stürzte, fühlte ich mich einen Moment lang wieder ganz normal, ohne Zauberringe, ohne Freundinnenstress und Zukunftskummer. Ich vergaß alles und es gab nur die Sonne und das kalte Wasser und das Kreischen und Schreien um uns herum und uns.

Notiz an mich selbst: Meinem Vater unbemerkt einen neuen SMS-Ton aufspielen.

# 14. Kapitel

Papa sahen wir erst zu Hause wieder. Offenbar war der Patientenbesuch doch komplizierter verlaufen als gedacht. Er sah ganz schön blass aus. Nach dem Abendessen schenkte meine Mutter zwei Gläser von Tante Jennys selbst gemachter Zitronenlimonade ein und fragte, ob ich mich mit ihr noch in den Garten setzen würde. Eine richtige Frage war das natürlich nicht, denn übersetzt hieß das: »Luna, wir müssen reden.«

Ich seufzte, ich wusste ja genau, was jetzt kommen würde. »Luna?«

»Hm?«

»Du und Suse …«

»Mama, bei uns kommt schon alles wieder in Ordnung.«

»Den Eindruck habe ich nicht, Luna. Und es gibt nichts Wichtigeres als eine gute Freundin. Das kannst du mir glauben.«

»Weiß ich doch. Wir haben nur im Moment … jede so viel anderes zu tun. Wir raufen uns schon wieder zusammen, ganz sicher!« Ich stellte mich auf die Zehenspitzen, küsste sie auf die Wange und flitzte dann durch die Küchentür ins Haus, bevor sie noch mehr sagen konnte.

Als ich in unser Zimmer stürmte, stolperte ich über Mau, die es sich schon wieder direkt hinter der Tür auf dem Boden bequem gemacht hatte. Sie jaulte erschrocken auf, fegte quer durchs Zimmer und versteckte sich unter meinem Schrank. Suse war noch im Badezimmer, was ja immer lange dauerte. Ich hockte mich auf den Bettrand und dachte nach. Natürlich konnte ich den Ring fragen, wann Suse und ich uns wieder versöhnen würden. Aber mal ehrlich, was würde mir das bringen? Ich wusste ja, dass das nur eine Phase war, und abgesehen davon: Hatte diese Zukunftsseherei nicht alles viel komplizierter als einfacher gemacht? Als ich herausfinden wollte, was aus Tom und mir wird, tauchte plötzlich Opa nicht mehr auf. Mein Vater war anscheinend sauer auf mich, weil ich seiner Meinung nach den Bauchklatscher heraufbeschworen hatte. Und dass ausgerechnet Marli auf meinem achtzehnten Geburtstag rumtanzte … rumtanzen wird. Die Zukunft sollte mal schön bleiben, wo sie war. Und ich würde hier bleiben. Luna im Hier und Jetzt. Ich setzte meinen Kopfhörer auf, hörte Musik und kritzelte auf meinem Schreibblock herum, den Text für MusicStars konnte mir diese nutzlose Zukunft ja leider auch nicht ins Ohr flüstern.

Ich saß immer noch kerzengerade auf dem Bett, als Suse ins Zimmer kam. Sie legte sich auf ihr Bett und nahm das Buch in die Hand, in dem sie schon die ganze Zeit las, und hielt es sich vors Gesicht. In diesem Moment bemerkte ich zwei Dinge gleichzeitig: Erstens, sie hatte sich schon wieder so ein albernes Tapeband um den rechten Ringfinger gewickelt wie Marli und so langsam fragte ich mich, ob das dasselbe zu bedeuten hatte wie ein Freundschaftsbändchen.

Zweitens konnte ich jetzt sehen, was sie da so spannend fand. »Freerunning – Praxishandbuch« lautete der

Titel. Suse bemerkte meinen fassungslosen Blick und zuckte nur mit den Schultern, als wäre es ganz normal, mit einem Mal solche Bücher zu haben, und las weiter.

Notiz an mich selbst: Suse mal anständig in den Hintern treten. Und mir auch. Das bringt uns bestimmt einen Schritt weiter!

# 15. Kapitel

In Windeseile putzte ich mir am nächsten Morgen die Zähne, klatschte mir Wasser ins Gesicht und zog mich an. Dann stürmte ich die Treppe hinunter in die Küche und ließ mich schwer atmend auf einen Stuhl fallen. »Verschlafen«, murmelte ich. Und wie. Ich hatte fies geräumt, davon, dass sich mein Vater und Opa vor meinen Augen in Luft auflösen. Komischerweise hatte mich Suse erstens nicht geweckt und war zweitens wohl auch schon mit dem Frühstück fertig. Jedenfalls war sie nirgendwo zu sehen.

Meine Mutter stellte eine Tasse Roiboschtee mit Vanillegeschmack vor mich. »Vorsicht, ist noch heiß.«

»Mhm. Wo ist Suse?«, fragte ich.

»Tja, ich wundere mich auch.« Tante Jenny lachte. »Sonst kriegt man sie nie aus dem Bett. Aber heute wollte sie vor der Schule unbedingt noch trainieren. Sie hat nur schnell ein Müsli gegessen und ist dann weg.«

»Trainieren?«, fragte ich verblüfft. Auf einmal hatte ich das Gefühl zu verhungern, deswegen schnappte ich mir einen Toast, beschmierte ihn mit Butter und Marmelade und biss krachend hinein. Greg schlürfte halb schlafend sein Müsli, mein Vater las Zeitung und Mama und Tante Jenny sahen aus, als wären sie schon seit Stunden wach. Mit richtiger Frisur und geschminkt und so weiter. Laila war fröhlich am Breipanschen.

»Also wirklich, das ist doch nicht mehr normal!« Tante

Jenny durchbohrte mich mit den Augen, die genauso grün sind wie die von Suse.

»Was meinst du?«

»Du und Suse, sonst klebt ihr zusammen wie Kaugummi. Ich möchte jetzt wirklich langsam mal wissen, was da los ist.«

»Ich hab keinen Dunst.«

»Ach ja? Na wenigstens seid ihr euch darin noch einig. Suse erzählt mir nämlich auch nichts.«

»Jenny«, sagte meine Mutter. »Kann doch mal vorkommen, dass man sich eine Zeit lang nicht so gut versteht. Kennen wir zwei doch auch, oder nicht? Ist doch nicht tragisch. Das renkt sich wieder ein, nicht wahr, Luna?«

Ich schob den Rest vom Toast in den Mund. »Jaja, aber was heißt denn jetzt trainieren?«

»Luna!«, ermahnte mich meine Mutter. »Nicht mit vollem Mund!«

Ich schluckte. »Und?«

»Sie hat doch diese neue Freundin«, sagte Tante Jenny. »Und sie trainieren jetzt vor der Schule zusammen Freerunning.«

Ich nickte. So viel wusste ich auch schon.

»Nun, Suse hat mir ein Buch darüber gezeigt. Und dann habe ich noch ein Video dazu gesehen ... das sieht schon klasse aus«, meinte Tante Jenny. »So was hätte ich früher auch gern gemacht. Wenn man das richtig übt, ist das auch nicht gefährlich. Hoffe ich.«

»Wir könnten ja jetzt noch damit anfangen«, sagte meine Mutter und zwinkerte Jenny zu.

»Ich muss los, sonst komme ich zu spät.« Ich nahm mir noch einen Apfel und lief aus der Küche.

»Luna, warte!«, rief Greg. Ich blieb völlig perplex stehen. Obwohl er gerade noch ausgesehen hatte wie ein pennender Zombie, tauchte er jetzt wie ein geölter Blitz neben mir auf. »Hör mal, das mit dir und Suse – könnt ihr euch nicht wieder versöhnen?«

»Was kümmert's dich?«

»Weil Suse noch zickiger ist als sonst. Außerdem kommt sie in letzter Zeit immer in mein Zimmer und nervt rum. Will mit mir reden, und das bringt mich noch um meinen Quest.« Keine Ahnung, wovon er sprach, von Spielekram wahrscheinlich, aber schlagartig überkam mich dieses gute, vertraute Gefühl und ich grinste ihn an. Früher haben wir uns echt gut verstanden, Suse, Greg und ich. Erst vor ungefähr einem halben Jahr war er so komisch geworden, hörte ständig düstere Musik und hockte stundenlang an seinem Computer. Er hatte sich die Haare wachsen lassen, wahrscheinlich um die Pickel auf seiner Stirn zu verbergen. Bei denen auf der Nase half das allerdings nicht viel. Außerdem schaute er einem nicht mehr in die Augen. Was dazu führte, dass ich ihn auch kaum noch eines Blickes würdigte. Doch jetzt musterte ich ihn und stellte überrascht fest, dass die Pickel weg waren und er gar nicht so übel aussah.

»Ich hatte mir schon überlegt, euch beide im Keller einzusperren oder im Baumhaus. Und euch erst wieder rauszulassen, wenn ihr euch versöhnt habt. Das machen sie in Filmen immer so.«

»Wage es.« Ich straffte die Schultern. »Wir kriegen das schon selbst hin, wenn ihr uns alle in Ruhe lasst.«

»Übrigens.« Er trat von einem Fuß auf den anderen. »Äh, also ... wie ist die eigentlich so, diese Marli ...?«

Ich fixierte ihn. »Wieso?«

»Sie war mal mit Suse hier.«

War sie? Wieso wusste ich nichts davon? Und wo war ich da gewesen? Bei Tom? Liefen unsere Leben jetzt echt so dermaßen aneinander vorbei, dass wir nichts mehr voneinander mitbekamen – obwohl wir in einem gemeinsamen Zimmer wohnten?

»Also, hat sie einen Freund?«

»Du willst *mich* über Marli ausquetschen? Im Ernst jetzt?« Ich spürte, wie mein Blut zu kochen begann. »Mann, lasst mich doch einfach mal alle in Ruhe!« Mit diesen Worten stieß ich ihm den Ellbogen in die Seite, damit er mir Platz machte, und preschte aus der Tür.

Suse und Marli saßen schon auf ihren Plätzen, als ich ins Klassenzimmer kam, zwei fette Sporttaschen neben sich. Marli hatte nasse Haare, Suse knallrote Wangen, was sie noch schöner machte, aber darüber wollte ich jetzt nicht nachdenken. Ich nickte ihnen zu und setzte mich neben Kristen, die sich gerade gewissenhaft einen Mitesser ausdrückte.

»Das war der Hammer«, hörte ich Suse hinter mir sagen. »So langsam krieg ich es hin, glaube ich. Den Backflip muss ich allerdings noch üben.«

»Dafür, dass du erst angefangen hast, bist du echt gut.«

»Danke.« Suse klang mächtig stolz. »Aber dein Teufelssprung … der reine Wahnsinn!«

Marli kicherte. »Ja, nicht wahr?«

Teufelssprung? Wie albern!

»Hätte ich mich nie getraut«, sagte Suse.

»Ach was, wart's ab. Noch ein paar Tage und du machst das auch!« Marli lachte. »Du musst nur den Swimmingpool treffen!«

Aha, dachte ich, deswegen die nassen Haare.

»Dann muss ich mich ranhalten«, sagte Suse ganz aufgeregt. »Solange noch Sommer und Wasser im Pool ist. Sonst wird aus dem Teufelssprung vielleicht noch der Todessprung.«

*Sonst wird aus dem Teufelssprung vielleicht noch der Todessprung,* machte ich sie lautlos nach. Das war doch alles nicht zu fassen. Wo steckte überhaupt die Landkarte? Sonst kam die doch immer überpünktlich zum Unterricht, doch wenn man sie mal brauchte, um die zwei hinter mir zum Schweigen zu bringen, kam sie zu spät. Ich tat so, als ob ich eine SMS lesen würde.

»Hey Marli, was ist denn mit deinem Haar passiert?«, hörte ich Suse flüstern.

Und obwohl ich mir meine Neugierde verbot, konnte ich nicht anders. Ich drehte mich um und glaubte, meinen Augen nicht zu trauen. Vor einer Minute noch hatte sie klitschnasses Haar gehabt, und jetzt sah es aus wie frisch geföhnt. Ihre Tolle stand in die Luft wie eine Eins!

»Aber wie …?«, stießen Suse und ich gleichzeitig hervor.

»Geniales Haargel«, sagte Marli. »Aus Amerika.«

Bevor eine von uns noch etwas sagen konnte, knallte die Landkarte die Tür hinter sich zu und rief: »Bücher raus. Seite 124. Zack, zack!«

Mir blieb nichts anderes übrig, als mich nach vorn zu drehen. Aber die Sache mit Marlis Haaren stank echt zum Himmel.

In der kleinen Pause zerrte Alenya mich am Ärmel in eine Ecke. »Ich weiß ja, dass du das nicht hören willst, aber ich muss es dir einfach erzählen.« Ihre Augen leuchteten wie zwei kleine Sonnen. »Das war total irre heute Morgen. Meine Mutter hat mich etwas früher aus dem Auto aussteigen lassen als sonst, weil sie noch zum Friseur musste und ... egal. Jedenfalls hab ich die beiden gesehen.«

»Die beiden?«

»Suse und Marli.«

Ich schnitt eine Grimasse.

»Weißt du überhaupt, was die da genau machen? Das ist echt der Wahnsinn, *wallah!* Vor allem Marli, Hammer! Wirklich wahr.«

»Wie schön«, sagte ich und wollte schon an meinen Platz zurück.

Aber Alenya war noch lange nicht fertig. »Du kennst doch die grüne Hütte, auf die wir früher ab und zu geklettert sind, um dann auf dem Dach in der Sonne zu liegen?«

Ich nickte.

»Okay, also die beiden machen da ihre Kunststückchen, die ganze Zeit, so über Bänke und Mauern und Mülleimer und alles. Und am Ende springen sie auf die

Hütte, das allein ist schon Wahnsinn. Da überhaupt so schnell hochzukommen, meine ich. Und Marli, die hat auf dem Dach Anlauf genommen und ist von dort auf eine Mauer gehüpft. Von der Mauer hat sie dann so einen Handstandüberschlag auf die andere Seite gemacht, ohne sehen zu können, was überhaupt dahinter ist. Warte.« Sie kramte ihr Handy hervor. »Ich hab Fotos gemacht. Willste mal sehen?«

Ich schüttelte den Kopf.

Alenya holte mal kurz Luft, aber nicht lange genug, dass ich sie zum Schweigen bringen konnte. »Ich dachte schon, das war's jetzt. Die ist tot. Aber dann hab ich so ein lautes Platschen gehört und kurz darauf war sie wieder da. Da hab ich erst kapiert, dass sie im Swimmingpool gelandet ist. Und weißt du, was das Beste ist?«

Ich schüttelte den Kopf. Half ja nichts, Alenya würde ihre Geschichte zu Ende erzählen, wenn kein Fall höherer Gewalt eintrat. Erdbeben oder eine Flutwelle oder so was.

»Das Beste ist, dass es der Pool von unserem Direx war, *wallah!*«

Mir fiel die Kinnlade runter. Das Grundstück hinter der Hütte gehörte Herrn Jockel und die Mauer kannte ich, die war mindestens zweieinhalb Meter hoch. Wow.

Aber Wow sagte ich natürlich nicht. Stattdessen hob ich gelangweilt die Schultern und bemerkte: »Und, war der Jockel auch im Pool?«

Alenya sah mich nur kopfschüttelnd an.

Die Pause verbrachte ich mit Tom, wir saßen auf einer Bank und teilten uns eine Fanta. »Die ganze Zeit flüstern sie über Flickflacks und Handstandüberschläge und Twist. Was immer das auch sein soll«, schimpfte ich leise.

»Früher oder später müsst ihr euch wieder vertragen«, warf Tom ein, ohne auf mein Gejammer einzugehen.

»Sagt wer?«

»Das weiß doch jeder. Ihr gehört einfach zusammen. Das geht gar nicht anders.« Er strich mir eine Strähne aus der Stirn. »Ich kenne euch schon lange genug.«

»Vielleicht will ich das ja gar nicht«, behauptete ich einfach mal so.

»Hör zu, Luna. Soweit ich weiß, ist überhaupt nichts passiert, außer dass Suse eine neue Freundin hat. Okay. Ich kann verstehen, dass du das nicht lustig findest, aber es gibt wirklich Schlimmeres.«

»Ich weiß«, murmelte ich und sah zur Seite. »Aber ich bring's einfach nicht über mich, den ersten Schritt zu machen. Suse hat mich schließlich wegen Marli komplett abgeschrieben.«

Er drückte meine Hand ganz fest. »Sollen wir uns später bei mir treffen?«

Wir allein in seinem Zimmer? MTK privat sozusagen? Bei dem Gedanken daran machte mein Herz ein paar Flickflacks, auf die Suse und Marli neidisch gewesen wären. »Klingt super«, sagte ich also und in dem Moment klingelte es zum Unterricht.

Später trafen wir uns an der Schulmauer. Tom stand schon dort, als ich aus dem Gebäude quer über den Hof rannte. Kurz bevor ich ihn erreichte, bremste ich ab. Er sah so wahnsinnig süß aus, dass sich mein Herz zusammenzog.

In dem Moment liefen Suse und Marli an mir vorbei, warfen mir ein kurzes Tschau zu und ich blickte ihnen hinterher. »Ich komm nachher bei dir vorbei«, hörte ich Marli noch rufen, dann trennten sie sich. Suse bog nach links ab und Marli sprang über eine Bank, machte was Handstandartiges über die Schulmauer drüber und plötzlich hielt so ein Sportwagen neben ihr, knallgelb, Zweisitzer glaub ich. Sieh an, Marli hat einen Freund, einen mit Kohle noch dazu! Ob Suse das über ihre neue Freundin weiß?

Doch dann stieg nicht etwa ein Typ aus, sondern eine Frau.

Und nicht etwa irgendeine Frau, sondern *die Blutwurstlockenfrau.*

Und die lief jetzt ums Auto herum, nahm Marli in die Arme und dann stiegen beide wieder ein und brausten davon. Ich starrte ihnen hinterher.

»Luna, hallo!« Tom zupfte mich leicht am Arm.

Ich schüttelte das ungute Gefühl ab. Diese Sache mit Marli und der fremden Frau und überhaupt alles andere konnten mir jetzt erst mal gestohlen bleiben.

Ich hatte ein Date. MTK *deluxe*©.

Als ich kurz vor dem Abendessen nach Hause kam, hatte ich ganz geschwollene Lippen vom Küssen. Deswegen schlich ich mit gesenktem Kopf hinein und wollte gerade in die Küche rufen, dass ich schon zu Abend gegessen hätte, da hörte ich auf einmal merkwürdig bekannte Geräusche aus dem Wohnzimmer. Lautes Kreischen, verschiedene Stimmen, männliche und weibliche, Musik. Das war doch … Blood Diary, Staffel 6?

Ich bog um die Ecke ins Wohnzimmer, und was ich da sah, ließ mir das Blut in den Adern gefrieren. Also nicht die Tatsache, dass auf dem Bildschirm gerade ein Vampir einem Werwolf den Hals durchbiss (oder war es andersherum?), sondern dass auf dem Sofa Suse und Marli hockten, die Füße hochgezogen und eine riesige Schachtel Popcorn zwischen sich. Sie starrten gebannt auf den Bildschirm, mich bemerkten sie gar nicht.

Erst, als ich mir die Fernbedienung schnappte und den Fernseher ausstellte.

»Was soll das?«, rief Suse, noch bevor sie überhaupt mitgekriegt hatte, wer da ins Wohnzimmer gekommen war. Nämlich ich.

»Blood Diary?«, fauchte ich sie an.

»Ja, und?«

Fünf Staffeln haben wir uns zusammen angesehen. Fünf Staffeln à 24 Folgen. Macht 120 Folgen à 53 Minuten, wenn man den Vor- und den Abspann weglässt. Macht 6360 Minuten. Macht 106 Stunden! 106 Stunden, die Suse und ich zusammen mitfiebernd vor der Glotze gehockt haben. Ganz zu schweigen von all den Stunden, die wir damit verbrachten, danach alles noch mal durchzukauen! Und jetzt schaute sie sich die sechste Staffel, die immerhin *ich* zum Geburtstag geschenkt bekommen hatte, nicht nur *ohne mich* an, sondern mit *Marli?*

Ich riss die DVD aus dem Player, schnappte mir die ganze DVD-Box und sagte keinen Ton mehr. Ich hörte beim Hochstürmen in mein Zimmer nur noch Marlis »Oh-oh«.

Höchstens zwei Minuten später fiel unten die Haustür ins Schloss. Gleich darauf brauste Suse ins Zimmer.

»Du bist ja wohl nicht mehr ganz dicht!«, fuhr sie mich an.

»Ach ja?« Ich sprang vom Bett auf und Mau, die bis vor einer Minute friedlich auf dem Schreibtischstuhl geschlafen hatte, machte einen Buckel, fauchte uns an und flitzte dann mit buschigem, aufgestelltem Schwanz aus dem Zimmer. »Du schaust dir die sechste Staffel ohne mich an? Das ist doch total daneben!«

»Dafür brauche ich keine Erlaubnis von dir! Das wär ja noch schöner!«

»Und ob! Die DVDs gehören schließlich mir.«

»Na und? Du bist doch Tag und Nacht nur noch mit deinem Tomputer zusammen!« Suses Stimme war jetzt ziemlich laut. »Bis du eventuell mal Zeit für mich hast, ist wahrscheinlich schon die zehnte Staffel erschienen!«

»Das ist doch überhaupt nicht wahr! Wer hängt denn ständig mit dieser Marli ab? Wer redet nur noch von Frontflips und wickelt sich Tapeband um den Finger und so einen Scheiß?« Ich fand selbst, dass ich ziemlich lächerlich klang, aber Suse hörte sich mindestens genauso nach Kindergarten an wie ich. »Dass mit der was nicht stimmt, ist dir egal, ja?«

»Jetzt fang doch nicht wieder damit an! Das bildest du dir doch nur ein.«

»Ach ja? Wie schafft die das denn deiner Meinung nach, Matthias I ♥ JUSTIN BIEBER auf die Stirn zu schreiben, ohne dass jemand was mitkriegt?« Ich hob beide Augenbrauen so weit in die Höhe, dass es fast wehtat.

»Weiß *ich* doch nicht. Ist mir auch egal.«

Ich atmete tief durch. »Ich hab Marli heute gesehen, nach der Schule. Und weißt du, was? Sie ist in das Auto dieser Frau eingestiegen.«

»Was für eine Frau?«

»Die von meinem Geburtstag. Die uns beobachtet hat. Und die später noch mal auf dem Schulhof aufgetaucht ist und ...«

»Auf dem Schulhof? Das hast du mir gar nicht ...« Suse schüttelte unwillig den Kopf. Dann tippte sie *mir* an die Stirn (Frechheit!) und lachte kurz auf. »Ich glaube echt, du hast nicht mehr alle Latten am Zaun. Wahrscheinlich ist sie vom Bundesnachrichtendienst und hat den Auftrag, uns auf Schritt und Tritt zu folgen. Bestimmt wollen sie uns als Top-Agentinnen anwerben.«

»Wie blind bist du eigentlich?« Ich konnte nicht fassen, dass sie mir nicht glaubte. *»Mit Marli stimmt was nicht!«*

»Die hat wenigstens was drauf!«, schrie Suse zurück. »Mit ihr kann ich über alles reden. Während dich ...«, sie holte tief Luft, aber nur, um danach noch lauter zu brüllen, »... doch sowieso nur noch Tomputer interessiert und nicht, was mit anderen los ist!«

Wie bitte, was? Ich baute mich vor ihr auf. »Das ist ja wohl der schlechteste Witz des Jahrhunderts. Warum lässt du mich nicht einfach endlich in Ruhe?!«

Suses Brustkorb hob und senkte sich wie ein Blasebalg. Sie hatte Tränen in den Augen, vor Wut wahrscheinlich. »Das kannst du haben!« Sie schob den Ärmel ihrer weißen Bluse hoch und begann, an unserem Freundschaftsbändchen zu zerren.

Einen Moment lang war ich schockgefroren und glotzte sie nur an. Und dann riss ich ebenfalls an meinem herum. Freundschaftsbändchen, im Mondlicht aufgeladen, lassen sich gar nicht so leicht zerfetzen. Wir kämpften minutenlang schweigend, bis das rote Leder endlich nachgab, dann schleuderten wir sie auf den Boden.

Dort lagen sie wie tote rote Nacktschnecken. Mit türkisfarbenen Köpfen.

Schweiß lief mir über den Rücken und die Schläfen hinunter. Mir wurde schlecht. Aber das war noch nicht alles. Suse, inzwischen mit hochrotem Kopf, durchwühlte ihre Schreibtischschublade, bis sie ein Stück giftgrüne Kreide fand.

Und damit zog sie eine dicke fette Linie auf den Boden mitten durch unser Zimmer. »Ab jetzt bleibst du auf deiner Seite und ich auf meiner«, verkündete sie, als sie sich wieder aufgerichtet hatte. Sehr leise sagte sie das, aber die Worte klangen furchterregender als alles, was sie mir vorher an den Kopf geschleudert hatte.

Dann warf sie sich auf ihr Bett und drehte mir den Hintern zu. Ich glaube, sie heulte, weil ihr Rücken zuckte, aber ich schaute nicht so genau hin, sondern legte mich ebenfalls auf mein Bett und starrte an die Decke. Mein Herz fühlte sich an wie ein roher Klumpen Fleisch. Es dauerte natürlich nicht lange, bis es zaghaft an unsere Tür klopfte. Keine von uns antwortete.

Meine Mutter und Tante Jenny kamen herein.

»Ähm«, sagte Tante Jenny.

»Was war denn das gerade?«, fragte meine Mutter. »Ihr

habt so laut geschrien, dass wir unten die Gläser in den Schränken festhalten mussten.«

Ha-ha. Keine von uns antwortete. Leider gaben sie aber nicht so schnell auf. Stattdessen betrachtete meine Mutter die grüne Linie auf dem Boden und fragte: »Was ist denn das bitte schön?«

»Wenn du's genau wissen willst«, ich deutete mit dem Finger zu Suse rüber, »ihre Seite. Meine. Dazwischen: Todesstreifen.«

»Das kann doch nicht euer Ernst sein.« Nun tauchte auch noch mein Vater im Türrahmen auf. »Okay, ich schätze, es wird wirklich höchste Zeit, den Dachboden auszubauen. So kann das nicht weitergehen.«

»Echte Freundschaft hält das aus«, meldete sich jetzt Opa zu Wort, der sich auf Zehenspitzen stellte, um einen Blick in unser Zimmer zu erhaschen. Fehlten nur noch Greg und Laila, dann wären wir vollzählig.

»Raus!«, rief ich.

»Privat!«, schrie Suse.

Ohne es zu wollen, waren wir uns einig.

»Okay. Aber so ein Gebrüll will ich nicht mehr hören. Wundert mich, dass Laila davon nicht aufgewacht ist. Und gleich gibt es Abendessen!« Meine Mutter knallte die Tür hinter sich zu.

Da wachte Laila auf und fing an zu kreischen.

Notiz an mich selbst: Echte Freundschaft kann mich kreuzweise.

# 16. Kapitel

Die nächsten Tage waren grauenvoll. Immer wieder überlegte ich, über meinen Schatten zu springen und mit Suse zu sprechen. Aber manchmal überlegt man so lange, bis es zu spät ist. Wir versuchten, uns möglichst selten gleichzeitig in unserem Zimmer aufzuhalten. Da noch immer klasse Wetter war, verbrachte ich viel Zeit in unserem Garten oder im Baumhaus, wo ich verschiedene Texte schrieb. Ich wusste noch immer nicht, was ich bei MusicStars singen sollte. Alles, was mir einfiel, war viel zu persönlich. Und voller Wut oder Hass oder Traurigkeit und so weiter. Ich erschrak über mich selbst. Einen Song nahm ich sogar auf und mixte den Refrain einer meiner Lieblingstitel von Kelis drunter.

*Hass dich im Moment so sehr,*
*das Gefühl groß wie ein Meer,*
*kann's mir nich erklärn, Mann,*
*weiß nicht, wie und wann es begann.*
*I hate you so much right now*
*I hate you so much right now*
*Aaaaaah!*
*So viel Wut und Schmerz und Hass.*
*So viel, so laut, so stark, so krass,*
*hab keinen Bock mehr auf deine Spiele,*
*auf einmal haben wir verschiedne Ziele.*
*I hate you so much right now*

*I hate you so much right now*
*Aaaaaah!*
*Sprichst wie sie, ein Band um den Finger,*
*übst Flickflacks und Twists und so Dinger,*
*sagst, dass ich gestorben bin,*
*malst ne Grenze aufn Boden hin.*
*I hate you so much right now*
*I hate you so much right now*
*Aaaaaah!*
*Eh, du kannst mich mal, das ist nicht fair.*
*Mein Herz erfriert, ich kann nicht mehr…*

Der Song klang aufgenommen nicht mal schlecht. Meine Stimme überraschte mich selbst, weil sie so dunkel war, richtig erwachsen, ich hatte die Worte echt gut phrasiert und zum Schluss das mit dem erfrierenden Herzen und dass ich nicht mehr kann mit so einem traurigen, verhauchten Vibrato versehen. Ich war schwer zufrieden, aber trotzdem konnte ich so was vor der ganzen Schule auf keinen Fall singen. Erstens würde sowieso keiner kapieren, was ich damit meinte. Zweitens ging es niemanden was an.

Morgens war Suse meist schon weg, wenn ich aufstand, wir liefen uns also nicht mal im Bad oder später beim Frühstück über den Weg. Meine ganze Familie schaute mich mitleidig an, wenn ich mich neben Suses leeren Stuhl setzte und so tat, als wäre alles wie immer. Sobald mich jemand darauf ansprach, machte ich mit dem Zeigefinger so eine Sägebewegung an meinem Hals. Das wurde zum Glück von allen verstanden.

In der Schule konnte ich mich kaum noch konzentrieren. Das war nicht besonders schlimm, weil ich genug gute Noten abgesahnt hatte, um mich eine Zeit lang entspannt zurücklehnen zu können. Aber mit entspannt war nix, weil ich leider immer ungewollt mitbekam, wie Suse und Marli sich über ihr Training unterhielten wie in einer Fremdsprache. Backflip und Wall Run und Monkey Vault und so fort. Dieses ganze Gequatsche ging mir mächtig gegen den Strich.

Vor allem der Teufelssprung, den Marli inzwischen offenbar jeden Tag frühmorgens in den Swimmingpool vom Jockel-Direx machte, während Suse oben auf der Mauer hockte und ihr hinterhersah. Und wahrscheinlich jedes Mal in Jubel ausbrach. Frau Jockel hatte einen Friseursalon und verließ sehr früh morgens das Haus, wie Marli herausgefunden hatte, Kinder gab es keine und die Putzfrau kam erst um zehn. Also hatten sie jeden Morgen außer am Wochenende freie Bahn.

Ich erfuhr mehr über die ganze Sache, als ich wollte. Und deswegen gewöhnte ich mir an, in den kurzen Pausen zwischen den Stunden die Stöpsel meines MP3-Players in die Ohren zu stopfen. Aber die beiden flüsterten ja sogar während des Unterrichts weiter. Als ob es überhaupt nichts anderes mehr auf der Welt gäbe als Freerunning. Es kam mir so vor, als hätte sich Suses Stimme verändert. Sie betonte die Worte anders, sie klang auf einmal wie ... ja, wie? Genauso wie Marli, das war es.

Mit Tom war gerade eine komische Sendepause. Er ging nach der Schule immer sofort nach Hause, egal was ich ihm vorschlug. Eis essen. Volleyball. Im Gras rumliegen und Musik hören. Küssen. Aber er machte völlig dicht.

»Alles okay bei dir, ist irgendwas?«, fragte ich, mein Herz fühlte sich dabei wie tiefgefroren an.

»Nein, alles gut. Ich…« Er sah mich sehr ernst an. »Hör zu, Luna. Ich vermute da was, mit meinen Eltern, meine ich. Aber ich bin mir noch nicht sicher und will deswegen noch nicht darüber reden, okay?« Er holte tief Luft, und dann fragte er noch mal: »Okay?«

»Schon gut, okay«, murmelte ich verdutzt. Es gab Krach bei ihm zu Hause oder was? Warum erzählte er mir dann nicht davon? So kannte ich ihn gar nicht. So abweisend. Dann nahm Tom meine Hand. »Sei nicht sauer, Luna. Ich kann da wirklich noch nicht drüber reden. Es hat nichts mit uns zu tun.«

So ein flaues Gefühl blieb aber in meinem Bauch. Es waren die letzten Wochen im September und nicht nur in mir, sondern auch draußen wurde es langsam immer kühler. Inzwischen konnte ich wenigstens jeden Tag morgens meine Lieblingslederjacke anziehen. Suse war Luft für mich. Ich war Luft für sie. Manchmal saßen wir an unseren Schreibtischen und machten Schularbeiten oder telefonierten und dann taten wir so, als ob die andere unsichtbar wäre. Wir achteten sorgsam darauf, die giftgrüne Linie nicht zu übertreten. Die Freundschaftsbändchen, die wir bei unserem Streit in die Mitte geschleudert hatten, waren verschwunden. Wohin, wusste ich nicht.

Auch wenn ich mich bemühte, nach außen so zu tun,

als ob in meinem Leben alles rund liefe, war ich einfach nur traurig. Traurig, traurig, traurig. Ich weinte wegen Suse, ich weinte um Tom, weil ich ihn vermisste, und ich hatte Angst, dass Opa bald sterben würde. Ich heulte nur, wenn es niemand sah. Im Baumhaus oder nachts im Bett, dann aber ganz leise. Ich hatte eine riesengroße Narbe auf dem Herzen und konnte mir nicht vorstellen, dass die jemals verheilen würde. Düster war es in meinem Leben geworden, als würde ich ständig eine dunkle Sonnenbrille tragen, obwohl keine Sonne schien. Manchmal fiel es mir sogar schwer zu atmen, ich hatte das Gefühl, keine Luft mehr zu bekommen.

Ich wusste einfach nicht, was ich tun sollte.

An einem Mittag machte ich gerade Hausaufgaben in meiner Zimmerhälfte, als Opa hereinkam, ohne anzuklopfen.

»Hey«, sagte er.

»Selber hey.« Ich versuchte zu lächeln, aber es gelang mir nicht so recht. Lag vielleicht an der Matheaufgabe, vielleicht aber auch an allem anderen.

»Alle ausgeflogen?«

Ich zuckte mit den Schultern. Meine Eltern waren in der Praxis, Tante Jenny in ihrem Science-Fiction-Bücherladen, Greg war schwimmen und Suse… da oder dort. Mir doch egal.

»Ach Mensch, meine Kleine«, sagte Opa und drückte die Lippen auf meinen Kopf. Und da kamen sie schon wieder, die Tränen. Sturzbäche davon, dachte, ich hätte gar keine mehr in mir. Es tat gut, dass Opa mich im Arm hatte. »Schon gut«, murmelte er in mein Haar. »Schon gut.«

Ich wollte endlich alles loswerden, ihm sagen, was in mir vorging, aber es war viel zu viel und viel zu durcheinander und viel zu kompliziert.

Später putzte ich mir die Nase und holte tief Luft. Fühlte sich schon besser an. Nicht gut, aber besser. »Wie kann man eigentlich weiterleben«, fragte ich ihn, »wenn man weiß, was jederzeit alles Mögliche passieren kann? Wie hast du das gemacht? Ich meine, du bist so alt und …« Er zuckte kurz zusammen. »Du hast bestimmt furchtbar viel erlebt. Schlimmes auch. Wie kann man überhaupt so alt werden wie du?«

»Also jetzt aber …«, fing er an.

»Ich meine doch nur, dass manches so traurig ist.« Ich sah ihn an, sein langes graues Haar und die tiefen Falten auf seiner Stirn. »Ich will nicht, dass was Schlimmes passiert. Aber was kann ich dagegen tun?«

»Nichts. Du kannst nicht alles kontrollieren, Luna. Niemand kann das.«

Ich schwieg einen Moment. »Manchmal«, sagte ich dann, »denke ich daran, dass auch du sterben musst. Und Mama und Papa. Und ich. Wie kann man damit leben?«

»Man kann *nur* damit leben, meine Kleine. Ohne den Tod gäbe es nämlich überhaupt kein Leben. Der Tod gehört einfach dazu, so läuft das Spiel nun mal.«

»Ich hasse dieses Spiel.«

»Tust du nicht.« Er lachte leise. »Warte einen Moment.«

Er rannte aus dem Zimmer und kam wenige Minuten später mit seiner E-Gitarre zurück, stöpselte sie in den kleinen tragbaren Verstärker ein, band sich einen Zopf und baute sich mitten im Zimmer auf. Er spielte ein paar Riffs, und dann begann er, »Who Wants to Live Forever« von Queen zu singen. So eine alte Rockkamelle. Er riss einen Arm hoch (er trug jetzt ein Frotteeschweißband am Handgelenk), warf den Kopf in den Nacken und kniff die Augen fest zusammen (oh nein!). Fehlte nur noch Bühnennebel.

Und ich? Ich brach fast zusammen vor Lachen.

Als er fertig war, glänzte sein Gesicht vor Schweiß. Ich grinste ihn an. »Opa, ich hab dich trotzdem echt lieb.«

Und dann dachte ich, das ist es, *das* ist der Trost. Das ist das Geschenk! Wenn man so lacht, dass man alles um sich herum vergisst. Die Dunkelheit und das schwere Herz und so weiter. Dann gibt es nämlich überhaupt kein Morgen! Und dann ist man unsterblich.

Leider bekam ich das mit dem ewigen Moment und dem Gefühl der Unsterblichkeit nicht wirklich lange hin. Aber ich war nicht mehr ganz so niedergedrückt, mein Opa hatte mir sozusagen die dunkle Sonnenbrille von der Nase gerissen.

Ich rief Tom an. »Morgen Picknick an den Seeterrassen. Nach der Schule. Ich lad dich ein«, sagte ich statt einer Begrüßung.

»Hey Luna.« Er schwieg einen Moment. »Das ist echt eine gute Idee. Aber nicht morgen. Lass uns das verschieben, okay?«

»Du hast morgen Geburtstag!«, rief ich.

»Kann schon sein, mir egal.«

»Ich hol dich um 18 Uhr ab.«

Und bevor er protestieren konnte, hatte ich schon aufgelegt. Ich schätzte, was auch immer ihn gerade beschäftigte, mit einem beknackten Queen-Song konnte man Tom bestimmt nicht helfen, und deswegen beschloss ich, ihm selbst einen zu schreiben. Nur für ihn. Als Geburtstagsgeschenk. Die nächsten Stunden rührte ich mich nicht vom Schreibtisch weg. Ich kriegte kaum mit, dass Suse zwischendurch ins Zimmer kam, sich Sportklamotten anzog und wortlos wieder verzog. Ich komponierte und textete und bastelte dann mit meiner neuen Software eine Wahnsinnsballade zusammen. Ich mischte ein paar abgefahrene Jazzklänge darunter und ließ mir richtig tolle Melodiebögen einfallen und dann nahm ich den Gesang auf.

*Wenn ich in deiner Nähe bin,*
*will ich sonst nirgends sein.*
*Wir kriegen das sicher hin,*
*was ich will, is Love divine!*

*Deine Lippen und Augen,*
*dein Lächeln wie tausend Sonnen,*
*kann dir alles glauben*
*und nie genug davon bekommen.*
*Bin da, wenn du mich brauchst,*
*weil kein Weg zu weit ist.*
*Fällst du hin; steh ich für dich auf,*
*bis du wieder ganz oben bist.*

*Wenn ich in deiner Nähe bin,*
*will ich sonst nirgends sein.*
*Wir kriegen das sicher hin,*
*was ich will, is Love divine!*

*Die Zeit bleibt plötzlich stehn.*
*Du bist so unvergleichbar.*
*Immer wenn wir uns sehn,*
*hast du mein Herz, das is klar.*
*Pass gut darauf auf,*
*du weißt, wie es tickt.*
*Null Gefühle im Leerlauf,*
*soweit ich das überblick!*

*Wenn ich in deiner Nähe bin,*
*will ich sonst nirgends sein.*
*Wir kriegen das sicher hin,*
*was ich will, is Love divine!*

*Weiß nicht, ob ich es versteh,*
*du gibst meinem Leben Sinn.*
*Das Erste, was ich morgens seh,*
*bist du, du bist der Beginn.*
*Meine Arme sind wie ne hohe Burg,*
*sicher und fest wie dicker Stein.*
*Heil dein Herz wie n Herzchirurg.*
*mit uns zusammen sind wir nie allein.*

*Wenn ich in deiner Nähe bin,*
*will ich sonst nirgends sein.*

*Wir kriegen das sicher hin,*
*was ich will, is Love divine!*

Ich brannte Tom den Song auf CD, designte auf meinem Computer ein richtig professionelles Cover mit einem Foto von mir, meinem Namen und dem Titel *»Love divine!«* zusammen und druckte alles aus. Anschließend wickelte ich die CD in silbernes Geschenkpapier.

Am nächsten Morgen stand ich früher auf als sonst. An Toms Geburtstag wollte ich einfach perfekt aussehen, also: *dress to impress*. Was nicht leicht ist, für mich zumindest nicht. Ich räumte alle Klamotten aus dem Schrank und breitete sie auf dem Boden und dem Bett aus. Suse war ja Gott sei Dank schon weg.

Nach ungefähr einer Stunde hatte ich eine weiße Bluse an, hochgekrempelte Jeansshorts, eine grün-blau geringelte Strumpfhose und blaue Chucks. Und meine kurzen Fingernägel hatte ich lackiert. Grün mit blauen Punkten drauf. Lange starrte ich mich im Badezimmerspiegel an und war schon kurz davor, alles wieder auszuziehen und einen Liter Nagellackentferner über meine Finger zu kippen. Doch bevor ich es mir anders überlegen konnte, rannte ich die Treppe hinunter in die Küche.

Niemand sprach mich auf meine Klamotten an, ich wusste nicht, ob ich das als gutes oder schlechtes Zeichen deuten sollte. Alles war wie immer, mein Vater las in der Zeitung, Tante Jenny und Mama redeten aufeinander ein, als hätten sie sich seit Monaten nicht gesehen, Suses Stuhl war leer, Laila schleuderte ihren Brei durch die Gegend und Greg mampfte hinter seiner Haargardine wortlos ein Müsli. Aber als ich meine Lederjacke schnappte, die Schultasche umhängte und mich noch einmal umdrehte, um Tschüss zu sagen, sah Greg von seinem Teller hoch, grinste und streckte beide Daumen in die Höhe.

Ich hätte ihn küssen können.

Beschwingt machte ich mich auf den Weg zur Schule, Toms CD in der Tasche. Es war herrliches Wetter. Warm, aber nicht zu warm, sonnig, aber nicht zu sonnig und der Himmel so blau, wie er nur sein konnte. Der kleine See in der Mitte des Parks glitzerte, ein sanfter Wind kräuselte die Oberfläche. Enten stapften am Ufer entlang. Ich setzte mich auf eine Bank, weil ich viel zu früh losgegangen war und noch mindestens eine Viertelstunde Zeit hatte.

Da sah ich sie.

Sie betraten von der anderen Seite den Park, ihre Sporttaschen über den Schultern, Marli schon wieder mit nassem Haar. Teufelssprung oder Todessprung oder was weiß ich in den Pool vom Jockel-Direx wahrscheinlich. Ich stöhnte leise auf. Nicht einmal hier hatte ich meine Ruhe vor den beiden.

Sie bemerkten mich nicht, stellten ihre Sporttaschen ab und ich sah ihnen dabei zu, wie sie übten, an der Wand des Pavillons hochzuspringen. Ich konnte nicht wegsehen, obwohl ich nichts lieber als das wollte. Ich beobachtete, wie Suse Anlauf nahm, den letzten Schritt ungefähr in Hüfthöhe gegen die Wand setzte und mit dem anderen Bein vom Boden absprang. Und dann prallte sie zurück und landete auf dem Hintern im Gras. Sie stand auf und versuchte es noch einmal. Knallte hin. Stand auf. Trank einen Schluck Wasser. Nahm Anlauf. Wieder und wieder. Und beim ungefähr siebten Mal schaffte sie es.

Sie sah fast aus wie ein übergroßes Insekt, als sie da die Wand hinaufkraxelte, sich am Dach des Pavillons festklammerte und hochzog. Oben angekommen riss sie die Arme in die Höhe und begann zu jubeln.

Bei mir kam ihr Schrei nur leise an, weil ich so weit entfernt war. Ich sah, wie Marli im Gras ein Freudentänzchen hinlegte und dann ebenfalls die Wand hinaufrannte. Hinauf zu Suse. Sie standen Arm in Arm auf dem Dach, als wäre es das Dach der Welt.

Ich wandte mich ab.

Tom war gar nicht erst in die Schule gekommen, wie ich herausfand, als ich kurz vor der zweiten Stunde todesmutig in sein Klassenzimmer in dem anderen Schulgebäude spazierte und nach ihm fragte. Seine Klassenkameraden sahen auf, manche grinsten, ein paar Mädchen kicherten, ich fühlte mich klein und albern, die waren ja alle ein oder zwei Jahre älter als ich. Zum Glück hatte ein Freund von Tom Mitleid mit mir, kam an die Tür und sagte, dass Tom heute nicht da sei.

Als ich ihn anrief, war sein Handy ausgestellt. Ich rannte zurück zu unserem Schulgebäude, in der Hoffnung, noch vor der Landkarte anzukommen, doch als ich schwer schnaufend vor der weit geöffneten Klassenzimmertür stand und einen Blick in das Zimmer warf, wusste ich nicht mehr, was ich hier zu suchen hatte.

Die Landkarte hatte gerade ihren Koffer aufs Pult gestellt.

»Brauchst du eine Extraeinladung, Luna?«, fragte sie.

Suse sah mich ausdruckslos an. Marli hob die Augenbrauen. Sie hatte noch immer nasses Haar, hatte heute wohl ihr Zauberhaargel vergessen. Kristen hockte, das Kinn in die Hand gestützt, neben meinem freien Platz und machte Emily-Antonia irgendwelche Handzeichen. Heiko glotzte gelangweilt aus dem Fenster. Alenya machte mal wieder mit ausgestrecktem Arm Handyfotos von sich selbst. Schürzte die Lippen. Hob eine Schulter, schleuderte die Haare zurück und so weiter.

Mein Blick fiel auf den Strand mit den Palmen und dem Sand und der Sonne, die wir vor ein paar Wochen auf die hintere Wand gemalt hatten. Im Moment konnte ich mir kaum mehr vorstellen, dass ich dabei geholfen hatte. Das war alles so lange her. Da war ich ein ganz anderer Mensch gewesen.

Luna 1.0 sozusagen. Und jetzt fühlte ich mich mindestens wie Luna 4.0. Das Klassenzimmer und die Leute und alles hatten überhaupt nichts mit mir zu tun.

»Luna?«, hakte die Landkarte nach. »Würdest du jetzt bitte reinkommen und die Tür hinter dir schließen?«

Ich sah sie groß an. »Ich glaub nicht.«

»Du *glaubst* nicht?«

Ich schüttelte den Kopf, steuerte auf meinen Platz zu, packte die Hefte in meine Tasche, nahm die Lederjacke von der Stuhllehne und *dann* machte ich die Tür zu. Von außen. Ich stürmte die Treppe hinunter, überquerte in Windeseile den Schulhof, sprang auf mein Fahrrad und radelte zu Tom. Ich schleuderte mein Rad auf den Rasen vorm Haus. Mir war schlecht, als ich an seiner Tür klingelte. Irgendwas war nicht in Ordnung, das spürte ich sofort, obwohl alles wie immer aussah. Die hellgelben Mauern, das dunkle Dach. Die Gardinen an den Fenstern. Die Grillecke im Garten und die im Wind leicht quietschende Hollywoodschaukel. Nichts Besonderes. Aber mein Bauchgefühl verhieß nichts Gutes. Über allem lag – ich weiß nicht recht – eine Ahnung. Was Dunkles und Erschreckendes und am liebsten hätte ich wieder kehrtgemacht.

Stattdessen klingelte ich.

Es dauerte ziemlich lange, bis geöffnet wurde, und dann stand Tom vor mir. Blass, mit zerzaustem Haar und verquollenen Augen. Hatte er geweint? Das fröhliche »alles Gute zum Geburtstag« blieb mir im Hals stecken.

»Was ist passiert?«, hauchte ich.

Statt zu antworten, fragte er: »Luna, was machst du hier?«

Gut, das war nicht gerade die Begrüßung, die ich mir erhofft hatte, aber egal. Irgendwas Schlimmes war passiert.

»Du hast Geburtstag, du warst nicht in der Schule, also bin ich hergekommen«, sagte ich.

»Luna ...«

»Wer ist da?«, hörte ich Olaf aus dem Haus rufen. »Tom, ist das der Krankenwagen?«

Ich schluckte schwer. Krankenwagen? Kurz darauf tauchte Olaf an der Tür auf und starrte mich an. »Oh, du bist es Luna. Das ist gerade kein guter Zeitpunkt.«

Was er dann noch sagte, hörte ich nicht, denn in diesem Moment bog ein Rettungswagen mit Blaulicht und kreischender Sirene um die Ecke und hielt direkt vor Toms Haus. Ein Mann und eine Frau in weißen Hosen und mit roten Jacken sprangen heraus. Olaf winkte sie herein, Tom sah mich mit angstvoll aufgerissenen Augen an.

Ich ging zu ihm. Es waren nur ein paar Schritte, aber mir kam es so vor, als würde es ewig dauern, bis ich ihn erreicht hatte. Ich griff nach seiner Hand, die kalt war und schweißnass. Er drückte meine Hand so sehr, dass es wehtat. Und da fiel es mir ein. *Das* also war es gewesen, was ich gesehen hatte, als ich meinen Ring nach Toms Geburtstag gefragt hatte. Ich hatte uns gesehen, Hand in Hand vor dem Haus. *Gefreut* hatte ich mich darüber, Tom und ich, Hand in Hand, hey! Wenn das mal kein gutes Zeichen war! Das kreischende Geräusch hatte ich gehört und überall die blauen Lichter gesehen, mein ins Gras geschleudertes Fahrrad, das alles aber nicht einordnen können.

Keinen blassen Schimmer hatte ich gehabt, was das alles wirklich bedeutete.

»Meine Mutter«, flüsterte Tom. »Sie hat auf einmal keine Luft mehr bekommen, sie ... ist sehr krank.« Und dann sank er auf die Knie, direkt vor mir, und ich ließ mich neben ihn fallen und hielt ihn fest.

Ein paar Stunden später zog Tom bei uns ein. Papa erklärte uns, dass Melissa Krebs hatte und schon seit einigen Wochen eine Chemotherapie bekam. Er sagte auch noch, was für ein Krebs, aber da hörte ich gar nicht mehr richtig hin, weil blitzschnell die Puzzleteile ineinanderfielen: Die SMS, die mein Vater im Schwimmbad bekommen hatte, war von Olaf gewesen, deswegen war er einfach verschwunden. Verraten durfte er uns nichts, von wegen ärztlicher Schweigepflicht und so weiter. Papa hatte sich schon die ganze Zeit um Melissa gekümmert. Wegen der Chemotherapie hatte sie an meinem Geburtstag so eine komische Frisur gehabt, denn sie trug da schon eine Weile eine Perücke. Kein Mensch wusste, wie lange sie im Krankenhaus bleiben musste, und deswegen hatte meine Mutter darauf bestanden, dass Tom zunächst einmal bei uns blieb.

Er erzählte mir, dass er die ganze Zeit etwas geahnt hätte, aber offenbar wollten seine Eltern ihn erst mal nicht beunruhigen. Ich glaubte ja fast nicht, was ich da hörte. Deswegen also war Tom in letzter Zeit so verschlossen gewesen. Kein Wunder, kann ich da nur sagen.

Fällt mir nicht leicht, es zuzugeben, aber mein Herz tanzte trotz allem vor Freude. Tom bei mir. Jeden Morgen würde ich ihn gleich nach dem Aufstehen sehen, wir konnten zusammen in die Schule gehen und ich musste nicht länger auf dem Schulhof nach ihm Ausschau halten. Frühstück, Mittagessen, Abendessen, alles zusammen. Greg maulte nicht mal, als die Couch in seinem Zimmer zum Gästebett umfunktioniert wurde. Er kennt Tom genauso lange wie ich, sie sind sogar so was wie Freunde.

Als wir uns am ersten Abend ins Baumhaus verzogen, gab ich Tom die CD mit meinem Song. Einen Tag zu spät, aber was soll's. Er sagte, dass ich zu ihm gekommen und ihn im Arm gehalten hätte, wäre das beste Geburtstagsgeschenk überhaupt gewesen. Und dass es seiner Mutter wieder besser ging natürlich. Also *den Umständen entsprechend* besser, wie die Ärzte es ausdrückten.

Er hörte sich meinen Song auf dem MP3-Player an – die CD hatte ich ja nur gebrannt, damit ich ein Cover machen und alles schön in Geschenkpapier einwickeln konnte. Er sagte nicht viel dazu, hörte ihn sich aber vier Mal hintereinander an. Später küssten wir uns ein bisschen, obwohl ich dabei ein schlechtes Gewissen hatte. Es ist einfach nicht richtig, glücklich zu sein, wenn zur gleichen Zeit jemand um sein Leben kämpft. Tom schien ähnlich zu fühlen, denn irgendwann sagte er unglücklich: »Ich kann das nicht, Luna. Nicht solange meine Mutter... du weißt schon. Okay?«

»Okay.«

Natürlich war das okay, auch wenn mein Herz immer größer und schwerer wurde. Von Suse bekam ich in der Zeit noch weniger mit als sowieso schon, ich war ja immer mit Tom zusammen. So Dinge passierten eben, in der einen Sekunde ist man die beste Freundin und dann ist man es nicht mehr. Und das Leben geht trotzdem weiter. Jeden Gedanken an Suse und Marli schob ich von mir, weit weg. Eine Million Kilometer weit ungefähr. Wenn er dann die Million Kilometer zurückgesaust kam, der Gedanke, hielt ich sofort ein knallrotes Stopp-Schild in die Höhe und dachte an was anderes. Das funktioniert, richtig gut sogar. Wenn Tom bei seiner Mutter im Krankenhaus war, arbeitete ich an meinem Song für MusicStars. Feilte am Text herum, polierte die Melodie, tüftelte einen genialen Rhythmus aus. Ich wollte den perfekten Song. Ich wollte alle umhauen, meine Klassenkameraden, Mädchen-können-nicht-rappen-Mondgesicht-Matthias, die Eltern im Publikum, die Lehrer. Ich wollte allen zeigen, was in mir steckt.

Abends kam Opa ins Zimmer, ohne anzuklopfen. Er trug einen Anzug und ein weißes Hemd, hatte die Haare so zu einem Zopf gebunden, dass ich einen Moment lang fast glaubte, er hätte sie endlich abschneiden lassen. Eine Rasierwasserfahne wehte mir in die Nase.

Er runzelte die Stirn. »Was treibst du da eigentlich die ganze Zeit?«

»Ich komponiere meinen Song für den Schulwettbewerb.«

»Spiel mal vor.«

»Ist noch nicht fertig.« Ich drehte mich wieder zu meinem Computer. »Ich muss jetzt weitermachen. In drei Tagen ist es so weit, dann hörst du ihn ja. Da werde ich es allen zeigen!«

»Weißt du, Luna, es bringt nichts, etwas zu tun, um es den anderen zu zeigen. Wenn du nur deshalb bei dem Wettbewerb mitmachst, verschwendest du deine Zeit.«

»Worum sonst geht es denn wohl bei einem Wettbewerb, außer ums Gewinnen?« Ich kniff die Lippen zusammen. »Du hast ja keine Ahnung, wie wichtig das für mich ist!«

»Luna, Erfolg bedeutet gar nichts!«

Ich drehte mich wieder zu meinem Computer. War ja schön und gut, was mein Opa da immer so von sich gab, aber offenbar hatte er vergessen, wie es war, dreizehn zu sein. »Ich hab genug um die Ohren, Opa. Echt, tut mir leid. Ich muss jetzt weitermachen.«

Er legte mir die Hand auf den Kopf und ging.

»Viel Spaß bei was und mit wem auch immer«, rief ich ihm über die Schulter hinterher.

Dann kam der Freitag, und zwar schneller, als ich es jemals für möglich gehalten hätte. Ich arbeitete noch die Nacht durch, mit Kopfhörer und nur einem winzigen kleinen Licht, damit ich Suse nicht störte. Freitagmorgen, in den ersten beiden Stunden (Englisch), schlief ich mit offenen Augen, bis Poldi mich aufrief. An der Tafel standen drei unvollständige Sätze.

»Luna, könntest du das Wort in Klammern bitte entweder im Gerund oder im to-Infinitiv einsetzen?«

Wie bitte, was?

»Soll ich an die Tafel gehen?«, fragte ich zögerlich.

»Soll ich dich vielleicht tragen?«, fragte er zurück.

Seufzend stand ich auf und kriegte es tatsächlich hin, bei drei Sätzen drei Fehler zu machen.

»Also wirklich, Luna, das habe ich doch jetzt schon mindestens hundert Mal erklärt«, schimpfte Poldi los.

»Aber kein einziges Mal richtig.« Ich war echt sauer.

»Das habe ich überhört«, entgegnete er. »Bestimmt bist du nervös wegen heute Abend. Ich drücke dir ganz fest die Daumen.«

Nervös war gar kein Ausdruck. Jetzt, wo Poldi mich geweckt hatte, merkte ich, wie meine Nerven verrückt spielten.

Es half auch nicht gerade, dass Marli hinter mir zu Suse sagte: »Um nichts in der Welt würde ich mich freiwillig auf eine Bühne stellen. *Oh my god!* Allein bei der Vorstellung krieg ich schon nen Ausschlag. Und dann auch noch singen. Ich würde sterben vor Panik!«

Dazu sagte Suse nichts.

»Aber ich hab mir was überlegt«, fuhr Marli fort. Ich kippelte mit dem Stuhl etwas nach hinten, um besser mithören zu können. »Heute Abend, wenn alle in der Schule bei MusicStars sind, ist *der* Moment!«

»*Der* Moment?«

Marli senkte die Stimme noch etwas. »Ich werde heute Abend den Teufelssprung zum ersten Mal im Dunkeln machen! Was sagst du dazu?«

»Wow«, sagte Suse dazu. Ehrfürchtig. »Bist du irre? Im Dunkeln von der Mauer? Ohne was zu sehen?«

Ich hörte keine Antwort von Marli, wahrscheinlich nickte sie. »Und warum ausgerechnet heute?«, fragte Suse.

»Weil wir auf jeden Fall freie Bahn haben. Der Direx ist spätestens ab 19 Uhr bei MusicStars in der Schule. Mit seiner Frau natürlich, die muss ihn bei so einer wichtigen Veranstaltung schließlich begleiten. Zurzeit geht so gegen halb acht die Sonne unter. Und ungefähr ne halbe Stunde später ist es stockdunkel.«

»Ja, aber was ist mit MusicStars? Das ist das Ereignis des Jahres!«

»Ich weiß. Aber so eine Gelegenheit kommt so schnell nicht wieder. Bist du dabei?«

Suse schwieg einen Moment, dann flüsterte sie: »Was für ne Frage. Das lass ich mir doch nicht entgehen.«

Da ließ ich mich mit meinem Stuhl wieder nach vorn plumpsen. Suse würde also nicht im Publikum sitzen, wenn ich meinen großen Auftritt hatte? Erst war ich wie versteinert. Aber schon in der nächsten Sekunde überkam mich Erleichterung. Ist sowieso besser für die Aura im Raum, dachte ich, wenn nicht jemand im Publikum sitzt, der mir so egal ist. Ja, egal. Ich war ihr egal, sie war mir egal. So war das nun mal. Ende der Geschichte. Meine Eltern würden mir zuklatschen, Opa, Greg und Tante Jenny und natürlich Tom. Bestimmt auch Gloria, Alenya, Rosalie, Lea und Fritzi – zumindest hoffte ich das.

Geschichte, Religion, Physik und Bio bekam ich ohne größere Schwierigkeiten rum, indem ich mich so unsichtbar wie möglich machte. Als es nach der sechsten Stunde klingelte, stürmte ich nach Hause, schüttete vierzig Baldriantropfen in ein Glas Wasser und trank es in einem Zug leer. Nicht lange und ich fühlte mich cool wie ein Eisblock. Was sollte schon schiefgehen? Ich hatte mich für den Auftritt perfekt vorbereitet, mehr ging nicht. Text, Musik, Arrangement, alles stimmte. Und dass ich gut singen konnte, das war sowieso klar. Also haute ich mich aufs Ohr und schlief tatsächlich ein.

Tom rüttelte mich um halb fünf wach. Um 19 Uhr musste ich in der Aula zum Soundcheck sein, um 19 Uhr 30 Uhr ging dann MusicStars los. Vier Bands, zwei Duos und vier Solisten wie ich sollten auftreten, unter anderem Ich-rap-dich-an-die-Wand-Matthias. Patricia aus der Parallelklasse sang was von Avril Lavigne und irgendein Typ eine Klasse unter mir spielte was auf dem

Klavier. Was Klassisches, so weit ich wusste. Mein Auftritt sollte der vorletzte sein, so gegen 20 Uhr 15.

Ich sprang unter die Dusche, noch immer hübsch baldriancool, dann zog ich ungefähr so was an wie zu Toms Geburtstag. Also hochgekrempelte Jeansshorts, geringelte Strumpfhose (orange-rot diesmal), schwarzes T-Shirt, schwarze Turnschuhe. Dann setzte ich noch einen schwarzen Hut von meiner Mutter auf. Die Fingernägel lackierte ich diesmal rot mit orangenen Punkten. Tom brachte mir eine Tasse Nerventee, den Tante Jenny immer trinkt, wenn sie mal wieder Liebeskummer hat. Er schmeckte ekelhaft, aber das war egal. Dass Tom sich so um mich kümmerte, machte mich glücklich. Ich bedankte mich mit einem Kuss auf seine Wange, dann tastete ich nach dem silbernen Armkettchen mit dem Mond dran, das er mir geschenkt hatte. Mit seinem Armband fühlte sich mein anderes, leeres Handgelenk nur halb so nackt an.

Als wir die Treppe hinunterkamen, versammelte sich die ganze Familie vor der Haustür. Also ohne Suse natürlich und trotz allem machte mich das traurig. Ich schluckte den Kloß im Hals entschlossen hinunter, dafür war jetzt kein Platz in meinem Kopf. Tante Jenny spuckte mir über die Schulter und sagte: »Toi, toi, toi!«

Mama hatte aus irgendeinem Grund Tränen in den Augen und drückte mich an sich. Papa boxte mir mit dem Ellbogen in die Seite. »Bis gleich. Du packst das.«

Opa strich mir mit dem Daumen über die Stelle zwischen den Augenbrauen, wo sich seiner Ansicht nach das dritte Auge befindet. »Ich bin sicher, du schaffst das, Luna!«

Im Grunde genommen behandelten mich alle so, als würde ich auf Weltreise gehen, Rückkehr ungewiss. Greg war der Einzige, der es anders machte. Der mich ansah und die Worte fand, die mir das Gefühl gaben, einfach alles schaffen zu können. Gipfel stürmen, Berge versetzen, übers Wasser gehen, alles. Ausgerechnet Greg, unglaublich. »Ich würde sagen: Jill Valentine«, rief er.

Oh, wie ich ihn anstrahlte. Jill Valentine aus den Resident-Evil-Spielen ist für ihn die Göttin überhaupt. Er hat die Wände seines Zimmers mit ihr zugepflastert. Hammerkörper, wunderschönes Gesicht, dunkle Haare. Unbesiegbar. Ein »Ich würde sagen: Jill Valentine« war das lässigste Kompliment, das man sich aus seinem Mund überhaupt vorstellen konnte. Ich wuchs sofort um mindestens zehn Zentimeter in die Höhe und meine Schultern strafften sich. So, wie Jill Valentine im Angesicht des Endgegners dastehen würde.

In der Schulaula herrschte schon mächtig Trubel. Girlanden und Luftballons baumelten von den Decken, Brötchen wurden geschmiert und Stühle aufgestellt. In einer Ecke bauten Schüler der zwölften Klasse eine Bar mit Getränken auf. Die Bühne war wenig aufregend mit Kabeln und schwarzen Stoffbahnen dekoriert, ich wusste aber von Alenya, die im Organisationskomitee war, dass ganz zum Schluss, wenn alle noch einmal auf der Bühne waren, eine Konfettikanone losgehen sollte.

Ich zog mich mit Tom in die Turnhalle zurück, sozusagen unsere Garderobe. Die anderen waren schon da, natürlich auch Wannabe-Gangsta Matthias. Ich machte mich auf eine weitere Szene von ihm gefasst, aber er blieb einfach nur in seiner Ecke hocken, hängte sich ab und zu aus dem Fenster, um eine Zigarette zu rauchen, und tat so, als ob ich ne Tarnkappe aufhätte.

Das war mir gerade recht, und sosehr sie mir auch auf die Nerven ging, war ich Marli immer noch dankbar für das Justin-Bieber-Herz, das sie ihm verpasst hatte. Obwohl ich nach wie vor nicht kapierte, wie das vor sich gegangen war. Seitdem jedenfalls hatte er sich seine Mädchen-können-nicht-rappen-und-gehören-in-die-Küche-Sprüche mir gegenüber verkniffen. Und als ich gerade so an Marli dachte und wie sie sich furchtlos vor dem mindestens zwei Köpfe größeren und doppelt so breiten Matthias aufgebaut hatte, erinnerte ich mich daran, wie sie zu Suse gesagt hatte, dass sie sich niemals freiwillig auf eine Bühne stellen würde. Dass sie sterben würde vor Panik.

Na ja, so hat jeder wohl vor was anderem Angst.

Tom veranstaltete ein Riesentheater. Er massierte meine Hände, fragte mich ständig, ob ich noch was brauchte, rannte immer wieder zum Mischpult, um sicherzustellen, dass die CD mit meiner Musik noch da und nicht irgendwohin verschwunden war, er brachte mir Schokoladenriegel und Milchshakes und Cola und Gummibärchen.

Wenn er so weitermachte, würde ich mich auf der Bühne eher übergeben als rappen.

Alenya kam herein. Sie trug ein Headset wie ein Bodyguard oder Türsteher, um ständig in Kontakt mit den anderen aus dem Organisationskomitee zu sein. In ihrem Ohr steckte ein grüner Knopf, von dem spiralförmig ein

Kabel in den Kragen ihres schwarzen Jacketts verlief. Sie sprach gerade in das kleine Mikrofon, das über ihrer Oberlippe fast an der Nase hing. Fehlte eigentlich nur noch eine schwarze Sonnenbrille.

»Dann besorgt noch ein paar Bänke, wenn die Stühle nicht reichen... Na, frag den Hammerschlag, wozu ist der Hausmeister? Mann, das ist doch nicht so schwer.« Sie pustete ihren Pony aus dem Gesicht und fragte dann in ihr Mikro: »Ist Janina endlich da, verdammt? Nur sie kennt sich mit dem Mischpult aus, wir hätten schon längst den Soundcheck machen müssen. Wenn die nicht gleich kommt, flipp ich aus, *wallah!* Das war das letzte Mal, dass ich so was mach, wirklich, bin ich denn nur von Blödkröten umgeben?« Sie ließ sich aufstöhnend neben mich fallen.

»Blödkröten?«, fragte ich grinsend. »So kenne ich dich gar nicht.«

»Ist der Stress. Der Jockel ist auch noch nicht da und dem Hammerschlag muss man alles zweimal sagen.« Sie zog ihr Handy aus der Tasche und machte von uns beiden ein paar Fotos. »Die sind sicher ne Menge wert, wenn du mal ein Weltstar bist.«

Sie runzelte die Stirn, dann kreischte sie auf. »Ah, na endlich!« Gott sei Dank bekam ich dank Baldrian keinen zu großen Schreck. Offenbar hatte ihr jemand gerade ins Ohr gefunkt. »Okay, ich muss dann wieder, Janina ist aufgetaucht und gerade dabei, alles zu verkabeln. Also, der Soundcheck kann gleich beginnen. Luna – you're the greatest!« Und weg war sie.

Um 19 Uhr 15 war Einlass. Wir hockten wieder hinten

in der Turnhalle, aber durch den Türspalt sah ich, wie sich Eltern und Schüler und Lehrer hineindrängelten und auf die Stühle und Bänke hockten. Am Eingang waren wild blinkende Armbänder verteilt worden. Noch war es zu hell in der Aula, aber später würde sich das Publikum in ein leuchtendes buntes Lichtermeer verwandeln, so der Plan. Ich glaubte, explodieren zu müssen, wenn ich nicht endlich auf die Bühne kam. Ich wollte da raus und die Leute zum Toben bringen! Noch einmal warf ich einen Blick durch den Türspalt. Jeder einzelne Platz war besetzt. In der zweiten Reihe erspähte ich meine Familie. Tom saß jetzt auch dort. Herr Jockel kam in die Turnhalle gehetzt mit wehendem, dünnem weißem Haar. Seine Brille war ihm auf der Nase verrutscht.

»Tut mir leid«, rief er atemlos unserem Hausmeister Herrn Hammerschlag zu. »Es gab da eine kleine Verzögerung. Ich musste unbedingt das Wasser aus meinem Schwimmbad ablassen, Probleme mit Algen. War ganz dringend. Egal, jetzt bin ich ja da.« Er räusperte sich mehrmals, zog einen Zettel aus der Hosentasche und begann, leise seine Ansprache vorzulesen. Seine dürre Frau stand neben ihm und wischte ihm ständig irgendwelche Staubkörnchen vom Anzug. Ich konnte nur hoffen, dass er sich kurzhielt und die gespannte Stimmung da draußen in der Aula nicht versaute.

Ich saß wie auf Kohlen. Der Jockel betrat die Bühne, redete wie vermutet viel zu viel und viel zu lange, bis er endlich die erste Band ankündigte. Die Depris!, bescheuerter Name. Vier Jungs stöpselten ihre Instrumente ein, der Sänger ruckelte das Mikrofon zurecht, das Saallicht ging aus und die Bühnenbeleuchtung an. Tausende von Armbändern funkelten und leuchteten in allen Farben. Gut, nicht Tausende, aber es sah so aus. Unzählige Handys und Digicams wurden hochgehalten, um den Auftritt für die Ewigkeit oder ein paar Tage festzuhalten.

Mit einem Mal begann etwas ganz hinten in meinem Kopf zu zerren, als ob ein Gedanke versuchte, sich durch diese ganze Aufregung und den Tumult hindurch in meinem Hirn zu kämpfen. Da stimmte doch was nicht. Aber was nur? Kreuz und quer lief ich durch die Turnhalle, machte ein paar Stretchingübungen und sah immer wieder auf die Uhr und die ganze Zeit hatte ich das Gefühl, etwas furchtbar Wichtiges nicht mitzukriegen. Und dann, als die Depris! zum Schluss noch mal alles gaben und auf ihre Instrumente eindroschen und das Publikum johlte, da wurde es mir mit einem Schlag klar, mit einem ziemlich heftigen Schlag sogar. Das Wasser. Im Pool vom Jockel. Rausgelassen.

OH !!! MEIN !!! GOTT !!!

Notiz an mich selbst: Keine Zeit!

# 17. Kapitel

Hektisch begann ich, in der Tasche nach meinem Handy zu wühlen, das ja nie griffbereit ist, wenn man es braucht. Als ich es endlich gefunden hatte, drückte ich auf die Schnellwahltaste. Suses Nummer. Es klingelte viermal, dann ging die Mailbox ran. »Ich bin's. Ihr wisst ja, wie's geht.« Piep.

Verdammt, verdammt, verdammt. »Suse«, brüllte ich los. »Wenn du das abhörst: Marli darf auf keinen Fall springen! Verstehst du? Im Pool ist *kein Wasser mehr!«*

Dann stürmte ich aus der Turnhalle in die Aula, wo gerade ein Klavier auf die Bühne geschoben wurde. Das Saallicht blieb während der kurzen Pause heruntergedreht. Wo steckte Alenya bloß? Ich sah mich um, entdeckte sie in der Nähe der Bar, joggte quer durch die Aula zu ihr und packte sie am Ärmel. »Hast du Marlis Handynummer?«, flüstere ich.

»Was? Wieso? Ja.«

»Ruf sie an! Jetzt!«

»Wieso denn?«

»JETZT!«, schrie ich nun. Einige Leute im Publikum drehten sich zu uns um, aber das war mir egal.

Alenya nahm kopfschüttelnd ihr Handy aus der Jackentasche, scrollte ihr Adressbuch durch und die ganze Zeit sprang ich vor ihr auf und ab. »Schneller, jetzt mach doch! Es geht um Leben und Tod! Ruf an!«

Alenya hatte schon hektische rote Flecken am Hals,

als sie das Handy ans Ohr hielt und fragte: »Was soll ich denn sagen?«

»Ach, gib her.« Ich riss ihr das Handy aus der Hand. Aber da war sie schon: die Mailbox-Ansage.

»Scheiße!«, schrie ich und drückte ihr das Handy wieder in die Hand. »Okay, sprich ihr drauf, dass sie keinesfalls springen darf. Und ruf sie immer wieder an. Ich versuche, sie aufzuhalten!«

»Häh? Springen? Was ist los?«, fragte Alenya noch, aber da war ich schon losgerannt. »Mensch Luna, du bist doch gleich dran!«

Ich stürzte aus der Schule und raste über den Schulhof zu den Fahrradständern, doch dort angekommen fiel mir ein, dass Tom und ich zu Fuß gegangen waren. Probehalber zerrte ich an ein, zwei Fahrrädern in der Hoffnung, dass sie nicht abgeschlossen waren, aber um alle durchzuprobieren, hatte ich keine Zeit. Dann musste ich eben rennen. Wozu war ich die beste Sprinterin der Schule. Ich jagte los. Das Haus vom Direx war ungefähr einen Kilometer entfernt, wenn ich alles gab, schaffte ich es in fünf Minuten. Wann waren Marli und Suse losgegangen? Wie genau verlief ihre Route oder wie auch immer man das nannte? Wo konnte ich sie am besten abfangen?

Schon nach ein paar Minuten war ich völlig außer Atem. Meine rechte Wade begann zu zucken. Ich schaute weder nach rechts noch nach links. Meine Füße in den schwarzen Chucks hämmerten auf den Boden. Es fühlte sich an, als würden meine Lungen jeden Moment explodieren. Und dann mein Kopf. Meine Augen brannten wie

Feuer. Wie lang konnte ein Kilometer eigentlich sein? Wenn ich Marli nicht rechtzeitig erwischte, dann würde aus ihrem Teufelssprung wirklich ein Todessprung werden. Inzwischen hatte ich den Park erreicht, der an das Haus vom Jockel-Direx angrenzte und in dem sich die Hütte befand, auf der wir früher öfter in der Sonne gelegen hatten. Von wo aus Marli auf die Mauer springen wollte und dann in den Swimmingpool. In den *leeren* Swimmingpool!

Wo sollte ich hin? Zur Hütte? Zur Mauer? Wenn Marli schon auf der Mauer war, würde mein Schreien sie womöglich nicht mehr aufhalten können. Zumal ich überhaupt keine Luft mehr zum Schreien hatte. Es war schon fast ganz dunkel, ich sah kaum noch etwas. Es dauerte auch nicht lange und ich stolperte über eine Wurzel und knallte der Länge nach hin. Riss mir beide Hände auf.

Ich rappelte mich wieder auf, wischte den Dreck an meinem Shorts ab und sauste weiter. Ein Ast riss mir Mamas Hut vom Kopf. Meine Muskeln rebellierten. Ich fand den Trampelpfad, der zu der Hütte führt, und legte trotz der Schmerzen noch einen Zahn zu. Ich rannte wie in einem Tunnel. Atmen konnte ich ja auch später noch. Mir das Blut von den Handflächen wischen auch. Aber erst einmal musste ich Marli aufhalten.

Endlich kam die Hütte in Sicht, fast schon gespenstisch ragte sie vor dem dämmrigen Abendhimmel in die Höhe. Und auf dem Dach zeichnete sich eine Silhouette ab, reglos saß dort ein Mädchen. Suse. Keuchend stoppte ich vor der Hütte und schrie: »SUSE!«

»Luna?«, hörte ich ihre verwunderte Stimme. »Bist du das?«

»Wo ... ist ... Marli?«, stieß ich japsend hervor.

»Was?«

»Ich ... muss ... sie ... aufhalten!« Das letzte Wort war nur noch ein Röcheln.

»Das ist doch jetzt nicht dein Ernst?«, rief Suse von ihrem Dach. »Drehst du jetzt völlig durch? Du bist doch nicht wirklich so verrückt, uns hinterherzuspionieren und ...« Sie brach ab.

»Sie ... darf ... nicht ... springen!«, presste ich hervor, drückte die Hände in die Seiten und beugte mich vornüber.

Bevor Suse etwas sagen konnte, hörte ich links von mir ein Knacken, und als ich den Kopf herumriss, sah ich, wie Marli von Ast zu Ast schnellte wie ein Affe. Sie landete auf dem Boden, rollte sich über eine Schulter ab, sprang wieder auf und machte einen Handstandüberschlag.

Ich spurtete los. Spurten ist gar kein Ausdruck. Ich schoss vor wie eine Kanonenkugel, eine ziemlich lädierte zwar, aber egal. Mit gesenktem Kopf rammte ich Marli in die Seite, gerade in dem Moment, in dem sie sich über einen großen Stein auf das Dach der Hütte katapultieren wollte. Ich hatte so viel Tempo drauf, dass wir zusammen in hohem Bogen durch die Luft flogen und ein Stück über den Waldboden schlitterten.

»Au!«, schrie ich, als mein Kinn auf Marlis Schädel knallte. Einen Moment lang sah ich Sternchen vor den Augen. Und dann noch mal, als Marli mir eine verpasste. Direkt ins Gesicht. Und noch eine in den Magen. Erst dann nahm sie sich die Zeit nachzusehen, WER ihr da eigentlich in die Quere gekommen war.

»Luna?«, fragte sie verblüfft. »Hast du sie nicht mehr alle?«

Schwer atmend ließ ich mich auf den Rücken fallen. Ich spürte, wie meine Lippe heftig zu pulsieren begann und anschwoll. Ich begann, hysterisch zu lachen. Vor Erleichterung. Vor Glück. Vor... was weiß ich. Suse war inzwischen von der Hütte geklettert, stand über uns gebeugt und starrte mich an. Ich muss ausgesehen haben wie eine Irre, wie ich mich da auf dem Boden wälzte und nicht mehr aufhören konnte zu lachen.

»Kein Wasser im Pool«, flüsterte Marli schon wieder. »Ach du Scheiße.«

Wir hockten im Kreis auf dem Waldboden, Suse drückte mir eine Plastikwasserflasche auf die Lippe, um sie zu kühlen. Aber ich spürte schon, dass es dazu viel zu spät war.

»Ich wäre jetzt tot!« Wie um diese Erkenntnis zu unterstreichen, hob Marli einen faustgroßen Stein auf und warf ihn über die Mauer. Er landete mit einem dumpfen Aufschlag auf der anderen Seite. Im leeren Swimmingpool. Wir sahen uns stumm an.

»Hab ich mich überhaupt schon bei dir bedankt?«, fragte Marli dann.

»Ungefähr elf Mal«, antwortete ich.

»Zappel nicht so rum«, sagte Suse. »Mann, was hast du mit deinen Händen gemacht?«

»Gestolpert«, lispelte ich wegen der Flasche vor dem Mund.

»Wahnsinn.« Suse legte ihren freien Arm um meine Schulter und zog mich an sich.

Das fühlte sich vielleicht gut an.

»Was ist mit deinem Auftritt?«, fragte Marli ein paar Minuten später, als ihr Gesicht wieder etwas Farbe angenommen hatte.

»Na ja, ich hatte Wichtigeres zu tun.« Ich schob die Flasche weg. »Die ist sowieso schon ganz warm.«

Suse grinste mich an. »Siehst mit der dicken Lippe aus wie Donatella Versace.«

»Bloß dass ich nichts fürs Aufspritzen zahlen musste«, murrte ich. »Wäre ein super Geschäftsmodell: Lippenvergrößerung, indem man sich von Marli vermöbeln lässt.«

»Tut mir echt leid. Ich bin nur so furchtbar erschrocken. Ich dachte, mich fällt irgendein Typ an oder so«, murmelte Marli zerknirscht.

Sie strich sich ihr verschwitztes blondes Haar aus der Stirn. Von der schicken Tolle, die sie sonst hatte, war nichts mehr zu sehen. Sie trug eine weite orangene Jogginghose und ein gelbes T-Shirt, Schweißbänder an den Armen und heute mal ein orangenes Tapeband um den Ringfinger.

»Schon gut.«

Marli zupfte mir ein paar Blätter von der Strumpfhose. »Aber dein Auftritt – du hast dich wochenlang drauf vorbereitet!«

Ich zuckte mit den Schultern. »Was soll's.«

Plötzlich sprang Marli auf, streckte mir die Hand hin

und zog mich auf die Beine. »Bestimmt kommst du noch rechtzeitig hin.«

»Quatsch«, sagte ich und dann »Autsch«. Ich hatte probehalber ein paar Schritte versucht. Mein rechter Knöchel tat höllisch weh. »Mein Auftritt ist um 20 Uhr 15.« Ich sah auf die Uhr. »Also in ungefähr einer Minute.«

»Okay. Aber bei so einer Veranstaltung, da weiß man ja nie. Mit etwas Glück hat sich alles verzögert und du schaffst es noch«, rief Marli.

Ich schüttelte den Kopf. »Selbst wenn ich mir den Fuß nicht verstaucht hätte und rennen könnte, würde ich nicht mehr rechtzeitig ankommen. Außerdem kann kein Mensch singen, wenn er vorher gerannt ist.«

Suse stand jetzt auch auf. »Luna...«, begann sie tröstend.

»Hört zu!« Marli hob das Kinn. »Ich kümmere mich darum. Ich renne zur Schule und halte sie auf!«

»Was, wie?« Suse griff nach ihrem Arm. »Echt, Marli, das bringt doch nichts.«

»Stimmt. Wenn du so schnell rennen kannst wie ich, brauchst du fünf Minuten. Und selbst wenn du rechtzeitig dort ankommst, was dann? Mit dem Fuß brauche ich mindestens eine Viertelstunde.«

»Lass das mal meine Sorge sein.« Sie beugte sich vor (sie ist natürlich auch größer als ich, nicht so groß wie Suse, aber ganz eindeutig größer als *ich!)*, blickte mir tief in die Augen und sagte: »Ich krieg das hin.«

»Selbst eine abgebrühte Bitch aus Hell's Kitchen wie du kann nicht alles«, scherzte ich. Aber ich merkte sofort, dass Marli das ernst meinte.

»Vertrau mir, okay? Ich kümmere mich drum. Ihr geht jetzt einfach zur Aula, ich regle den Rest.«

Und dann tat sie etwas, das mir fast das Blut in den Adern gefrieren ließ. Sie zerrte an dem orangenen Tapeband um ihren Ringfinger. Als es sich ratschend löste, kam darunter ein Ring zum Vorschein. Ein Ring, der exakt so aussah wie die Ringe, die Suse und ich von Ururoma Elsa bekommen hatten. Gold und darin ein Diamant. Lila wie Marlis Augen.

Ich hörte, wie Suse neben mir nach Luft schnappte. Wo kam bloß dieser Ring her? Ich sah noch, wie Marli ihn erst fixierte und dann fest die Augen zukniff. Mich überkam so ein seltsames Gefühl, als würde die Zeit stehen bleiben, und noch bevor ich irgendetwas sagen konnte, war Marli verschwunden. Wie vom Erdboden verschluckt.

»Wo…?«, fragte Suse.

»Krass«, sagte ich.

Suse schlang sich meinen Arm um ihren Hals. »Ich stütze dich. Okay, los.« Und dann, als wir uns, so gut es ging, vorwärts bewegten, fragte sie: »Hast du den Ring gesehen?«

»Hab ich.«

»Was hat das zu bedeuten?«

Ich zuckte mit den Schultern. »Ich weiß nicht. Ich komm da nicht mehr mit.«

Schweigend stapften wir den Weg zurück, den ich vorher gerannt war. Irgendwo entdeckte ich Mamas Hut an einem Ast, nahm ihn herunter und setzte ihn wieder auf. »Suse«, sagte ich. »Was da die letzten Wochen passiert ist…«

»Spar dir den Atem.« Suse drückte mich seitlich an sich. »Wir gehen jetzt erst mal zurück und bringen die Sache in Ordnung.«

Sie hatte recht. Alles andere konnten wir später klären. Das mit Marlis Ring und das mit uns.

»Ich bin mir sicher, du hättest gewonnen«, sagte Suse.

Als ich in die Aula humpelte, glaubte ich, meinen Augen nicht zu trauen. Marli stand auf der Bühne mit ihrem zerzausten Haar und in der orangen, schlabbrigen Jogginghose. Sie hielt ein Mikrofon in der Hand, als wäre es eine giftige Schlange, so weit von ihrem Mund entfernt, wie ihr Arm es zuließ. Und sie sang (wenn man ihr Krächzen singen nennen will) schrecklich falsch und misstönend: »I was made for lovin' you baby, you were made for lovin' me, and I can't get enough of you baby, can you get enough of me?«

Dabei zappelte sie herum mit ihren schlaksigen Beinen und stellte irgendwas mit ihrer Hüfte an. Sollte wohl ein Hüftschwung sein. Körperklaus sag ich nur. Kein Anzeichen davon, wie elegant sie sonst über Hindernisse hüpfte und Saltos schlug. Suse und ich starrten sie mit offenem Mund an, genauso wie der Rest des Publikums. Ein paar Mütter hatten sogar die Hände vor den Mund geschlagen und schüttelten den Kopf. Alenya, die mit ihrem Headset neben der Bühne stand, versuchte offenbar alles, um nicht umzufallen vor Lachen. Der Jockel schien zu überlegen, wie er dem Ganzen ein Ende setzen konnte.

»Mann, wie peinlich«, sagte jemand neben mir. Ich

drehte den Kopf. Gloria starrte mich aus aufgerissenen Augen an.

»Komm mir jetzt bloß nicht mit irgendeinem Witz«, sagte ich nur und sah dann wieder zur Bühne. Ich dachte an Marlis Angst, vor Leuten auf der Bühne zu stehen. Dass sie sich äußerst unwohl fühlte, wie sie da krächzend auf der Bühne rumzappelte, war unschwer zu erkennen. Gerade als Marli noch mal mit dem Refrain anfangen wollte, entdeckte sie mich. Ihre Augen leuchteten auf. Sie winkte mich hektisch zu sich auf die Bühne.

Ich brauchte einen Moment, bis ich kapierte, dass sie das alles für mich tat. Dass sie auf der Bühne diesen alten Song von sich gab, den wahrscheinlich außer Opa niemand kannte, nur um die Zeit bis zu meiner Rückkehr zu überbrücken. Und sich damit vor der kompletten Schule lächerlich machte. *Meinet*wegen. Suse gab mir von hinten einen Schubs. Aus den Augenwinkeln sah ich noch, wie sie zu Janina lief, wahrscheinlich, um ihr zu sagen, dass sie die CD mit meinem Song einlegen sollte. Und so kletterte ich auf die Bühne und nahm Marli das Mikro aus der Hand. Ich glaub nicht, dass ich schon einmal im Leben so viel Erleichterung in einem Gesicht gesehen habe. Wie der Blitz jagte sie von der Bühne. Ich schlang beide Hände ums Mikrofon. Das tat weh, ich glaube, dass meine Hände noch immer etwas bluteten. Ich spürte auch die Lippe, die mir inzwischen so dick vorkam wie ein zu fest aufgeblasener Schwimmflügel. Janina legte meine CD ein. Als ich meine Musik hörte, erstarrte ich.

Das kann nicht gut gehen, dachte ich. Ich stand mit

verdreckten Klamotten, Gummiboot-Lippe und blutigen Händen auf der Bühne. Und das sollte mein perfekter Auftritt sein? Fast wäre ich einfach abgehauen. Doch dann spürte ich es wieder, dieses Kribbeln. Ja, ich wollte singen, jetzt und hier! Ich begann, mit den Fingern einer Hand im Takt zu schnipsen.

Ich sah meine Eltern, die zu mir hochguckten, ziemlich verblüfft und besorgt, Tante Jenny, Opa und Greg. Tom, der sich bestimmt mindestens genauso wunderte über meinen Aufzug wie alle anderen, aber sein Blick war wie eine Umarmung. Und seitlich an der Wand, nahe der Bühne standen Gloria, Rosalie und Alenya mit in die Höhe gerissenen Armen. Lea und Fritzi johlten mir zu. Daneben Marli mit einem schiefen Lächeln, sie streckte die Fäuste vor sich, die Daumen gedrückt. Und dann Suse. Sie grinste. Und sie sah mich an wie früher.

So mit diesem Egal-was-du-treibst-ich-hab-dich-lieb-Blick, den ich so lange nicht mehr gesehen hatte und von dem ich gar nicht gemerkt hatte, wie sehr ich ihn vermisst hatte. Dann legte ich los.

Notiz an mich selbst: Merken! Wahre Freundschaft kann mich überhaupt nicht kreuzweise.

# 18. Kapitel

Den ersten Preis gewannen an dem Abend die Depris!. Henris Vater, der Musikproduzent, überreichte der Band einen Scheck über fünfhundert Euro, außerdem einen Gutschein für eine Studioproduktion. Den zweiten Platz machte eine Mädchenband, die sich »4Sweets« nannte, und den dritten griff tatsächlich Matthias ab. War mir egal. Ich stand während der Siegerehrung vor der Bühne zwischen Suse und Tom, beide hatten einen Arm um mich geschlungen. Die Welt war in Ordnung.

Ich klatschte gerade den anderen zu, als Henris Vater mich auf die Bühne bat. Er hätte, sagte er, spontan beschlossen, noch einen Sonderpreis zu vergeben für den tollsten *selbst geschriebenen* Song. An mich. WOW!

Ich übertreibe nicht, wenn ich sage, dass das Publikum ausflippte, als ich auf die Bühne sprang. Am liebsten hätte ich eine Dankesrede gehalten, so eine richtig coole wie bei den Brit Awards: *Ich danke meinen Eltern, die heute Abend hier sind, und Tom, ich liebe dich, ich liebe euch alle, Suse und meinen Opa, I love you, man, danke Tante Jenny, danke Greg für Jill Valentine, danke Rosalie, dass du schon so lange meine Freundin bist, Alenya für deine Psychotipps und Gloria für deine Witze, Fritzi und Lea, danke für alles, und Marli, ohne dich der heutige Abend gar nicht passiert wäre… DANKE!*

Aber das Mikrofon war schon längst ausgestellt. Während die Leute in der Aula noch immer klatschten wie irre und die Konfettikanone losging, streckte ich die Hand aus und zog Marli auf die Bühne. Da sprangen alle auf. Standing Ovations und so weiter. Ich legte Marli den Arm um die Schulter und genoss den Applaus, bis das Saallicht anging.

Da kam meine lädierte Erscheinung natürlich noch mal richtig und vor allem farbiger zur Geltung. Rote und dreckige Hände, blaue Lippe, zerrissene Strumpfhose. Ich konnte meiner Mutter an der Nasenspitze ablesen, dass sie mich am liebsten in einen dunklen Keller geschleppt hätte, mein Gesicht angestrahlt von einer grellen Lampe, um mich zu verhören. Was, wo, warum, wie lange, woher, wer und so weiter. Aber sie riss sich zusammen und verschob ihre Millionen W-Fragen auf ein anderes Mal. Ich war auch wirklich todmüde und wollte nur noch schnell unter die Dusche und dann ins Bett.

Am nächsten Morgen, ich rechnete aus Gewohnheit schon halb damit, dass Suse bereits wieder unterwegs war, um mit Marli zu trainieren, wurde mir die Bettdecke weggerissen.

»Mann, siehst du vielleicht beschissen aus«, rief Suse und hielt mir einen Spiegel vors Gesicht.

Jetzt sah meine Lippe nicht nur aus wie ein aufgeplatztes Kissen, die Haut drum herum hatte sich lila und grün verfärbt. Stöhnend drehte ich mich zur Seite. »Es ist Samstag«, brummte ich. »Und ich will einfach nur hier liegen, okay? Bettdecke über den Kopf und fertig.«

»Streck mal die Hände aus.«

Kleinlaut gehorchte ich. Suse klebte mir zwei große Pflaster auf die aufgerissenen Handflächen.

»Suse, mir tut das alles so leid. Das mit uns und dass ich nur noch Zeit für Tom hatte und…«

Sie stand auf. »Hier.« Sie warf etwas auf meine Bettdecke, etwas Rotes mit einem Türkis.

Das Freundschaftsbändchen. *»Du* hast die also aufgehoben…!«, sagte ich verblüfft.

Sie schob den Ärmel ihres Pullis hoch. »Hab meins schon wieder an. Jetzt du.«

»Aber… müssen wir nicht erst darüber sprechen? Uns versöhnen und alles?«

»Schnee von gestern. Soll ich dir helfen?«

Ich nickte, weil meine Hände immer noch höllisch wehtaten.

»Hauptsache, so was kommt nie wieder vor«, meinte Suse. »Versprochen?«

»Ich schwör's!«

»Ich auch!«

Sie stand auf und drehte sich vor dem Spiegel. »Wie seh ich aus?«

Sie war wunderschön plus *deluxe*© wie immer. »Super«, sagte ich. »Wieso?«

»Nur so. Und jetzt raus aus den Federn, wir treffen gleich Marli. Auf dem Hüttendach. Gibt schließlich noch einiges zu klären.« Kurz bevor sie aus dem Zimmer verschwand, drehte sie sich noch einmal um. »Und pack deinen Ring ein. Ich hab meinen auch dabei.« Sie zwinkerte mir zu.

Hastig putzte ich mir die Zähne, was nicht leicht war

mit der dicken Lippe, schlüpfte in Jeans und Sweatshirt und aß im Stehen in der Küche ein Nutellabrot. Alle anderen waren ausgeflogen. Tom war bei seiner Mutter im Krankenhaus, meine Eltern machten mit Laila den samstäglichen Großeinkauf, Tante Jenny musste arbeiten, Opa frühstückte wahrscheinlich bei irgendeiner schicken Omi und Greg… keine Ahnung. Der pennte sicher noch wie jeder anständige Teenager. Was mir ja leider nicht vergönnt war.

Marli hockte mit angezogenen Beinen auf der Hütte und streckte das Gesicht in die Sonne. Suse nahm Anlauf, rannte an der Wand hoch und landete in null Komma nix neben ihr. Ich brauchte deutlich länger, bis ich auf das Dach gekraxelt war, ungeschickt wie ein Affe, der das Klettern verlernt hat.

»Morgen«, sagte ich oben angekommen.

»Hi Luna!« Marli strahlte mich mit ihren großen veilchenfarbenen Augen an. »Du, ich wollte mich noch mal eben bedanken wegen…«

»Noch ein einziges Mal und ich schreie«, sagte ich.

»Oh. Okay.«

Ich starrte auf die Mauer. »Und da wolltest du drüberspringen? Das sind doch mindestens zwei Meter!«

»Zwei Meter zwanzig. Ich hab's abgemessen. Eigentlich ist es leichter, drüberzuspringen als drauf, weil man ganz schön viel Schwung hat.«

»Verstehe«, sagte ich. Und dann: »Aber ich will jetzt alles haargenau wissen. Also raus mit der Sprache. Wie hast du das gestern gemacht, Marli? Du warst wie vom Erdboden verschluckt, von einer Sekunde auf die andere.«

»Na gut.« Marli atmete ein paarmal tief ein und aus. »Ich verrate euch jetzt ein Geheimnis.«

»Lass hören«, sagte ich.

»Es ist so ... ich kann die Zeit anhalten.«

»Du kannst *was?«*, riefen Suse und ich gleichzeitig.

»Die Zeit anhalten. Ich kann ... wie soll ich das erklären? Während alles um mich herum sozusagen erstarrt, die Zeit stehen bleibt, kann ich mich ganz normal bewegen und tun und lassen, was ich will. Also zum Beispiel in aller Gemütsruhe zurück zur Aula laufen. Und für die anderen ist nicht mal eine Sekunde vergangen. Ähm.« Sie räusperte sich. »Versteht ihr?«

Ich runzelte die Stirn so fest, dass es wehtat. »Verstörenderweise – ja.«

Suse nickte. »Kapiert. Und weiter?«

»Wow«, murmelte Marli. »Dachte nicht, dass ihr mir das so einfach abkaufen würdet.«

»Du machst das mit diesem Ring, richtig?« Ich deutete auf das Tapeband, das Marli sich wieder um den Finger gewickelt hatte und unter dem sich, wie wir seit gestern wussten, der Ring befand.

»Woher ...?«, fragte Marli verblüfft.

»Erzähl erst mal weiter!«, befahl Suse.

»Okay, ich bin also so schnell wie möglich zurück in die Aula.«

»Wieso so schnell wie möglich? Ich meine, wenn alles um dich herum erstarrt, dann hast du doch alle Zeit der Welt?«, fragte ich. Ich fand mich ausgesprochen logisch in diesem Moment, und das so ziemlich zum ersten Mal, seit wir diese Zeitguckerei machten.

»Die Sache ist die: Ich weiß nie, wie lange die Zeit stehen bleibt. Ich kann das nicht steuern. Oder zumindest hab ich noch nicht rausgefunden, wie.«

Das kam mir nur zu bekannt vor. »Okay. Du bist also in der Aula angekommen und dann?«

»Ich renne also in die Aula. Alle sitzen oder stehen da in ihrer letzten Bewegung erstarrt. Die Band, die vor dir spielte, du weißt schon, diese Mädchenband …?«

»Jaja«, rief ich ungeduldig.

»Die waren schon fertig. Ich hab gewartet, bis die Zeit wieder ganz normal weitergegangen ist. Da war eine kurze Umbaupause und Alenya rannte wie ein aufgescheuchtes Huhn durch die Gegend, um dich irgendwo aufzutreiben. Ich hab mich erst mal zum Sicherungskasten in der Turnhalle geschlichen und für nen hübschen Stromausfall gesorgt.«

Suse und ich sahen uns grinsend an. »Da wird der Hammerschlag aber ausgerastet sein.«

»Erst mal nicht. Er hatte doch tatsächlich eine Taschenlampe an seinem Gürtel hängen, ist einfach zum Sicherungskasten gegangen und hat den Schalter wieder umgelegt. Dann ist er zurück in die Aula.«

Suses Augen glänzten. »Lass mich raten. Du hast dafür gesorgt, dass der Schalter wieder rausfliegt.«

Marli nickte. »Das hat ein paarmal funktioniert. Stromausfall, Hammerschlag mit seiner Taschenlampe rein, Strom wieder da, Hammerschlag weg, ich den Strom wieder abgedreht … so ging das viermal.«

»Und dann?« Ich tat alles, um nicht loszulachen.

»Beim vierten Mal ist er in der Turnhalle geblieben und

hat sich an den Schalterkasten gelehnt. Ich hatte keine Chance mehr. Und auch keine Kondition, echt.«

Suse fiel vor Lachen hintenüber und ich hielt sie genauso laut lachend fest, damit sie nicht vom Dach plumpste.

»Inzwischen war bestimmt eine Viertelstunde vergangen und von euch noch immer keine Spur«, sagte Marli. »Ich dachte mir, dass ihr jeden Moment kommen müsstet. Der Jockel hat noch ein paar Minuten gewartet und ging schließlich auf die Bühne, schnappte sich das Mikrofon und wollte verkünden, dass du quasi disqualifiziert bist.«

Ich sah sie mit großen Augen an. »Und da bist du ...?«

»Ich bin einfach auf die Bühne gesprungen, habe ihm das Mikro aus der Hand genommen und angefangen, irgendwas zu singen.«

»Ausgerechnet ›I was made for loving you‹?«, kreischte Suse, Tränen liefen ihr aus den Augen. »Ich glaub's nicht!«

»Ich weiß ja auch nicht, mir ist auf die Schnelle nix anderes eingefallen! Das hört mein Vater immer.« Sie schlug die Hände vors Gesicht. »Oh Mann, wie peinlich.« Dann richtete sie sich wieder auf. »Aber obwohl ich dachte, dass ich mich da oben auf der Bühne gleich übergeben muss, hab ich mir geschworen, nicht eher runterzugehen, bis ihr endlich auftaucht. Der Jockel wusste nicht, was er tun soll, und hat mich nur erschrocken angeglotzt.« Sie zuckte mit den Schultern.

Ich war ehrlich total sprachlos. Ich überlegte, ob schon jemals ein Mensch so was für mich getan hatte. Sie hatte sich freiwillig völlig zum Affen gemacht, nur damit ich noch an meinen Auftritt kam. Das war einfach unglaublich.

»Du…«, sagte ich und wusste dann nicht weiter. Wir blickten uns an. »Du bist wirklich der Hammer.«

»Stimmt«, sagte Marli. »Auch wenn das Publikum das wahrscheinlich nicht so gesehen hat.«

Ich überlegte einen Moment. »Warte mal… das hast du bei Matthias auch schon so gemacht, oder? Du hast die Zeit angehalten und ihm dann in aller Ruhe I ♥ Justin Bieber auf die Stirn gemalt!«

Sie nickte. Und mir klappte das Kinn runter.

»Das mit den Eintrittskarten fürs Fleisch-Konzert«, rief ich jetzt. »Das war auch so eine Aktion?«

»Ja okay, nicht gerade meine beste. Aber Suse wollte da so gern hin und das Konzert war ausverkauft. Als ich in der Schlange Kristen und Emily-Antonia stehen sah, hab ich die Zeit angehalten und ihnen die Karten abgeknöpft. War fies, ich weiß.«

»Ach, so schlimm finde ich das nun auch wieder nicht«, sagte Suse feixend. »Kristen hat mich wochenlang damit aufgezogen, wie ich nur so blöd sein konnte, so lange zu warten, bis das Konzert ausverkauft war.«

»Und deine Haare auch, stimmt's?« Alles fügte sich perfekt zusammen. »In der Schule, da hattest du nasse Haare und eine Sekunde später waren die wieder trocken.«

»Bin kurz aufs Klo und hab den Kopf unter den Händetrockner gehängt.« Marli grinste uns zufrieden an. Dann prusteten wir los, hielten uns die Bäuche und lachten, bis uns die Luft wegblieb. Ich fühlte mich wie nach einem Dauerlauf, musste erst mal wieder zu Atem kommen. Was für eine unglaubliche Geschichte! Marli hatte drei Fantadosen dabei, die wir auf einen Zug leer tranken.

»Gut«, sagte Suse dann. »Jetzt sind wir dran. Oder, Luna?«

Ich nickte.

»Ihr? Wieso?«

»Folgendes.« Ich stellte die Fantadose ab. »Wir haben auch zwei Ringe.«

»Wie jetzt?« Marli sah uns verblüfft an.

Suse und ich fischten unsere Ringe aus den Taschen und hielten sie ihr unter die Nase. »Kommen die dir irgendwie bekannt vor?«

Marli bekam große Augen. »Die sehen genauso aus wie meiner.«

»Bis auf die Farbe der Diamanten«, bestätigte Suse.

»Aber wieso ...« Sie brach ab. Dann fragte sie: »Ihr könnt damit auch die Zeit anhalten?«

»Von wegen. Ich kann in die Zukunft sehen«, erklärte ich.

»Und ich in die Vergangenheit«, verkündete Suse.

Jetzt blieb Marli der Mund offen stehen. Dann sagte sie: »Das gibt's doch nicht.«

»Woher hast du deinen Ring?«, fragte ich.

»Ach, ein Erbstück von meiner Ururgroßmutter, zum letzten Geburtstag.«

Ich musste gegen meinen Willen schon wieder grinsen. Jetzt ergab das alles einen Sinn, von wegen Dreierbund

und drei Ringe und was da alles in Elsas verrücktem Brief stand.

»Die hieß nicht zufällig Elsa LeMarr?«, fragte Suse da auch schon.

Marli sah sie verwirrt an. »Woher weißt du das?«

Und dann erzählten wir ihr alles. Dass wir die Ringe zu meinem dreizehnten Geburtstag bekommen hatten mit einem Brief von unserer – wie wir jetzt wussten *gemeinsamen* – Ururgroßmutter.

»Wann ist dein Geburtstag eigentlich?«, fragte Suse.

»13. Juni.«

»Meiner ist am 13. Juli«, meinte Suse.

»Meiner am 13. August«, sagte ich verblüfft.

»Mann, das wird ja immer unglaublicher. Was heißt das eigentlich, wenn wir dieselbe Ururgroßmutter haben? Was sind wir dann? Auch Cousinen?«, überlegte Suse.

Wir dachten darüber nach, kamen aber zu keinem Ergebnis.

»Wie auch immer«, sagte Marli und schleuderte ihre Fantadose in hohem Bogen hinunter genau in einen Abfalleimer neben der Hütte. »Meine… ich meine *unsere* Ururgroßmutter hat mir einen Brief dazu geschrieben. Da stand sogar mein Name drauf, was ich überhaupt nicht kapiere. Als die starb, waren meine Eltern noch nicht mal geboren.«

»Wem sagst du das. Steht darin auch so ein Kram von wegen Zeus und Moiren und Schmetterlingen und so weiter?«, fragte ich. Doch das hätte ich mir sparen können, die Antwort kannte ich sowieso schon.

Marli nickte. »Und er riecht komisch.«

»Unserer auch, nach Veilchen«, sagten Suse und ich wie aus einem Mund.

»... und jetzt kapiere ich auch endlich, warum sie in dem Brief immer von drei Ringen gesprochen hat.« Marli schlug sich an die Stirn.

»Mann, Mann, Mann«, stieß ich hervor und warf meine leere Fantadose jetzt auch hinunter, verfehlte den Abfalleimer aber. »Jetzt möchte ich nur noch eines wissen. Wer ist diese Frau?«

»Was denn für eine Frau?«

»Ich habe gesehen, wie du vor ein paar Tagen bei einer Frau ins Auto eingestiegen bist. In so einen knallgelben Sportwagen?«

»Ach so. Wieso?«

»Na ja, ich habe sie vorher gesehen, wie sie uns beobachtet hat. Abends, im Garten. Unsere ganze Familie. In der Schule auch.«

»Quatsch, warum sollte sie so was tun?«

»Das frage ich dich. Wer ist sie?«

»Meine Tante«, sagte Marli.

»Deine Tante? Aber woher weiß die, wo wir wohnen? Und warum? Was hat das alles zu bedeuten?«

Marli sah uns ratlos an.

»Scheint mir«, sagte Suse, »dass Ururoma Elsa LeMarr sich was dabei gedacht hat, dass wir alle drei die Ringe haben. Würde mich nicht wundern, so wie ich sie kenne.«

»Wie du sie kennst? Jetzt spinnst du aber.« Marli machte mit dem Zeigefinger Kreise an ihrer Schläfe.

»Ich hab sie gesehen. In der Vergangenheit.«

Marli schluckte. »Ach so.«

»Und du meinst, sie hat das alles exakt so geplant?«, flüsterte ich, wobei mir ein eiskalter Schauer über den Rücken lief. »Hat dafür gesorgt, dass wir alle einen Ring bekommen, dass Marli aus New York hierherzieht und wir uns kennenlernen?« Ich schwieg einen Moment. »Bestimmt hat sie so wie ich mit einem Ring in die Zukunft gesehen und uns sogar beobachtet?«

»Sie könnte es sogar jetzt in diesem Moment tun«, sagte Marli mit zitternder Stimme. Sie blickte sich um, als ob wir nicht allein auf dem Dach der Hütte wären.

»Hallo, Ururoma Elsa«, wisperte ich. »Kannst du uns hören?«

»Ach, jetzt hört auf mit dem Quatsch.« Suse legte sich wieder auf den Rücken. »Ich glaube, dass wir eine Aufgabe lösen sollen. Ein Rätsel oder so was. Ich finde, ihr Brief klingt, als ob sie Hilfe braucht.«

»Das Gefühl hatte ich beim letzten Lesen auch«, bestätigte ich.

Marli ließ sich ebenfalls auf den Rücken fallen. »Bisschen spät für einen Hilferuf. Die ist doch schon ewig lange tot.«

»Keine Ahnung wie, aber wir werden das Rätsel schon knacken. Zu dritt schaffen wir das.«

»Kein Ding«, sagte Suse.

Jetzt sank ich auch nach hinten. »Abgemacht.«

Und dann sahen wir in den blauen Himmel, der schon immer da gewesen war und immer da sein würde.

Kirsten John

## Ariadne
### Zeitreisende soll man nicht aufhalten

Ariadne kann es nicht fassen: Vor ihren Augen wird ihr Großonkel buchstäblich vom Erdboden verschluckt! Sie ahnt, dass es mit seinen Zeitsprüngen zusammenhängen muss. Und dass sie die einzige ist, die ihn jetzt noch retten kann. Dafür braucht sie allerdings die Hilfe von Moritz, der zwar echt süß ist – als Zeitreisender aber nicht gerade talentiert. Und sie haben es mit mächtigen Gegnern zu tun ...

## Pandora
### Zeitreisende soll man nicht aufhalten

Oh Schreck! Die finsteren Sammler haben Ariadnes kleine Schwester entführt! Bei dem Versuch, sie zu retten, gerät Ariadne nicht nur mitten in die Biedermeierzeit, sondern auch in die Fänge zweier düsterer Damen. Die beiden hatten schon Tante Pandora in einer Zeitschleife gefangen gehalten. Moritz und Pluvius müssen alles daransetzen, ihre Freundin zu befreien! Ein aufregendes, spannendes, witziges Zeitreise-Abenteuer beginnt ...

Arena


319 Seiten • Klappenbroschur
ISBN 978-3-401-06676-9

312 Seiten • Gebunden
ISBN 978-3-401-06813-8
www.arena-verlag.de

Risa Green

# Magic 8

## Ein Sommer voller Wünsche

Erin kann es nicht fassen, als ihre Tante während eines Gewitters von einem Blitz getroffen wird. Was hatte sie bei dem Unwetter draußen zu suchen? Und weshalb hat ihre Tante vor einem Jahr den Kontakt zu Erins Familie abgebrochen? Und vor allem: Hat sie wirklich nichts Besseres zu vererben als eine dämliche Kristallkugel aus Plastik? Eine originelle Geschichte voller Spannung und Humor.

352 Seiten • Gebunden
Mit großem Glitzerstein auf dem Cover
ISBN 978-3-401-06582-3

## Was in den Sternen steht

Sam kann es nicht erwarten, endlich die magische Kugel in den Händen zu halten. Denn mehr als alles andere wünscht sie sich, von einem Hollywood-Regisseur entdeckt zu werden. Und tatsächlich – sie wird für eine Rolle gecastet. Doch das scheint gar nicht mehr so wichtig zu sein, als dieser supersüße Typ am Set auftaucht. Bryce lässt Sams Gefühle Achterbahn fahren und das Chaos ist vorprogrammiert.

Arena

320 Seiten • Gebunden
Mit großem Glitzerstein auf dem Cover
ISBN 978-3-401-06719-3
www.arena-verlag.de